庫

東京骨灰紀行

小沢信男

筑摩書房

東京骨灰紀行　目次

東京骨灰紀行

ぶらり両国

両国国技館
江戸東京博物館
両国駅
隅田川
首都高速向島線
芥川龍之介生育の地
両国橋
力塚
京葉道路
シアターX
表忠碑
植草甚一墓
吉良屋敷跡
回向院
明暦大火供養碑

1

ＪＲ両国駅のプラットホームから北をみれば、国技館の緑の大屋根が眼のまえです。右隣りに、四本脚の白い建物。巨大な机に白い箱を山ほど積みあげたような。どうしてこんなかっこうを、江戸東京博物館はしているのだろう。

眼下には無人の貨物線ホームがよこたわり、レールがここで行き止まる。そのさきに駅舎がある。かつては終着駅だったなごりの姿だ。当駅は、明治三十七年（一九〇四）に総武鉄道の終着駅として開業し、ほどなく国に買収されて国鉄総武線となる。そのころは、いまの国技館も江戸東京博物館も、北側のぜんたいが大きな操車場だった。総武線の電車が隅田川をまたいで御茶ノ水駅へ通じたのは、やっと昭和七年（一九三二）のこと。そのごもＳＬ列車はもっぱらここを発着した。

ターミナル駅の原型は、汐留のシオサイトに新橋停車場が復元されて、おおよそが偲べます。長途のレールが車止めにつきあたり、プラットホームのさきに駅舎がある。

これより大東京へ歩みだす仕組みだ。現役で面影をとどめるのは、上野駅の中央コンコースと、ここぐらいか。ではこれより大東京のそこかしこへ、ぶらりと参ろう。

改札をでる。二階建ての駅舎は、窓枠の丸みなどにも昭和初年代の匂いがある。大正震災後の復興建築のひとつなので、そのまま東京大空襲もまぬがれて、なんとか生き延びている同世代のよしみをおぼえます。

北へゆけば、国技館のさきに、旧安田庭園や、東京都慰霊堂があるのだが。まずは南へ、ガードをくぐって直進する。京葉道路の、車の奔流のむこうに、回向院《えこういん》の山門がみえる。前衛的なかまぼこ形の山門をくぐれば、つきあたりに三階建てビルの本堂。くるたびに胸の隅ですこしまごつく。江戸錦絵や、明治の風俗画にみる回向院は、西むきの本堂の大屋根がだんぜん高くそびえている。境内には勧進相撲や出開帳の幟がたちならぶ。しかし現在の本堂は、北へ九〇度むきをかえて、両国シティコアと、住友不動産のビルにはさまれ、みおろされている。凸から凹へ、おもいきった変身です。

このシティコアのところに、以前は大鉄傘の国技館が建っていた。落成が明治四十二年（一九〇九）で、以後その鉄傘下で、大相撲も、ボクシングも、菊人形展などもあった。戦後はアメリカ占領軍に接収されてメモリアルホールとなり、大相撲は蔵前へ移った。接収解除後は日大講堂になり、先年ついに老朽化で解体された。跡地にできたビルのコの字の中庭に、ここが土俵だったのだぞ、というしるしがあります。実験劇場シアターX《カイ》のまんまえにステンレス板で大きな円が描かれている。

相撲のゆかりは参道の左にも、大きな自然石の「力塚」がある。昭和十一年（一九三六）の建立で、歴代の力士年寄衆の分骨や髷をおさめる由。めぐる石垣にきざまれた横綱玉錦、武蔵山、男女ノ川、大関清水川、関脇双葉山などの名は、わが少年時の英雄たちだ。

本堂に礼拝して、左へ。つきあたりが墓所の入口。その手前の右側に、由緒ありげな古い石碑たちが、ひとまとめに林立している。

いちばん手前の角にたつ宝珠をのせた四角い石塔が、錆色につつまれて、右代表の風格がある。碑面に目をこらせば「明暦三丁酉孟春十八日十九日萬霊六親眷属七世父母為焚焼溺水諸聖霊等増進佛果」。

これぞ明暦三年（一六五七）陰暦一月に江戸市中を焼尽した大火の慰霊塔ではないか。その幾万の死者たちを、有縁の一同まとめて永世ご供養しようということか。十八年後の延宝三年（一六七五）の追善建立でした。

碑の横へまわると「奉謝十萬檀施功徳呈武陵城下」、その下の薄れた文字をひろえば「且貧窮下賤……諸霊魂等」「繋囚牢獄病患……諸精霊等」「捨市殃罰殺害……霊魂等」。

写しとりながらたじたじとなる。大火の焼死溺死者のみならず、この江戸城下で行き倒れ、牢にぶちこまれ、殺し殺され、ろくでもない死にざまの連中すべてを、いっそまとめてひきうけるぞ、という大慈悲心の碑なのだな。善人なおもて往生をとぐ、いわんや非業の亡者をや。いならぶ碑群はさておいて、明暦大火へ、まずは注目です。

2

天正十八年（一五九〇）八月一日、徳川家康が江戸城へ入ったときが、大江戸のそもそもで、神田上水をつくり、町割をさだめ、金座をもうける。慶長八年（一六〇三）、家康が征夷大将軍となって、天下普請がはじまります。

武蔵野台地が、西から東へ八つ手のようにせりだしたまんなかの麴町台地の先端に、江戸城の天守閣はそびえたった。譜代大名たちはその裾まわりに屋敷をならべる。日本橋を架けて五街道の起点とし、丘をけずって沼地を埋めたて、そこらが下町。魚屋も八百屋も、遊郭も仏閣も、生業万般ひしめきならんで、日本一の新開地ができあがりました。

こうしてざっと五十年がすぎた明暦三年の、厳冬一月十八日の昼下がりに、本郷菊坂上の丸山本妙寺より出火。おりから北西の寒風にあおられて湯島、神田、日本橋と燃えひろがり、日暮れには隅田川べりへ。火勢は川をこえて本所深川へおよび、丑三つ時にやっと鎮火。

とおもうまもなく、翌十九日の昼前に、小石川伝通院近くの武家屋敷より出火。牛込、市ヶ谷から、堀をこえて北の丸、本丸、二の丸、三の丸と燃えあがり、わずか西の丸をのこすのみで江戸城が焼け落ちてしまった。

夕刻には、麴町よりまたまた出火。桜田門外の大名屋敷を総なめに焼きはらって、新橋、芝の海辺まで。もう焼けるものがなくなってしずまった。「御屋敷五百余宇、御旗本七百七十余宇、但し、組屋敷数をしらず、堂社三百五十余宇、町屋四百町、片町八百町、焼死十万七千四十六人といへり」（『武江年表』）。

この大惨事を絵入りで記録した『むさしあぶみ』という草紙があって、一節をあげれば、当時は日本橋横山町にあった西本願寺の門前広場へ、われもわれもと家財を持ちだし一休みしていると「辻風おびただしく吹きまきて、当寺の本堂より始めて、数ケ所の寺々同時にどつと焼けたち、山の如く積みあげたる道ぐに火もえ付しかば集まりゐたりし諸人あはてふためき命をたすからんとて井のもとに飛入溝の中に逃げ入ける程に、下なるは水におぼれ中なるは友におされ、上なるは火に焼かれここにて死するもの四百五十余人なり」。

　また日本橋大牢では、迫る火勢に奉行石出帯刀が、英断をもって囚人たちを解き放った。火がしずまったらもどってこいと言いふくめて。以後たびたびの大火のさいの恒例となるが、まだ初手のこととて、囚人大挙して逃散と聞いた浅草御門（浅草橋南詰）の役人ばらが、あわてて門を閉ざしてしまった。たまらず人々は塀をのりこえ、ばらばらと川へなだれ落ちる。そのさまも絵に描かれて、この場の死者は二万六千人。こうして焦土と化したところへ、二日後には吹雪が襲い、これでまた命を落とす者たちがいた。

　そこら一面に、焼死、溺死、凍死者たちの山となる。その山をどうしたか。『武江年表』にいわく。「依りて本庄《ほんじょ》に二町四方の地を給ひ、非人をして死骸を船にて運ばしめ、塚に築いて寺院を建て、国富山無縁寺回向院と名づけしめ給ふ」。

　回向院創建の由来です。大きな穴に死骸を埋め、万人塚を築いての法要の様子も描かれている。増上寺の和尚が開祖で浄土宗のお寺だが、いま山号は「諸宗山回向院」宗派を問わず供養するの意で、まずは穏当ながら、無縁の死者たちの上に国が富むほうが、より実態に近かろうか。

明暦大火は、またの名を振袖火事、本妙寺で供養に焼いた振袖が火元になった、という伝説があるが、じつは計画的な放火であった。という説もある。三度も出火の徹底ぶりがただごとでないものね。鈴木理生『江戸はこうして造られた』（ちくま学芸文庫）には「牢人の代表的放火計画のうち、初めて〝成功〟した火事だった」と断定されていて、一回目は慶安四年（一六五一）の由井正雪事件、その翌年の戸次（別木とも）庄左衛門事件が二回目で、いずれも露見し、未遂に終わった。

天下普請は諸大名いじめの押しつけ工事で、財力消耗のあげくに失業続出。となれば、時代閉塞の現状打破の画策ぐらい、起きないほうがふしぎだろう。三度目の正直で大成功して、権力は風前の灯だったろうに、倒幕にはいたらなかった。にっくき江戸城の天守閣まで焼き落として溜飲がさがったか。復興土木の好況により浪人連も救済されたわけなのか。ともあれ第一期の江戸は、おかげできれいさっぱりご破算になり、第二期へむかいます。

はやい話がそれまで隅田川に橋がなかった。千住大橋以外には。川は重要な軍事境界線だった。そのため火勢に追われた大群衆が、焼かれたくなければ溺れてしまった。回向院の過去帳には二万二人とある由だが、おそらくは遺族が申告した総数でしょう。身許もしれず万人塚に埋められて、海へ流れさった屍もずいぶんにあるはずで、やっぱり死者は十万人。

それにしても、人間はこんなにむざむざ大量に死んでいいものか。この無辜の犠牲を弔う回向院を、お詣りせずにおられようか。そこで本堂めがけて橋を架ける。幅四間（七・三メートル）長さ九十四間（一七一メートル）の木橋が、大きな弧をえがいて隅田川をまたいだ。万治二年（一六五九）末に落成、大橋となづけた。西は武蔵、東は下総、二つの国境いの大川を、歩いて渡れるありがたさよ。そこで通称両国橋。やがて正式名称となった。

隅田川東岸の開発がこれよりすすんで、本所や深川が江戸のうちになる。けれども西と東では、町造りがちがった。西はお城を中心に、内堀外堀は渦を巻き、道筋は食いちがったりねじれたり、そもそも素性が要害都市だ。対して東は、掘割も道筋も縦横十文字にストレートで、米倉や材木倉など水運による町暮らしの機能中心だった。こうして大江戸八百八町ができあがる。

橋詰の広場には、東西ともに見世物小屋が林立した。西が両国広小路、東は向う両国。そこらに旅籠や飲食の町屋がならび、そのときからターミナルの町だった。春は相撲、夏は花火、川面に弦歌さんざめく屋形船。「千人が手を欄干や橋すずみ」（其角）。「下見れば及ばぬことの多かりき上見て通れ両国の橋」（蜀山人）。泰平の栄華が、十万の死骸を肥やしに華ひらいた。

いうなら、町造りの初回の不手際を黒板拭きでさっと拭って、更地に都市計画をやりなおしたような。さては浪人どもの放火も、なにをかくそう幕府当局のお膳立て……かもしれなくて、いっそ災禍を福に転じて権力を安泰にしたシンボルが、回向院と両国橋、なのでした。

もうひとつ、江戸城の天守閣を再建しなかった。こののち二百余年の長期政権を保ったことと、これも無縁ではないだろう。経費節約が主意にせよ、平和都市宣言をしたようなものだから。

この効能は、こんにちにもおよんでいるかもしれません。もしも皇居に天守閣がそびえていたならば、ははぁ、徳川を追っぱらった一族がいまここにお住まいなんだと、いくらのんきな東京都民でも、みるたびに感得するだろう。それがないもんだからなんとなく、天の岩戸このかたここは皇居というものだ、という気分に、われらはなっているのではなかろうか？

3

明暦大火供養塔から左へ、やはり錆色の石塔が数本、列柱のようにならぶ。「南無阿弥陀仏」と正面に大きく刻んだ三本のうち、手前から二本が安政大地震の供養塔です。

安政二年（一八五五）十月二日の夜半、亥の二点というからおおかた午後十時半ごろ、マグニチュード六・九の直下型地震が、八百八町をひっくり返した。もともと埋立地の本所深川が「殊に震動烈しく、家々両側より道路へ倒れかかりて」「潰れたる家々より出火多し」、山の手の被害はさほどでなかったが「武家町屋寺院等に到る迄、家の全きは甚だ少なし。倉庫は悉く壁落ちて、これに触れて死にたる者多し」「市中の呈状《かきあげ》には変死男女四千二百九十三人、怪我人二千七百五十九人とあり。寺院に葬ひし人数は、武家浪人僧尼神職町人百姓合はせて、六千六百四十一人と聞けり」（『武江年表』）。

潰れ・焼失家屋は一万四千余戸、焼失面積二・二平方キロ。悲惨には滑稽も伴い、おりから入浴中の人は湯の大波にアップアップおぼれたとか。新吉原五町も崩壊し、入床中を命拾いした連中も「衣服佩刀を失ひ、あらぬさまして家に帰りしもありけるとぞ」。その後は、大工左官の手間賃高騰、諸物価も高騰して、これも地震をおこしたナマズ様のおかげと、復興景気に浮かれる職人や商人たちをえがいた鯰絵が流行した。

二年前の嘉永六年（一八五三）には、ペリーがアメリカ艦隊の黒船四隻で浦賀に来航し、夜も寝られぬさわぎとなった。一方では、尊皇攘夷運動が燃えあがる。そのさなかに首都直撃の地震であった。地震の三年後に、井伊直弼が大老となって尊皇攘夷派を大弾圧したが、その二年後には、直弼が江戸城桜田門外で殺害された。

野口武彦『安政江戸地震』（ちくま新書）は、ズバリと語る。この地震の「事後処理がうまくできなかった徳川幕府は十二年後に潰れた。……一般に、巨大災害の後の手当をきちんとやれない国家権力は長続きしない。」

慶応三年（一八六七）十月に大政奉還。翌年四月、江戸城明け渡し。新政府は江戸を東京と改め、元号を明治として一世一元の制をたて、菊が栄えて葵は枯れた。

明暦大火をたくみにのりこえた幕府が、安政大地震には転げてしまった。門地門閥で二百年も動脈硬化していた報いでしょうね。安政地震供養塔たちは、なかば幕府供養塔でもあるわけか。一本は安政三年、一周忌法要の碑で、裏面に「金百両永代供養」とある。もう一本は慶応二年（一八六六）の追善建立で、例のナマズ景気にうるおった大工左官たちの寄進らしい。

二百年をへだてた興亡が、おなじ錆色にならび立っている。なんと無造作なコーナーだろう、この一角は。

三本目の「南無阿弥陀仏」の石塔と、四本目には「天明三年七月七日八日信州上州地変横死之諸霊魂等」と刻まれて、ともに天明三年（一七八三）の浅間山大爆発の供養塔らしい。このとき麓の村々は溶岩流に埋もれて人家跡かたもなく、江戸にも灰が降り、硫黄の臭う川水が流れてきたとか。当回向院は江戸とかぎらず、関八州の横死の諸霊もひきうけたのでした。

4

その錆色の石塔たちの裏へまわる。背中あわせに、大小の墓碑たちが膝をならべて「溺死人」の文字など、ここらは海難の部門らしく、台石には「樽廻船井上」「勢州白子」「参州平坂」「出羽庄内」等。帆前船のかたちの、帆に戒名を列記した墓石もある。明暦大火供養塔のすぐうしろ、一本だけ明るい黄色の、ひときわ高い石塔にも「海上溺死群生追福之塔」とある。表に「南無阿弥陀仏」裏に「維時文政十年丁亥六月創建、安政三年丙辰六月再建」と二行書き。寄進者は菱垣廻船十組問屋で、樽廻船組合とともに、上方（関西）と江戸をむすぶ幹線コースの運送問屋たちです。

当時は海運こそが物流の花形で、灘や伏見の酒をはじめ、織物も和紙も鰹節も蜜柑も、生活物資を大量に運んだ。上方からくだってくるのが上等だった。新開地江戸の産物はざんねんながらくだらなかった。だが好事魔多し。遠州灘の風波にどれほど難破したことか。海の藻屑となった幾多の船乗りたちを、まとめて追善供養のこの塔も、安政地震にいったん倒れ、翌年すぐに再建した。以来百五十年は経つのにこの色白は、さては上方から到来の上等の石なのか。こうして当院は、海難事故もひきうけて、全国規模になる道理でした。

この一角には、このての団体の供養碑と、わりあい有名人らしい個人の墓をよせあつめ、水子供養の一隅もある。そのいくつかに注目する。側面に蓮の台を浮彫りにした石塔は「繫囚牢獄病患疾亡諸霊等」「捨市殃罰殺害……」と、例の文字を正面に刻む。寛文七年（一六六七）の建立で、回向院開基十年にして、牢死者刑死者たちのためにも供養塔が建てられたのでした。

そのならびの石塔は、ぐっと年代が下がる明治二年（一八六九）の建立で、正面に「溺死四十七人墓」。側面の碑文によれば、同年正月に肥後（熊本）の軍艦一隻が上総沖で沈没して溺死二百六十余人、うち歩卒四十七人のための供養碑です。戊辰戦争へ駆りだして、やっと凱旋時の遭難を哀れんで、郷国に塔婆を建てたが、この回向院にも解脱を念じて建立する、というようなことらしい。溺死二百六十余人中の四十七人だけを弔うとは、一切諸霊供養追福の回向院には、およそ似合わないのではないか。もうひとつ、「第三大隊銃手招魂碑」という薄い自然石の碑が、同年の建立で、裏面に七人の俗名を列記する。なにか誇らしげで、やはり戊辰戦争の勝者たちでしょう。

九段上に東京招魂社（のちの靖国神社）が創建されたのが、明治二年陰暦六月で、徳川幕府討伐の、勝てば官軍の側だけの死者をまつった。同時期に右の二基は建ち、寛文七年の石塔の左右にある。牢死刑死もみんな受容の供養塔と、死者選別の碑のあいだには、じつは千仞の谷のような亀裂があるのではあるまいか。無造作にならんで、べつだんなんでもないようだけれど、すこしはギョッとなって首をかしげる場合ではないかなぁ。あたりにめくばりすればこんな眺めに、ゆくさきざきで出会いそうな予感もするなぁ。


という次第で、この一角は、江戸・東京の二百数十年を要約している。元号が平成となった二十世紀末ごろまでは、樹木鬱蒼と昼なお暗い風情でしたが。二十一世紀のいまはさっぱりと枝をはらい、塀際の竹やぶが明るくそよいでいます。

中央の礼拝所も、木造小屋掛けから新建材のかまぼこ屋根に進化した。その正面の大墓石が、なにをかくそう鼠小僧次郎吉の墓。

鼠小僧次郎吉は、文政から天保へかけて約十年間に諸大名屋敷へ忍び入ること前後百回、総計一万二千両を盗んで博打遊興に使いはたし、ついに捕まって天保三年（一八三二）八月、品川で獄門にかかった。享年三十七。処刑人が当院へまつられるのにふしぎはないが、人気沸騰のため「教覚速善居士」と戒名きざんだ墓石を寄進する人があらわれる。芝居で当てた役者が供養塔をたてる。という次第で明治、大正、昭和までも、回向院参詣の人気ナンバーワンではあった。その実績をしめす配置だな。

義賊とは真っ赤な偽り、しょせんコソ泥をもてはやすとはなにごとぞ、と三田村鳶魚が『泥坊づくし』で息巻いていますが。いやなに、人気の中心は、大名どもの鼻を軒並にあかして、滞留する大判小判を賭場へ流通させたことにある。十両盗めば首が飛ぶ時代に一万二千両！　千二百回は飛ぶはずの首を、たった一回ですましてのけたヒーローだもの。強運にあやかるべく墓石を欠いて持ちさる者がたえず、そこでオッ欠き用の「お前立ち」の石が据えてある。けれどもねぇ。この「お前立ち」をオッ欠いている現場に、まだでくわしたことがない。ちかごろは庶民各位におかれても、けっこう株券かかえてセコムしてますか。鼠小僧にねらわれる側へ近い気分かもしれません。

鼠小僧の墓のうしろ側に、往年の有名人の墓がいくつか寄せあつめてある。国学者加藤（橘）千蔭、絵師で戯作者の山東京伝、その弟の山東京山など。千蔭、京伝は文化年間に歿した。京山は安政五年にコレラにかかり数えの九十歳で歿。文才は兄におよびもつかず、その名声を利用して長生きした奴という評判だけれども。かの鈴木牧之『北越雪譜』の出版をプロデュースして不朽の記録文学たらしめたのは、兄に劣らぬ功績でしょう。

町奉行所与力だった加藤千蔭の墓は、三重ねの台石の上に「橘千蔭墓」と浮彫に刻む。京橋の煙草入れ屋の京伝こと岩瀬醒、京山こと岩瀬百樹、質屋だった父母の岩瀬氏之墓の三本は、台石一つに棹石がすとんと立ち、これが町人墓の規格なのだろう。いずれも東京都指定旧蹟です。

5

その一角をぬけて、墓所への参道の反対側へゆく。六角形の筒のような塔が「家畜諸動物百万頭回向堂」で、愛犬愛猫の名をしるした卒塔婆たちが、ぎっしりと整頓されて厚い板壁になっている。一切衆生悉有仏性。涅槃入寂之図をみよ、あまたの動物たちもお釈迦さまを囲んで泣いているではないか。当院の創立以来、江戸中の野良犬、野良猫たちの魂もここへ慕いよっていたのかも。回向堂は昭和三十七年（一九六二）

に、六角塔が昭和四十七年に建造され、馬頭観世音を安置する。卒塔婆の数ほど有縁の檀家がおいでとは、地震雷火事海難いっさいひきうけ日本一の無縁寺のためにも、こころづよい眺めです。

さて、数段の石段を踏んで墓所へ入ります。正面奥に露座の阿弥陀仏。ビルや民家にかこわれた四角い墓域は、一目でみわたせる。二町四方に広大だった回向院も、大正大震災ののちには、市川国府台へ別院をひらいた。その新墓地へおおかたの檀家が移ったはずで、この狭い墓域に膝よせあってならぶのは、本家の両国にどうしても眠っていたい執念のお墓たちなのだろう。

どういう檀家でいらっしゃるか。総計三百二十余基のうち、ほんの二例が紹介できて、その一つが、中央通路のつきあたりから二つ手前の横丁を、右へ折れて中ほどに「植草氏」と台石に刻まれた墓。側面に「浄諦院甚宏博道居士」とあるのが、散歩と雑学の植草甚一の戒名です。昭和五十四年（一九七九）十二月歿、享年七十一。葬儀のおりは多数の若者たちがここに参集し、トランペッターの日野皓正が葬送曲を吹き鳴らしたという。散歩の後塵を拝するひとりとして合掌。植草家は、日本橋小網町の老舗の木綿問屋でした。

このお墓のななめうしろに「平田禿木之墓」がある。明治の青春の『文学界』創立同人の一人で、昭和十八年（一九四三）三月歿、享年七十。英文学の蘊奥はさておき、樋口一葉のボーイフレンドだったのを、はるかに羨望して合掌。平田家は、日本橋伊勢町の絵具染料問屋でした。

日本橋なんだよなぁ。鐘ひとつ売れぬ日はなし江戸の春のこの町には、各種問屋が軒をつらねて日本中の物産を集散していた。明治となるや文明開化の舶来品もどっとここへ。かの丸善が日本橋なので、そこらの横丁にソロバンよりも横文字が達者なドラ息子たちが輩出するのも、むべなるかな。

禿木コト喜一は山の手風の文化人になりすまし、甚一はコスモポリタンの足をニューヨークへものばしたあげくに、身まかればやっぱり両国へもどって眠っているなんて、ズルいよねぇ。

そうだ、日本橋へ行こう。

新聞旧聞日本橋

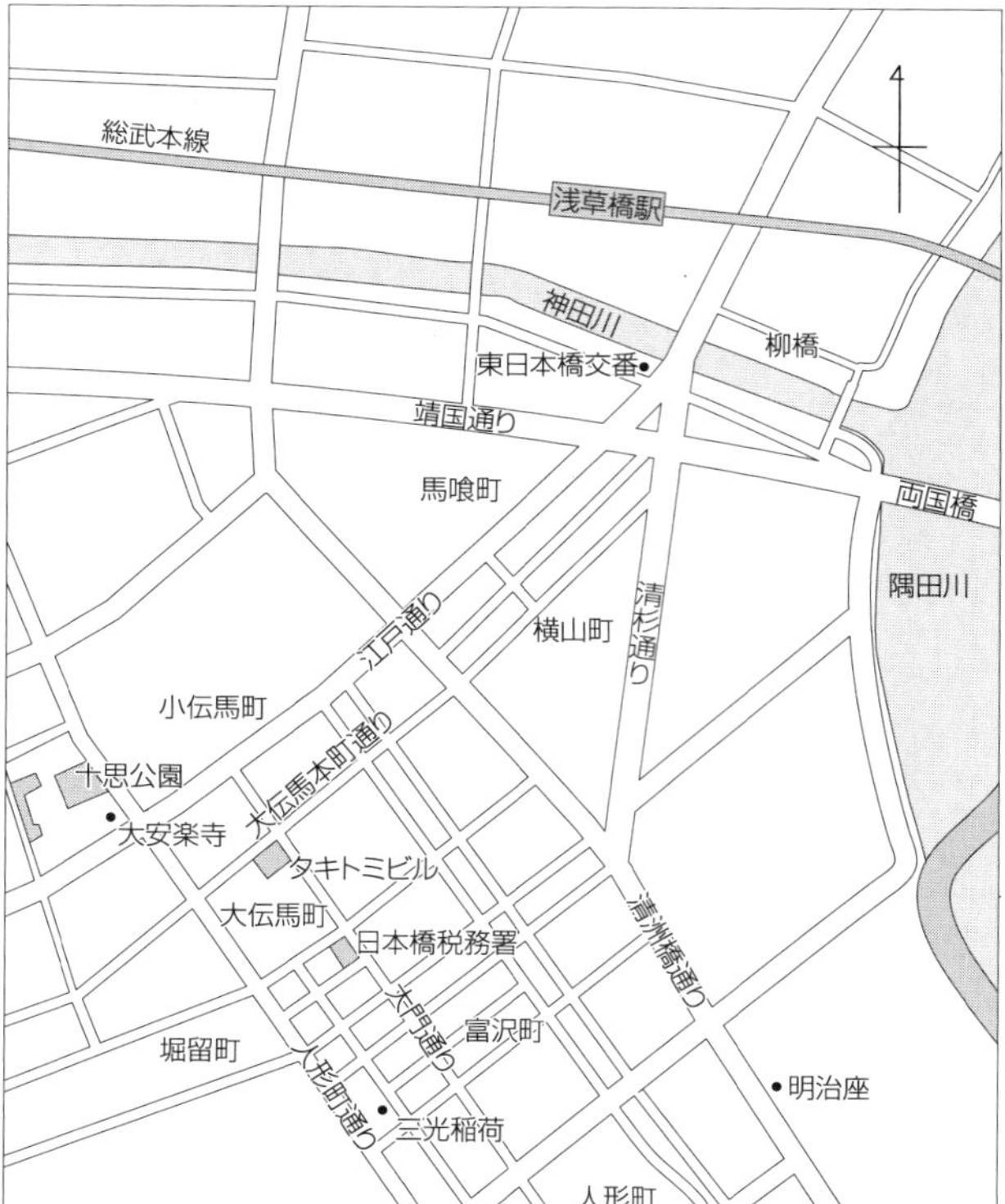
総武本線
浅草橋駅
神田川
柳橋
東日本橋交番
靖国通り
馬喰町
両国橋
隅田川
江戸通り
横山町
清杉通り
小伝馬町
大伝馬本町通り
十思公園
大安楽寺
タキトミビル
大伝馬町
日本橋税務署
清洲橋通り
大門通り
富沢町
堀留町
人形町通り
明治座
三光稲荷
人形町
人形町交差点

1

ＪＲ総武線浅草橋駅の、東口の階段をくだり、江戸通りを右へ、人形問屋のウインドウなどをみてゆけば、じきに浅草橋です。袂の植込みに「浅草見附跡」の石碑が立つ。赤坂見附や四谷見附と同列の御門で、ここを入れば、江戸城のお膝元だった。

橋をわたります。台東区から中央区へ。橋の下は神田川。左にみえる柳橋のさきは隅田川で、水源の井の頭池から全長二四キロメートル余を流れくだった終点だ。鈍色にくたびれた川面に、屋形船が二十隻ほどは舫っている。天保五年（一八三四）発行の『江戸名所図会』にも「このところ、諸方への貸船あり」とあって、大江戸このかた船遊びの足場だった。

ひところは、なにもない川面でした。両国名物の花火大会が昭和三十六年（一九六一）かぎりで中止になったころは、隅田川が工場廃水などで臭気芬々、ここらの船宿も陸にあがって天ぷら屋になるなど、全滅状態でした。それがどうだ、昭和五十三年

（一九七八）の隅田川花火大会の開始を追いかけて、川筋の諸処に船宿が復活、または開業した。てんぷらとカラオケのモーターボート屋形船が、船団を組むほどに成長して、柳橋筋がやはり最大のようだ。このしぶとさは、なんだろう。

橋をわたったさきに、枡形の御門があった、明治六年（一八七三）に取り壊されるまでは。当時の写真には、木橋のさきに冠木門があり、くぐれば石垣囲いのスクエアで、右手に楼門。さしずめ北の丸公園の田安門のごときものがここにあった。奥州街道（日光街道）筋の旅人たちは、ここを鉤の手にぬけて、道中双六の上がりと肩の荷をおろしたのでしょう。

前章でも申しあげたが、明暦大火（一六五七年）のおりに、この浅草御門を閉じたばっかりに惨劇を生じた。神田・日本橋の下町連中が、火に追われてこの橋へ殺到した。「車長持を引きつれて、浅草をさしてゆくもののいく千万とも数しらず」と、当時のルポルタージュ『むさしあぶみ』（浅井了意著　一六六一年）が語っております。なにせ枡形なのでどんどん渋滞する。川下の柳橋はまだなかった。できたのは四十年後の元禄年間だ。そのとき「いかなる天魔のわざにや、籠屋《ろうや》の科人《とがにん》どもろうを破りてにぐるぞや、それのがすなとらへよといふ程こそ有けれ、あさ草のますがたの惣門をはたとうちたりけり」

さぁたいへん、「伝馬町よりあさ草の惣門つゐぢのきはまで、そのみち八町四方があひだ、人とくるま長もちと、ひしとつかへて、いささかきりをたつべきところもあきぢはさらになし」、そのうちその車長持にも火がついた。たまらず石垣をのりこえ落ちこむ者らで川が埋まってしまい「その数二万三千余人、三町四方にかさなりて堀はさながら平地になる。のちのちにとぶものは前のしがいをふまへて飛ぶゆへに、その身すこしもいたまずして、河向にうちあがり、たすかるものも多かりけり」

事態のきっかけとなった、牢屋の罪人どもとはなにか。

街道のさきの小伝馬町に、牢屋敷があった。掏摸泥棒に人殺しから政治犯まで、みんなここへぶちこんだ。叩きや斬首のお仕置きもした。江戸時代をつうじて、とんだ名所の一つでした。その牢を破った連中がおしよせると聞いて、見附の役人らが狼狽したというのだが。

『むさしあぶみ』は物語る。「爰に籠屋の奉行をば石出帯刀と申す。しきりに猛火もえきたり、すでに籠屋に近付きしかば、帯刀すなはち科人どもに申さるるは、なんぢら今はやきころされん事うたがひなし、まことにふびんの事なり、爰にてころさんこともむざんなれば、しばらくゆるしはなつべし、足にまかせていづかたへも迯行き、ずゐぶん命をたすかり、火もしづまりたらば、一人も残らず下谷のれんけいじへ参るべし、此の義理をたがへず参りたらば、わが身に替へてもなんぢらが命を申したすくべし」と申し渡して牢の戸をひらけば、囚人たちは手をあわせ涙をながして、思い思いに逃げ散った。後日、ほぼ全員が約束通り下谷の寺へあつまって、罪一等を減じられ、ただ一人ずらかった奴は草の根わけて成敗された。

間尺にあわぬ話だ。こんな大事がわずか数町先の見附へ、なんで正確に伝わらないのか。脱走の囚人どもが蔵前の米倉を襲撃するぞ、というデマのほうは伝わったらしいのですね。

災害時には、おもいもよらぬことが突発する。大正大震災（一九二三年）では、本所被服廠跡へ数万人が車長持ひきつれて逃げこみ、その家財にも火がついて空地全体が巨大なフライパンのようになってしまった。流言蜚語が関東一円にひろがり、その災害もただならなかった。明暦と大正では、通信網の発達は比較にもならないのに、かえって流言を拡大した。携帯電話がやたら発達のこんにちは、はたしてどうか。この件は章を改めて検討します。

『むさしあぶみ』には「数百の科人」、別の資料には百三十人とあって、前者にはとかく掛け値があるようだが。ともあれ彼らはおおかたぶじで、危急のさいはやっぱり身一つで逃げるにかぎるのですな。以降、大火のさいの解き放ちは慣例となり、三日間のうちに立ちもどるべきは本所回向院。もどれば罪一等を減じられたそうです。

では、その小伝馬町牢屋敷跡を、本日はめざそう。

2

橋のさきの三角形の交差点で、しばし茫然。京葉道路が、両国橋からこっちは靖国通りで、それを江戸通りが斜め右へよこぎって、斜め左は清杉通り、その間に横山町の通りなど、あれこれ大小六本の道が、右から左へ展開している。このあたりこそ往年は両国広小路で、江戸随一の盛り場だった。回向院のほうは向う両国。明治大正昭和にもつづいた殷賑が根こそぎ消えて、いまや車が奔流する六道の辻。都心部で最も変貌のはげしい場所の一つでしょう。人間は地下道をくぐって往来する。C3をおりて、C1へあがる。

あがったところが新道問屋街の入口です。石畳の細道の、右は馬喰町、左は横山町、江戸伝来の町名だ。『江戸切絵図』ではこの道は一本の線にすぎず、さぞや細い路地だったのでしょう。「日本橋北・内神田・両国浜町明細絵図」安政六年再板の尾張屋版の、ちかごろの印刷物をひらいていまして、この新道をはさんで、右に江戸通り、左に横山町問屋街が、切絵図の通りに並行している。道幅がやたらにひろい現在地図より、切絵図のほうが町々の仕組みは見やすいくらいだ。

そこで前言を、ひるがえします。ここらは東京中で最もしぶとく町名が生きのびている場所の一つではあるな。馬喰町、小伝馬町、大伝馬町は、陸上運送のターミナルのしるしで、堀留町、小舟町は、水運のターミナルのしるし。物資はさかんに集散し、さまざまな業種の問屋が軒をつらねた。

本通りは、いまの江戸通りではなくて、横山町・大伝馬町の道筋だと、長谷川時雨が『旧聞日本橋』の冒頭で語っています。このあたりで明治十二年（一八七九）に生まれて育った時雨の回想録で、刊行は昭和十年だが、内容は明治の日本橋物語です。

そのころは鉄道馬車が、馬糞を落としながら線路の上を走っていた。浅草へむかう線路は、大伝馬町側の「問屋筋の多い街の方にあって、街の位は最上位であった。」浅草からの帰り路は、馬喰町、小伝馬町と「新開の大通りで街の品位はずっと低く、徳川時代の伝馬町の大牢の跡も原っぱで残っていた。」往と復で道がちがった。明治三十六年（一九〇三）に市内電車が開業して、鉄道馬車を駆逐する。浅草橋からまっすぐの馬喰町側の道筋をひろげて、往復の線路を敷いた。だから「新開の大通り」。いまの江戸通りです。

その二本の通りの、中間の新道にいまはいるのだが。永井荷風が『日和下駄』に語っている。「横山町辺のとある路地の中にはやはり立派に石を敷詰めた両側ともに長《なが》門筒《とつつ》袋物また筆など製している問屋ばかりが続いているので、路地一帯が倉庫のように思われる」云々。この新道はそのての路地のひとつでしょう。細い道筋に段ボール箱などを積みあげて、いまも「倉庫のよう」でなくもない。

本筋の道を歩こう。左へ折れて、横山町問屋街へでる。両側の店ごとにカラフルな商品があふれている。素人さんお断りの張り紙も軒なみだが、往来の人がまさか仕入れの玄人さんばかりでもあるまい。無数の衣類の陳列を眺めてゆくと、ここらの総量で全人類に一着ずつは着せられそうな気がします。ビルごとの縦長の看板には、タオル、ネクタイ、帽子などなど。衣類にかぎらず、靴、鞄、化粧品まで身のまわり品卸売業が二十一種類と『中央区三十年史』にあって、横山町へゆけばなんでもそろう評判も、江戸以来なのでした。

やがて大伝馬本町通りとなる。町境に、かつては堀があった。堀のむこうとこっちで町の姿がちがったという。埋め立てられたいまだって、横山町通りとは、一見して間口がちがう。往時の大店の間口が、そのままビルの間口らしくて、小問屋相手の大問屋なのか。「街の位は最上位で」と『旧聞日本橋』が言うのはこのあたりだ。

つぎの辻の左角、七階建てのタキトミビルのあたり一帯に、大丸呉服店があった。

「四ツ辻に、毅然と聳えていた大土蔵造りの有名な呉服店だった。」「大丸はその近所の者にとって、何がなし目標点だった。物珍しい見物《みもの》があれば、みな大丸の角に集まってゆく。鉄道馬車がはじめて通った時もそうなら、西洋人が来たと騒いで駈附けるのも大丸であるし、お開帳の休憩もそこであった。」

大丸は、そもそもは京都に創業し、寛保三年（一七四三）に江戸へ進出、明治末期まではここにあった。ひところは越後屋（三越）や白木屋を抜いて、ここが「日本橋文化、繁昌地中心点であった」という。ふーん。平成のいまは、へんてつもないビル街なので、なおさら見渡してしまいます。ちなみに東京駅八重洲口の大丸は、昭和二十九年（一九五四）の駅ビル落成時に捲土重来してきたのでした。

この辻で、大門《おおもん》通りと交叉している。辻を左折したさきに、吉原遊郭があった。というのは三百五十年もむかしのこと。明暦大火のころに浅草田圃へ移って新吉原となったので、もはやご当地に縁もゆかりもないのだが、通りの名だけはのこり、表示板が立っている。

おかげさまで見えてくることはある。『江戸名所図会』の「大門通り」には「昔この地に吉原町ありし頃の大門の通りなりしにより、かく名づく。いまは銅物《かなもの》屋・馬具師多く住めり。鐘ひとつうれぬ日はなし江戸の春　其角」とあって、なるほど、鎧・鞍・鐙などをならべる店と、燈籠・燭台・金盥などを置く店が軒をつらね、おりしも通りを、菰でくるんだ釣鐘をのせた大八車が何人もの曳き手押し手で運ばれてゆく。元禄の繁栄のおそらく誇張的表現の其角の句が、リアリズムで描かれている。さては右の句は、この通りが舞台であったのか。

金物問屋は、大門通りの入口に集中していた。「火鉢ばかりの店もあれば金だらいや手水鉢《ちょうずばち》が主な店もあり、襖の引手やその他細かいものの上等品ばかりの店もあり、笹屋という刃物ばかりのとても大きな問屋もあった」云々と『旧聞日本橋』が、こまごま語っているのは、時雨がまさにこのへんの子だったので。長谷川家は、タキトミビルと筋向かいの住友生命日本橋大伝馬町ビルの裏の車庫あたりで、なかば道路の上でしたろう。切絵図に厩新道とある裏道が、いまや堂々たる二車線の幅だから。

江戸も明治大正の東京も、家並はおおかた平屋か二階屋で、道路が狭いぶん地所はひろく、家々に庭も井戸もあった。その井戸について、時雨は語る。長谷川家のむかいは、泉水の庭のある二階屋と、小さな煎餅屋がならんでいて「そこの塀を二塀ばかりきりとって神田上水の井戸があるのを、塩せんべ屋のお婆さんが井戸番をしているようなかたちだった。あたしの家の裏の井戸は玉川上水だった」。

これは仰天だ。水道の水で産湯をつかったのが江戸っ子の自慢で、神田組と玉川組といいたわけだが、ここがその境界であったとは。はるか井の頭池から湧きでる水と、多摩川上流の羽村の堰でどっと流れこんだ水が、はるばるとここまで届いていたのですなぁ。両上水こそは江戸の先人たちの偉業の一つで、東京になってもそのまままつかわれた。改良水道と交代したのは明治三十年代だった。長谷川家の長女がつかった産湯は、ひょっとして塩せんべ屋の婆さんが加勢して神田上水の水もブレンドされたかもしれず、だとすれば長谷川時雨こそ、スーパー江戸っ子ではありませんか。

金物問屋の下請けの鍛冶屋も界隈に多く、トンテンカンと槌音をひびかせていた。柔らかい繊維にかぎらず、堅い金物もさかんな街だった。『中央区三十年史』は昭和五十五年（一九八〇）発行でデータがやや古いが、小伝馬町には金物卸売業者が二十一社、大伝馬町には江戸期創業の大手機械会社さえ二、三あると。建築資材、産業機械などを扱って、宝井其角このかたの春がけっこうつづいてきたらしいのでした。

小伝馬町の牢屋敷跡は、ここから斜め右の方角にほど近いが、すこし寄り道をします。大門通りを、元吉原のあった方へ。

「大門通りも大丸からさきの方は、長谷川町、富沢町と大呉服問屋、太物問屋が門並《かどなみ》だ」、その問屋たちは、大丸をはじめ関西や伊勢の出身が多かった。日本橋一帯は「堺町、和泉町、浪花町、住吉町、大坂町でとんで伊勢町など、みんな関西から出稼ぎ人の地名から来ている」と『旧聞日本橋』は語る。なにやら江戸の実状は上方《かみがた》の植民地だったのか。現在は町名を統合して、大門通りの西は堀留町二丁目、東が富沢町。大伝馬町とあわせたこの三町に、大手卸売会社が集中し「ここで年間二兆円近い売買が行われているとはとても想像できない」と『中央区三十年史』はいう。一見地味なビルがたちならび、人影まばらだが、朝夕のラッシュ時に石を投げたら、さだめし辣腕の繊維商社マンに当たるのでしょう。

日本橋税務署がみえてきた。角地に六階建ての渋いビルで、なるほど、金がうなる街のまんなかに建っている。だが、この街にも、ちかごろはマンションがふえた。流通革命このかた大問屋の倒産もつづいて、その変身の姿か。

富沢町の、町名にはこんな由来がある。慶長年間（一六〇〇年前後）に、鳶沢甚内という盗賊の頭目が捕らえられ、あわやお仕置になるところを、徳川家康がもちかけた。いっそ盗賊どもの探索係にならぬかい。甚内は申しあげる。そのための子分どもを養わねばなりませぬ。そこでここらの低湿地をたまわり町を開いて、古着買いの元締となった。子分らは市中をあまねく徘徊して古着と情報を拾いあつめた。この古着屋の鳶沢町が、いつとなく富沢町となって、現にこうして実力派なのですね。

つづいて、庄司甚内（のち甚右衛門）なる遊女屋のおやじが幕府に願いでた。市中に野放図の湯女風呂をだんこまとめて風俗営業エリアを設けるべきです。元和三年（一六一七）に許可されて、鳶沢町のさきの葦の原をたまわり、埋め立て、堀をめぐらし、吉原遊郭が誕生した。名主となった庄司甚右衛門は、もと北条家の家臣だったとか。

葦のしげる湿地帯は、盗賊と落武者の二人の甚内によって市街化された。ただし、遊客むらがり埋立地が踏み固まるや、吉原は浅草へ移されて、たかだか四十年の繁華でした。おそらく税務署のあたりに大門が建ち、そのさきの二町四方が郭だった。そのまたさきが人形町です。

こうして造成された大江戸を、奥州街道筋から眺めてみます。浅草御門をくぐっていよいよ道中の上りの、左手に吉原遊郭の不夜城が待ちかまえていた。右手には、かの牢屋敷がある。ともに四角く堀をめぐらして、極楽と地獄の相似形。ここ過ぎて、生死のはざまの嘆きの市！

では、牢屋敷跡へむかいます。

税務署のさきを右へ折れ、人形町通りへでて、右へ。この堀留町界隈は、さきの戦争末期の東京大空襲をまぬがれたところだ。大門通りの東側は、横山町、大伝馬町、富沢町などみな焼けたが、西側は人形町、芳町、小舟町などと、昭和通りのむこうの本町まで焼けのこった。焼け跡と、ぶじの街並は、道筋一本が境い目で奇妙な眺めでした。同世代の友人に、千住の場末で焼けだされ、父親の勤め先の堀留町へ疎開して、この都心でぶじ敗戦をむかえた者がいます。そういうふしぎランドなんだよねぇ、ここらは。

いまや総じてビル化したが、路地のあたりに三光稲荷など、戦前のおもかげが端切れほどにはのこっていて、そこらを覗きながらゆくほどに、小伝馬町交叉点へ。江戸通りを北へよこぎってすぐさきの左側に、大安楽寺と、十思公園がある。この一帯が小伝馬町牢屋敷跡でした。

切絵図でみると、牢屋敷はほぼ一丁を四角く占め、堀をめぐらし、東西に小橋がある。総面積二六七七坪（八八五〇平方メートル）を、高さ七尺八寸（二・三六メートル）の練塀が忍び返しをのせて囲っていた。西の表門を入れば正面に詮議の役所。右に同心長屋と、牢奉行石出帯刀の役宅があった。左に二間牢、大牢、揚り屋などが長屋風にならび、奥に揚り座敷と、百姓牢。拷問蔵は西に、処刑場は東の角にありました。

十思公園が、そのまんなかあたりで、四周をぐるりととりこんだスペースだった。公園とむきあう大安楽寺のタイル張り垣根に、石柱が一本割りこみ、刻まれた朱文字が「江戸伝馬町処刑場跡」。そのうしろに延命地蔵尊と、赤屋根の弁天堂がならんでいて、まさにこの場所らしい。えーっ、こんな道ばたで首斬ってたのォ！　本堂前にお賽銭をなげこんで、さて。

江戸の町へタイムスリップするには、まず小伝馬町交叉点からの表通りを半分に縮める。そこへ堀をまわし、練塀をたてると、現状ほどに路傍ではない。が、まぁ、五十歩百歩か。

そのころは世の中がシーンと静かだった。ここからほど近い石町の時の鐘は、大江戸の四百十町にきこえて「石町は江戸を寝せたり起こしたり」と川柳にうたわれた。じつは処刑も、この鐘の音で執行した。そのご縁により都重宝「石町時の鐘」はいま、十思公園内に移ってモダンな鐘楼に吊られています。してみれば、この土壇場であがる断末魔の悲鳴は、練塀をとびこえて四方へひびいたのではあるまいか。大丸呉服店のあたりへまでも。

五街道の起点日本橋のごく近くに、牢屋敷を置き、しかも首切り場は街道寄りへ設けた。眼にもみよ、音にもきけ。念入りなみせしめの上に、大江戸の太平は馬乗りになっていたのでありますなぁ。

十思公園にたつ史蹟案内板には、牢屋敷があった二百七十年間に入牢者は数十万人、と大まかな数字が書いてあります。一説には常時三、四百人がいて、毎日数人が表門から入り、処刑と牢内変死が日々数人は裏の不浄門から出た。これでは収支とんとんで、生きて出た者はいない勘定になり、ここ小伝馬町一丁目はすなわち地獄の一丁目……あぁ、語源はここだったのか？

一般庶民の入る大牢と、下級武士や僧侶らの揚り屋と、上級武士むきの揚り座敷とでは、待遇は大違いだった。だが、幕末になるほどに収容限度をこえ、安政の大獄時には千人ものすし詰めとなって、武士も大牢へ押しこんだ。吉田松陰をはじめ幾多の志士をここへぶちこみ始末してしまった。なおさらそれが討幕の火の手をあおって、徳川の栄華はついに十五代で瓦解する。

それから百四十年。いま十思公園は、寺院と、中小企業のビルと、旧十思小学校の校庭にかこまれて、都心の喧噪をふと忘れる空間です。日向に鳩、ベンチには平日の昼日中に行き場のないような人影ちらほら。そこでわが身もベンチの一人となる。

4

慶応四年（一八六八）陰暦七月、新政府は江戸を東京と改め、九月、明治と改元する。小伝馬町牢屋敷は、囚獄司と改め、牢屋同心、下男らはそのまま看守に、代々世襲の牢屋奉行石出帯刀は免職となった。

代わって囚獄長に任ぜられたのが、岡山藩士の小原重哉。なんと、さきごろまで大牢にぶちこまれていた男で、幕府隠密を暗殺した嫌疑で命はないところを、間一髪の維新成就でたすかったのでした。小原はただちに改革に着手し、揚り座敷を囚人たちの病室とした。牢内を毎月一回大掃除させ、寝具を日光に干した。そして自分をさんざん苦しめた牢名主、添役、二番役、隅の隠居など大牢内の身分制を一掃した。これぞ革命。やっぱり世直しは、たまにはやってみるものですなぁ。小原重哉は、判事として監獄法のエキスパートとなり、のち貴族院議員になりました。

明治八年、囚人たちは新築の市ヶ谷監獄へ移される。いかにも小伝馬町の牢は狭すぎた。天下はひっくりかえっている最中だし、新政府を誹謗する奴らをかたっぱしから捕まえなくてはならないし。

牢屋敷はとりこわされ、跡地はながらく更地のまま、人はここを「牢屋の原」と呼んだ。当初はタダでも貰い手がなかった。長谷川時雨の父深造は、明治十二年官許の日本最初の代言人（弁護士）十二人のうちの一人で、跡地を無償でくれようという政府の要路筋の話を断った。

「あすこはな、不浄場といってたが、悪い奴ばかりはいないのだ。今と違ってどんなに無実の罪で死んだものがあるかしれやしない。おれは斬罪になる者の号泣《なきごえ》を聞いているからいやだ。逃れよう、逃れようという気が、首を斬られてからも、ヒョイと前へ出るのだ。してえことをしたもんで、（略）まあ、あんな場処はほしくねえな。」

やっぱり悲鳴が聞こえたんだ。くわえて江戸っ子の意地。ハイと言っときゃ、土一升金一升の日本橋の地べたがころげこんできたものを。では誰がもらったのか。大倉喜八郎と、安田善次郎だ、と『中央区三十年史』に書いてあるからそうでしょう。

しかし、新興成金の腕力でさえ、すぐに市街化はできなかった。

「牢屋の原が小屋がけ見世もの場でさかっていた。つとめて土地の不浄を払おうとしたのであろう。表通りの鉄道馬車路を商家にし、不浄門（死体をかつぎ出した裏門）のあった通りと、大牢《ろう》のあった方の溝を埋めて、その側の表に面した方へ、新高野山大安楽寺《こうぼうさま》と身延山久遠寺《にちれんさま》と、村雲別院《さま》と、円光大師寺《さま》の四ツの寺院《おてら》を建立し、以前《もと》の表門の口が憲兵屯所で、ぐるりをとりまいたが、寺院がそう立揃わないうちは、真中の空地に綱わたりや、野天の軽業がかかっていた。」とりわけ小屋がけ寄席の怪談が大当たり。二百七十年間の怨念の土地柄に神経がおののき、隣りの寺の鐘やお題目の下座も入る。「人情の弱点の怖いもの見たさ、客は昼も夜も満員――夜は通りの四つ角の夜店と、陽気な桜湯の縁台が、若衆たちのちぢまった肝ったまをホッと救う――」

『旧聞日本橋』より。不浄を払うのは、じつは芸能の力だ、ということがしみじみ偲ばれます。

その盛りようの証言を、もう一つ。

「いろんな見世物がしょっちゅうかかっていた。また小あきんどが露店をならべて、蠑螺《さざえ》の壺焼や、はじけ豆や、蜜柑水や、季節になれば唐もろこし、焼栗、椎の実などもうる。紅白だんだらの幕をはった見世物小屋の木戸に拍子木と下足札をひかえてあぐらをかいている男は手を口へあてて　ほうばん　ほうばん　と呼びたてる。鎖につないだ山犬の鼻さきへ鶏をつきつけて悲鳴をあげさせるのもある。お皿のある怪しげな河童が水溜《だまり》のなかでぼちゃぼちゃやるのもある。」

中勘助『銀の匙』の一節です。明治十八年生まれの勘助坊やは、養育係の伯母さんに背負われてここへ来ていた。美濃今尾藩の元殿様の家令の子で、屋敷は神田東松下町、牢屋の原の北へ徒歩数分のところだった。「気にいった見世物のひとつは駝鳥と人間の相撲であった。ねじ鉢巻の男が撃剣のお胴をつけて、鳥が戦いを挑《いど》むときのようにひょんひょん跳ねながらかかってゆくと、駝鳥が腹をたててぱっぱっと蹴とばすのである。ある時は駝鳥のほうが頸ねっこを押えつけられて負けになり、ある時は男のほうが蹴たてられて　まいった　まいった　といって逃げだした。」

ついでにもう一人、ひよわな子を紹介します。

「天気のよい日には、ばあやは私を背中に負ぶって方々の縁日へ連れて行ってくれた。浜町の家から一番近いところにある清正公、人形町の水天宮、大観音、牢屋の原の弘法大師、時には日本橋通りを越えて西河岸の地蔵などへも行った。」

谷崎潤一郎『幼少時代』の一節です。明治十九年生まれのこの坊やは、日本橋蠣殻町の相場速報の谷崎活版所のお孫さんで、浜町へ分家したばかり。そこから牢屋の原へ、子を背負ってばあやは歩いた。むかしの東京は随所で縁日だらけでした。

それにしても、ご養育係の背中にはりついている坊やのたぐいは、下町ではミソッカスといいます。右の二人は北と南からきて、すれちがっていたのではないか。明治十二年生まれの長谷川時雨も、やはりいいとこの子だが、観察力旺盛なお姉さまだ。明治ミソッカスどもを、じろりとみつめたこともあったりして。以上、明治二十年代のある日の牢屋の原でした。

5

大正十二年（一九二三）九月一日の関東大震災には、下町一帯が焦土となったが、日本橋界隈はじきに復興の槌音がひびく。大安楽寺と身延別院は場所を移して再建され、昭和三年（一九二八）末、十思小学校の新校舎が落成し、つづいて十思公園が開園。ほぼ現在の姿に定まった。

十思とは、漢籍の『資治通鑑《しじつがん》』中の「十思之疏」に拠り、天子が思うべき十ヶ条を説いたものだそうです。学習院じゃあるまいし、どうして下町の小学校の名になったのか。本校創立の明治十年当時の東京は、大区小区制で日本橋一帯は第一大区、その第十四小区の学校につき、十四にちなんで十思とした。なぁんだ語呂合わせか。漢学の素養がゆたかな時代だ。ただし牢屋敷跡は十二小区で、十四小区はその西側にあたる。明治末年に大師堂の境内へ引っ越して木造二階建て、震災復興事業によって鉄筋コンクリート三階建てになったのでした。

震災後の東京市は、ほんとうに偉かった。当初の復興計画は大風呂敷と非難されて値切られながら、隅田川十二橋や昭和通りなどの幹線道路をつくって、現に都民はおかげをいただいている。小学校がまた然り。堅牢な校舎を小公園とセットにして、町々の防災拠点を兼ねた。鉄筋ながら屋内は壁も床も板張りで、冬場はスチーム暖房、便所は水洗。町々の子どもらは、それぞれ自分の学校を自慢にした。

容れ物は上等だったが、中身がだんだん奇妙になる。戦争激化とともに軍国調へ、ついに昭和十六年春より国民学校と改まる。全国一律だけれど十思国民学校の場合は、あるいはきめつけが一目盛きつかったかもしれません。吉田松陰ゆかりの地だもんね。

あの大戦中、吉田松陰は、滅私奉公のお手本でした。この人物は、国防のための海外渡航をめざしてすぐに失敗した。万民安堵のための忠君を唱えて失敗をかさね、諸君は功業をなしたまえ、私は忠義をするさ、といって、じきにここで死罪になってしまった。ふしぎに純粋な感化力のある人柄が、やがて神格化され、戦争中は特攻精神のお手本にされた。一君のために万民は死ね。

「身はたとひ武さしの野辺に朽ちぬともとどめ置かまし大和魂」、刑場にひきだされたとき、松陰は大声でこの辞世の歌を朗誦し、従容として首斬られた。という訓話を、当時の中学生のわれらは耳にタコほど聞かされた。その「武さしの野辺」が、こんな街中だったとはねぇ。西国の長州からはるばるやってきた人の感覚だろうか。松陰は、練塀のそとへもとどけと声をはりあげたのにちがいない。耳ある者は聞くべし。

「松陰先生終焉之地」の石碑と、右の辞世の歌碑が、公園の一隅にあります。建立は昭和十四年。日中戦争へ突入して三年目で、当時はもっと目だつところに建てたのにちがいない。時代の要請だもの。いまは東の植込みの中にひかえめなのが、現代の要請でしょう。

もう一つ、あおぎみる大きな石碑が、北側の木立にかこまれています。独特の篆書体で大きく「忠魂碑」、脇に「明治丙午夏　希典書」。明治丙午は明治三十九年（一九〇六）で、陸軍大将乃木希典の揮毫とくれば、日露戦争の記念碑にほかならぬ。当初からこの地に建てられ、十思公園造成のおりに、台座などをさらに整備されたのでしょう。

上野公園の袴腰の植込みにも、乃木希典揮毫の「忠魂碑」がある。両国橋の東詰の植込みには、陸軍大将大山巌揮毫の「表忠碑」がある。深川公園の広場の一隅には、渋沢栄一謹書の「忠魂碑」がある。市中各区に、おそらく日本中の町々村々にご同類が建って、碑の裏面には、その区や町村からの出征者、または戦没者の名を刻んだ。飛鳥山公園にそびえる巨大な「明治三十七八年戦役記念碑」には、北豊島郡の出征者約二千人の姓名が刻んであります。

この碑の裏面にも、恒例によって日本橋区の軍人たちの名が刻まれているはずで、うしろへまわって、びっくりしました。四角い凹みが二つあるのみ！　縦長と、横長と、上下二つの長方形の凹みは、なにかを嵌めこんであった跡なのだな。

この背中がさびしい忠魂碑の足もとに、小さな碑が二つ、子分のように控えていて、正面からみて右脇の「表忠碑」は昭和七年（一九三二）の建立です。裏には忠魂碑とそっくりに上下に二つの凹みがあり、上の枠には由来書きが、下の枠には日清戦役に従軍の二十六名と、満洲事変の十名の戦歿者の階級と姓名が刻まれている。日清戦役時には建碑のことがなかったので遅ればせに満洲上海事変の区民殉難者と合わせて顕彰する、という由来記です。満洲といまは当用漢字で書くが、満洲と昔どおりに刻んである。

子分の碑は親分の碑をまねたにきまっている。そこで推測がつく。忠魂碑の凹みには、日露戦役に当区から出征した戦歿者たちの姓名と、建立の由来記とが、それぞれ銅板に鋳込んで嵌めこんであったのだ。鐘ひとつ売れぬ日はない金物問屋の町で、鍛冶屋もそこらに多かった。文字を浮き彫りの銅板仕立てぐらいはお手のものの地場産業でした。さすが日本橋区の碑は、ひと味ちがった。

では、その銅板が、いつ、だれに剝がされたのか。戦争中の金属供出の仕業だな。まさか、ものが忠魂碑ですよ、鉄砲玉をつくるべく鉄砲をつぶすようなものではないか。しかし街路灯も、橋桁さえもはずして持ちさった時代です。日露の勇士が二度の出征をしたわけだ。

あるいは戦後の、金物泥棒？　焼跡の水道管から、お寺の銅屋根から、上野の西郷さんの銅像の犬の紐までねらわれたご時世につき、なまじの鋳物が仇になったのか。

左脇の尖塔風な「平和之礎」碑は昭和四十三年（一九六八）三月十日の建立で、支那事変・大東亜戦争および国土防衛に殉じた諸霊をまとめて慰霊する、と刻まれている。三月十日は日露戦役で奉天が陥落した陸軍記念日で、太平洋戦争末期に一夜にして死者十万の東京大空襲の日です。その無数の焼死者たちの名を刻んだら、当区の分だけでも十思公園が林立する碑で埋まるだろう。この忠魂碑コーナーには、ご当地の二十世紀の苦渋と混迷がたちこめている。木立の繁みが、それやこれやをさりげなく囲って、木漏れ日をこぼしている。

十思小学校は、居住人口過疎の児童減により、平成二年（一九九〇）に廃校となり日本橋小学校へ統合された。文化財的な旧校舎は、いまは中央区立の十思スクエア。おとしより相談センター、訪問介護ステーションなどが入り、一転して老人むきの施設になっています。

6

さてそこで、牢屋敷へもどります。

両国回向院に墓がある鼠小僧次郎吉は、捕らえられて、ここへぶちこまれ、天保三年（一八三二）八月十九日に、引廻しのうえ品川で獄門にかかった。裸馬にのせられ、裏の不浄門をでて、はるばる鈴ヶ森まで引かれていったので、次郎吉のその日のいでたちは黒の麻帷子《かたびら》をまとい、下に更紗を着こみ、八端《はったん》の帯を締め、顔に薄化粧をしていた由。

引廻しとは、罪状しるしたプラカードを先頭に、ものものしい行列で市中をめぐって刑場へゆく。みせしめの刑罰なんだが、当人には最後の江戸見物だ。派手にめかして、沿道にむらがる見物衆に辞世の歌を唱えてみせたり、これを引かれ者の小唄といった。スタートきどりで、あとあとの語り草になるやつもいて、つまり官民合同のイベントだったのですなぁ。

死刑にも、下手人、死罪、獄門、磔、火あぶり、鋸引きなど幾通りもあった。殺し方、死体の扱い方に、幾重にも懲罰の度合いがあり、下手人は斬首のみ。死罪は遺体を試し斬りに、獄門の場合は、斬った首を三日間晒した。六尺の台上というが、柱の二尺は地中へ埋めるので、ちょうど眼の高さに見えるあんばいです。東海道は品川宿のさきの鈴ケ森に、奥州・日光街道は千住宿の手前の小塚原《こづかっぱら》に、江戸で悪事を働くとこういうざまだぞ、と旅人たちにみせしめていた。

幕末の開国このかた、到来する欧米人たちに残酷と非難され、明治新政府によって廃止されたが、いやなに西洋だって中世には、城門に首をいくつもぶらさげてみせしめにしていた。十字架もギロチンも、あちらが本場だ。人類のすることには共通性があるもので、地域差や時間差で野蛮とか文明とかいう。

いずれにせよそういう文化をわれらはたどってきた。そこで獄門になる身としては、その首に薄化粧しておこうとは、殊勝なたしなみではあるまいか。

案のじょう語り草となり、芝居にも仕立てられた。獄門から二十五年後の安政四年（一八五七）に、河竹黙阿弥の『鼠小紋東君新形《ねずみこもんはるのしんがた》』が「餓鬼の折から手癖が悪く、人の物は我が物と盗みはすれど、今日が日まで、邪曲非道《よこしまひどう》なことはせず」と見得をきって大当たり。大名連の戸棚から金子を盗んでくるのは、よしんば賭場で使いはたしても、多少は富の平均化かもしれなくて、見物衆は胸がすいた。

右の初演のその年に、空前の盗っ人が二人、牢屋敷入りとなりました。

この二人は、二年前の安政二年三月六日に、こともあろうに江戸城の本丸の御金蔵から、小判二千両入り二箱を担ぎだした。事前に六度も忍びこみ合鍵をこしらえ、用意周到の荒業だった。盗んだ小判は床下に埋めておくうちに、大地震がきたのをさいわい材木で儲けたと称して金貸し開業、しばしは有卦に入るうちに、さすがに足が付いて、浪人藤岡藤十郎と野州無宿の富蔵が「安政四年二月二十六日、露顕して召捕らへられ、五月十三日両人引廻しの上、千住に於いて磔刑に処せらる」（『武江年表』）。召捕ったとはいえ前代未聞の盗難は、世の中のタガがよほどゆるんだ証拠の一つでしょうなぁ。治世二百五十年の制度疲労の徳川幕府は、この十年後にがらり瓦解、江戸城内へ官軍が土足で乗りこんだ。

明治十八年（一八八五）に、河竹默阿弥の『四千両小判梅葉《しせんりょうこばんのうめのは》』が初演される。右の事件の実録物で、もう徳川方へ遠慮はいらない。四谷見附の堀端で二人が、鼠小僧なんざ小さい小さい、やるなら公方様の御金蔵だと大事をたくらむ場面から、富蔵の大胆、藤十郎の慎重コンビで事はすすむが、やがて露顕して大牢入り。その伝馬町牢内の場が、おかげでいまも様式美風なドキュメントで窺えるのでありますよ。

四幕目大切の幕がひらくと、上手隅に、隅の隠居が畳七枚積み布団の上に住まい、以下畳一枚に仮座の隠居、平の隠居、二番役の富蔵、戸前口に数見役、畳十枚積みに布団を敷いて牢名主、以下穴の隠居、若隠居、三番役、四番役、五番役、等々の畳一枚に三人四人の組がならび、その他大勢は客席側に満員電車なみに鮨詰めでいるつもり。

まずは牢内の思い出話に花が咲く。天保十三年（一八四二）の改革のころはよかった、違反の贅沢品を売った商人たちが数珠つなぎに入ってきて「大した蔓と見舞物でその時ぐらい御牢内の、富貴なことはありゃあしねえ」干物の食い手がなかったくらいで、ひきかえちかごろの新入りは、しけた奴らばかりだ。ところでどうやら、富蔵のお仕置は明日らしい。「御代始まってねえ賊だから、お仕置に出るその時は、立派に仕度をしてやろうと思っていたが牢内も、世間につれて不景気に心に思うようにも行かねえ、着附は唐桟、帯は博多、これで不承してくんねえ」と牢名主は用意の風呂敷包みを渡す。隅の隠居は紙でたたんだ数珠を贈る。富蔵は感謝して、一同に別れの挨拶をすると、牢名主は「いや早く帳番にそういって、酒と肴を入れてくれ。芸尽しでもみんなにさせ、賑やかに別れをしよう」これよりご牢内は、すってん踊りににぎわうお別れパーティとなるらしい。

まさか？　いや、ほんとう！　黙阿弥は体験者たちからしっかり取材をして書いた。「ここは地獄の一丁目で、二丁目のねえ所だ」と富蔵が見得を切るくだりでは、トンテンカンと鍛冶場の槌の音を、効果音にひびかせたという。道ひとつ隣の小伝馬上町は鍛冶屋の町で、日々に槌音が聞こえていた。それほどに忠実な、地獄の沙汰も金次第のリアリズムでありました。

翌日、牢屋敷言渡しの場。富蔵は唐桟の着附、博多の帯、白の脚絆草鞋、荒縄にかかり首に紙の数珠を掛けて西大牢より、藤十郎は黒五本骨の紋付の着附、脚絆、荒縄、紙の数珠を同様に東大牢よりひきだされ、科《とが》の次第を申し渡される。ときに藤十郎三十七歳、富蔵三十三歳。いざ出立。牢内から囚人たちの「日本一の大泥坊」の声がかかって、藤十郎「今日がこの世の」富蔵「見納めだなあ」。時の太鼓が鳴って、舞台がまわる。

と、舞台袖に練塀、正面奥に祖師堂の、ただいま明治十八年の牢屋の原の景となります。今宵はお会式の、万燈練って人々くりだし、南無妙法蓮華経の団扇太鼓もにぎやかに総おどり。これにて、めでたく打出し。

市中引廻しは、軽くて日本橋界隈、重いと日本橋から江戸城をぐるりとまわったそうで、さては藤十郎と富蔵は、そもそも発議の四谷見附も見納めたか。むかう千住は小塚原《こつかつぱら》の、磔刑は、獄門よりも一段重く「公儀を恐れざる仕方、両人共重々不届至極」だった。

長さ二間の磔柱に、横木二本の大の字に縛られて、幻のちまたに離別の血潮をそそいだか。

そうだ、千住へ行こう。

千住、幻のちまた

千住大橋
隅田川（荒川）
素盞雄神社
真養寺
日光街道
コツ通り
西光寺
円通寺
旧黒門
南千住駅
回向院
新吉原総霊塔
延命寺
浄閑寺
首切り地蔵
大関横丁
日比谷線三ノ輪駅3番出口
昭和通り
明治通り
土手通り
一葉記念館
国際通り
吉原大門

1

東京メトロ日比谷線三ノ輪駅の3番の改札口をでれば、大関横丁の四つ辻です。昭和通りと、明治通りが交叉して、車の流れが堰きとめられては、どっと走る。ではこの身も、さっそくに歩みだそう、本日の道順へむけて。

ぐるりと裏へまわって、あんがいしずかな町角の、栄法山浄閑寺をたずねます。明暦元年（一六五五）創建の浄土宗のお寺で、簡素な山門をくぐれば、鉄筋瓦屋根の本堂が大きい。かつては本堂も簡素な平屋でした。

一礼して、左から裏手へL字形の墓地に入る。墓石がすきまなく整列して、ほそい通路は、いつきても掃除がゆきとどいています。本堂裏のハンノキが枝をひろげる下に、四角い石室。その上に蓮台の墓標がひときわ高く「新吉原総霊塔」、裏側に「昭和四年八月改修」とある。

石室は半地下式で、横の小窓から、暗い内部の骨壺たちがすこしのぞける。もはや新入りの骨壺はないのだろう、新吉原はとっくに消滅したのだもの。ソープランドの里として、風俗産業の伝統は健在にせよ。

吉原が、日本橋から、はずれの浅草田圃へ越してきたのが明暦三年だから、当寺創建の二年後で、いわばここらを草分けの同期生です。

諸大名、大通《だいつう》から、八つぁん熊さんまで、吉原《なか》へ通うが男のほまれ。諸事流行はここに発した。朝の魚河岸、昼の芝居町とともに一日千両の金が落ち、闇の夜は吉原ばかり月夜かな（其角）。一日千両の一割ほどは冥加金としてお上に納めて、公許とはそういうこと。幕府を筆頭によってたかって食いものにして、花の大江戸の晴舞台でした。

舞台裏の一端を、武陽隠士『世事見聞録』（文化十三年＝一八一六年）にみるならば。そもそも庄司甚右衛門が日本橋に廓をかまえたときは遊女三、四百人と聞くが「今は吉原町の売女の数三、四千人に及びし。また芸者と唱ふるもの三、四百人ありといふ。そのほか売女のある所、御構場所《おかまい》と唱へて、深川六ケ所を始め、品川・千住・板橋・内藤新宿・小塚原・根津・谷中・市谷・赤坂・本所松井町・入江町そのほか所々あり」

吉原が公許、御構場所つまり岡場所は黙許。戦後の赤線と青線のようなものか。といっては的はずれかもしれないので、さておいて。

「売女は悪《にく》むべきものにあらず。ただ憎むべきものはかの亡八と唱ふる売女業体のものなり。……その所業、まづ人の愛子なるものをわづかの代金にて買ひ取り、一家の内に飼鳥の如く籠め置き」無理の勤めをさせ、不始末があれば食を絶ち、折檻する。逃亡をはかれば「仕置は別して強勢なる事にて、あるいは竹篦《たけべら》にて絶え入るまでに打《うち》擲《たた》き、または丸裸になし」梁へ釣りあげ、楼主自身が打ちのめす。「亡八は時々かやうの威を見せて怖《おど》すを業の本とするなり」

住替えにだされ、年季を増し、身心を病み「とても本復せざる体なれば、さらに看病も加へず、干《ほし》殺し同様の事になり、また首を縊り、井戸へ身を投げ、あるいは咽を突き、舌を噛むなどして変死するもあり。その変死も御法の如く検使を受くるもあり。多くは押し隠し、投込みといふて寺の総墓といふ所へ埋むるなり」

この投げ込み寺が、ほかならぬ浄閑寺。総墓という大きな穴へ投げこまれた遊女の数が、二百年余にざっと二万五千体。当寺現存の十冊の過去帳によれば多くが二十代だとか。

『世事見聞録』は、語りつづけます。

変死者の遺体は「手足を一緒に縊りて、菰に巻きて埋むるなり。これをかの党の秘法とす。これは猫や犬の取扱ひにて、畜生に堕《おと》してしまふ事なり。人間に祟ること能はずとの極めなりといふ」亡八どもも、おびえてはいるのですな。「礼・義・廉・直・孝・悌・忠・信、この八を失ひしもの忘八といふなり」この忘八が転じて亡八、人面獣心の輩だと、武陽隠士は口をきわめて糾弾します。絹縮緬の着物をきて、羅紗の羽織などの舶来ものをつけ「その業体世上の人と違ひて、顔色潤ほしく肥え太りて身の回りを飾り、金銀の遣ひ方、石礫《いしつぶて》の如く大風《おおふう》に投げ出す事にて、何方へ参りてもこれは売女屋の亭主なりと、誰が目にも見分くるほどの事なり」。

後世にも、こんな証言があります。

「遊廓の楼主たちは一種の貴族だから、檀那寺は寛永寺とか青松寺、東・西別院のような大寺に依存して、投込寺などには眼もくれないのだ。」（岩野喜久代『大正・三輪浄閑寺』一九七八年、青蛙房刊）

寛永寺は将軍家の菩提寺、芝の青松寺は曹洞宗の江戸三大巨刹の一つ。東西別院は本願寺。

はかない遊女たちは、では、なぜ浄閑寺だったのか。江戸切絵図をひろげます。「今戸箕輪・浅草絵図」嘉永六年刊の尾張屋版の、ちかごろの印刷物を。

絵図のまんなかに、新吉原が四角く灰色に描かれていて、まわりは緑色の田圃。その外まわりを赤い枠取りのお寺がかこんで、浅草から上野一帯まで圧倒的に寺町だったことがわかるが、この絵図は、まずは新吉原へのガイドマップなのでしょう。第一のコースは隅田川を猪牙舟《ちょき》できて山谷堀へ入り、土手にあがって、衣紋坂《えもん》をおりて遊廓《なか》へ。この日本堤は、主には荒川（隅田川）の氾濫から江戸を守るのがねらいだった。土手の北側は江戸の外だ。

犬猫同然の死骸は、江戸の外へ捨てるにかぎる。界隈に腐るほど寺があろうとも。そこで土手へかつぎだし、隅田川方向はメーンストリートにつき、西へゆく。すると対岸にまっさきにみつかる寺が浄閑寺。しめしめとかつぎこんだ様子が、切絵図をみるほどに目にうかぶ、ような気がします。

安政二年（一八五五）十月二日に江戸をおそった直下型大地震の折には、遊女たち千人が落命した。われがちに逃げだすのを大門閉めてとじこめたせいだとか。その大量の遺体も当寺に埋めて、「新吉原無縁塔」が立つ。あまりのことに墓標を寄進する人々もいた。その無縁塔の蓮の台座と、笠石が、いまの総霊塔にうけつがれているのでした。

新吉原は、大正十二年（一九二三）九月一日の関東大震災でも丸焼けになり、いまＮＴＴ吉原局のあたりの弁天池に、遊女たちが帯でつなぎあわされ団体で沈んでいた。

先導役の男衆もともにつながって、盛りあがるほどの死体で池が埋まった。その身寄りない骨灰たちも、ここに葬られた。

猛火は浄閑寺のてまえで焼け止まった。震災後は、道路拡張、区画整理がすすんで、大通りが開通し、横丁もひろくなる。浄閑寺も境内がちぢまり、石室を設け、墓石を整頓し、こんにちの姿になりました。

昭和二十年（一九四五）三月十日の東京大空襲にも、日本堤、三ノ輪のこの界隈から北は焼けのこった。寺の前の「にんべんや履物店」の息子の荒木経惟は当時満四歳、のち高名の写真家が、こう証言しています。「空襲の時には浄閑寺の墓地に避難した。そこから周り中が燃えている赤い空を見たから、今もオレは赤い色が好きなんだよ」

にんべんやも、名物下駄の看板とともにぶじでした。その看板はもうないけれど、おかげでここらの横丁や表通りにも、古い東京の面影が、かけらほどにはのこっている。新吉原は、大江戸このかた全焼十余度の火宅そのものなのに、ひきかえて浄閑寺一帯が、どうして奇跡的にまぬがれつづけたのか。

石室正面には、いつ来てもお花があがっている。その右の壁面に、色紙風に黒石をはめこんで一句。「生れては苦界　死しては浄閑寺　花酔」

そうか、ここは二万五千もの彼女らの安眠の地なのだな。句は川柳人花又花酔の大正二年頃の作とか。「昭和三十八年十一月建立　川柳人クラブ・横浜川柳懇話会」と刻まれています。

ふりむけば永井荷風の碑。本堂の裏壁にそった大谷石の塀に、黒石四枚を小屏風のように嵌めて、長い床面の、枕のあたりに畳紙《たとう》をかたどる筆塚。愛用の小筆と、歯が二枚納めてある由。総霊塔のまん前に、二万五千の霊と添い寝の意気とみえます。設計者は谷口吉郎。

『断腸亭日乗』の昭和十二年六月二十二日の項に、

「余死するの時、後人もし余が墓など建てむと思はば、この浄閑寺の塋域娼妓の墓乱れ倒れたる間を選びて一片の石を建てよ。石の高さ五尺を超ゆべからず、名は荷風散人墓の五字を以て足れりとすべし。」

雑司ヶ谷霊園の永井家墓域に「永井荷風墓」の五字で高さ五尺ほどの墓がある。場所以外にはまんざらはずれてもおらず、これはこれでいいのでしょう。しかし場所こそが大切、とこだわる知友たちもいて「谷崎潤一郎を初めとする吾等後輩四十二人故人追慕の情に堪へず」ほかならぬ「この境内を選び故人ゆかりの品を埋めて荷風碑を建てた」と、小屏風の左隅に趣旨が刻まれて、日付は「荷風死去四周年の命日　昭和三十八年四月三十日　荷風碑建立委員会」

右は添え書き。本体は詩碑で『偏奇館吟草』より「震災」と題する詩が、明朝体で刻まれている。江戸の余香も明治の文化も、すべては灰になったと愛惜して「われ今何をか見得べき。われは明治の児ならずや。去りし明治の世の児ならずや。」

現世は下落の一方か。まったくそうだとしても、間のいい時代に育った人のいいとこ取りの世界観かもしれない。しかしこの人は、戦災はもろに浴びて、麻布の偏奇館は万巻の書とともに灰になった。避難先でまた罹災した。まさに末世と腹をくくったか、戦後は風采もかまわず、浅草の踊り子たちの間に沈没していたようでした。

この記念碑の建立は、花酔の句碑と同年で、翌年に東京オリンピックが催された。そして東京は、高速道路と高層建築の時代へ突入する。野田宇太郎発案の「文学散歩」の普及も、そのころからか。案内の旗をたてた団体が、浄閑寺と、竜泉の一葉記念館のあたりを往来するのも、当世人気の定番コースだ。例年命日の四月三十日には、当寺集会室で荷風忌がもよおされ、老若男女のファンが参集しています。

2

浄閑寺をでて、白い塀にそって右へゆく。左のマンションは台東区、浄閑寺側は荒川区。ははぁ。切絵図に照らしても、この道の曲がり具合がそのまま山谷堀上流の音無川の跡です。昭和四年に暗渠になり、昭和七年までは左が東京市下谷区、右は府下北豊島郡でした。いろいろ進展しながら境界線なのは、江戸このかた変わらない。

大通りを北へ、常磐線のガードをくぐる。国道4号線の昭和通りは明治通りをこえると日光街道と名が変わる。どうしてか。例の「今戸箕輪・浅草絵図」には、昭和通りは影もなく、上野からくる金杉通りが、日光道中のバイパスだった。この通りを、昭和通りが横合いからあらわれ吸収し、大関横丁からさきは名前も奪って日光街道。そういうことらしい。

絵図には、街道の左（西）に、公春院・真正寺・観音堂と、寺院が三軒ならんでいる。なるほどその順に、表通りの家並の間に門柱をたて、通路の奥に本堂がみえる。それぞれに短い門前町を持つ切絵図そのままの姿です。ただし観音堂こと曹洞宗の補陀山円通寺だけは、いまは全面的に道路に面する。この寺こそは、かの彰義隊士の亡骸を弔い、その機縁で、弾痕だらけの黒門をもらいうけたところ。境内の一角に現存します、徳川遺臣の墓碑たちとともに。

当時、賊軍を弔ってかまわない唯一の寺だったのは、住職の仏磨和尚と、檀家総代の三河屋幸三郎がえらかった。慶応四年（一八六八）陰暦五月十五日の戦争で上野全山焼け落ちて「山内ニ相斃雨露ニ被打、泥土ニ被埋罷在候得共、誰有て此を取片付候者も無之、僧徒之身分傍観ニ難忍」再々の嘆願が許諾されたので「戦死之者都而《すべて》弐百三十人不残骨ニいたし、六月九日拙寺江引取申候」云々。以上は翌年五月に一周忌法要の許可を願った文書の一節。こういう次第で彰義隊士の骨灰が金杉通りをはこばれてきたのも、ここが江戸・東京の一歩外だったおかげかもしれません。博徒改め根付商人の三河屋幸三郎はじめ檀家連中の力瘤も入り、門前町をあるとき買収、寺域をひろげた。

当寺は百体の観音堂で知られたが、それは安政地震でつぶれてしまった。先年、本堂を鉄筋に改築して、金色の大観音像が正面にそびえたった。おかげで切絵図の「観音堂」の名が、また有効になっております。

ここもかつては、簡素な平屋の本堂でした。その左手前に、ぼろぼろに朽ちた黒門がたたずんでいた。明治四十年に上野から移されたときにすでにぼろぼろで、間口を縮めて改築した。昭和初年に修復したが、また朽ち果てて、さながら上野戦争のまま百年経た風情がありました。そこで現在の新品的な黒門に改築されたときはがっかりしたが。なぁにいまさらでなかった。柱の銘板に「昭和六十一年三月三十一日修理完工」とあり、以来二十余年の風雪に耐えて、こんどこそ防腐加工が効いている様子だ。

諸処に弾痕の穴をあけているのは、もとよりレプリカ。そういう歴史的資料でした。

　この黒門をふくめて、境内の一角が金網の柵でかこわれて、大小の墓碑が散在する。本堂側の無銘の五輪塔が、彰義隊士の墓の由で、手前の香炉に「戦死墓」とのみ刻んである。隣の石垣つきの「死節之墓」は、三河屋幸三郎がはじめ別邸にまつり、明治十一年にここへ移した。墓石の三面には戊辰の役に倒れた諸士の名が、近藤勇、土方歳三もふくめて百人ほども刻んである。幕府方の死者を弔うのが親族朋友にゆるされたのは明治七年（一八七四）からだった。そのときすぐの建立にしても度胸のいい墓です。

　仏磨和尚の墓がある。三河屋幸三郎の顕彰碑もある。榎本武揚、大鳥圭介、天野八郎、新門辰五郎、高松凌雲、等々の有名人たちの、おおかた弔碑が三十余基。次郎之碑とだけで上がぽっきり折れているのは、彰義隊士土肥庄次郎のちの幇間松廼舎《まつのや》露八《ろはち》の碑。この人物の遺言は「俺が死んだら、うちの菩提寺でなく、彰義隊の野郎がたくさんいる円通寺に埋めてくれ」とのことで、折れた碑のうしろのかわいい石塔が、遺言通りの墓だそうです。

　彰義隊は、新撰組ほどには人気がないのはなぜだろう。上野戦争といえば、パノラマ館の興行にさえなって、おりおり人気が盛りあがったらしいのに。やがて日清・日露の戦争を経れば、パノラマのネタもどっとそちらへ。それに彰義隊の残党からは各界に逸材をだした。幇間の大物のみか、大日本印刷の祖の佐久間貞一や、日本女子大学の祖の一人の戸川残花や。つまりイメージが単純でない。まして東京大空襲を経てからは、上野界隈がすこし焼けたぐらいの戦なんか、片腹痛くなったんでしょうなぁ。わずか半日で死屍累々の、官軍側はその場からかたづけ招魂社（靖国神社）へまつられたが、彰義隊二百数十人は泥土にうち捨てられたままだった。という事実の残像としてこの一角はある。無言の碑たちがあっちむきこっちむき、樹陰に無愛想にたたずんでいる。

3

円通寺をでて、さらに北へ。日光街道の車の流れは、千住大橋めがけて直進するが、二股の、やや左へゆくのが旧道らしく、そちらをゆけば案のじょう、切絵図のままに牛頭天王社、いまの素盞雄神社の西角へきました。

ここまでが日光道中のバイパスで、旅人たちは社前をぬけて本街道へ合流した。ここで一服したでもあろう。拝殿に賽銭あげて、しばし境内を散策する。

拝殿の右手前に、樹木の茂る岩山がある。鳥居がたち、「飛鳥社」「天王宮」の大提灯が両脇に。これ自体がご神体らしく、『江戸名所図会』にもこの社名で俯瞰図が描かれて、岩山には「瑞光石」とある。太古からの巨岩の露頭で、千二百年前のある日この岩が瑞光を発して、二人の翁があらわれ神託を下された。というのが当社創建の由来です。界隈随一の鎮守の宮で、氏子は六十一ヵ町。ながらく天王さんとよばれてきたが、御一新後はテンノウではさしさわったか、明治五年から素盞雄神社となった。いまも祭りは天王祭です。

山裾を白い小旗が輪のようにとりかこむ。「蘇民将来子孫也」とあるのは、おおむかし蘇民将来なる者がスサノオノミコトをちょっと助けたお返しに、子々孫々まで疫病をまぬがれる利益をいただいた。それにあやかる魂胆だそうです。山肌には富士講の碑も建っていて、富士信仰のシンボルの役目もひきうけた。そもそも平原に突兀と目立ち、そこでここらを小塚原、地名の由来でもあるのでした。

何役もひきうけてきたタダならぬ瑞光石だ。ちなんで南千住一帯の小学校は、みな瑞光を校名とする。第六まであったが、第四と第五は近年の過疎で合併して汐入小学校となりました。卒業生たちがみんな氏子だから、三年に一度の大祭には競って熱中する。千貫の宮神輿が六十一町を渡御のおりには、左右へ横倒しほどに揉みに揉んで、おかげで傷んで修繕費がかさむ。東京にだって、いまも元気な鎮守さまがあるのだぞ。

社殿の脇に、芭蕉碑がある。うるわしき水茎の跡を、かたわらの案内板で読めば
『おくのほそ道』冒頭の一節でした。

「千寿といふ所より船をあがれば、前途三千里のおもひ胸にふさがりて、幻のちまたに離別のなみだをそゝぐ　行はるや鳥啼魚の目はなみだ　はせを翁」その下に旅頭巾の芭蕉翁の姿が刻まれていて。

芭蕉の旅立ちは元禄二年（一六八九）の春、深川から船にのり、千住であがった。そして街道を北上したのだから北側の左岸であろうと、千住大橋北詰の小公園にも矢立初めの記念碑があります。しかし、右岸にあがって見送りの人々と別れをおしみつつ、大橋を渡った、とみるほうが絵にはなるだろう。当社の碑は文政三年（一八二〇）の建立で荒川区文化財、左岸の碑は昭和四十九年（一九七四）建立の足立区文化財です。

「上野谷中の花の梢、又いつかはと心ぼそし」芭蕉が離別の泪をそそいだのは、大江戸そのものでしょうが、ここでこの碑に出会うもご縁、いま歩むこの南千住こそは、幻のちまた。

回れ右して立ち去ろうとして、境内の隅、ビルの裏壁に張りついている碑に、ばったり対面。「明治卅七八年戦役記念碑　希典書」

なんと、行くさきざきで出会う忠魂碑のご同類ではないか。乃木希典はいったい何枚揮毫したことだろう。ビル壁との隙間に横這いに入りこんで、裏面をみあげれば「本千住町出征軍人」以下六段に姓名が列記されて、ざっと百七十名。出征者たちの顕彰碑とみえます。

そういえば、飛鳥山公園にある巨大な石碑も「明治三十七八年戦役記念碑」で、裏面には北豊島郡全域の、村や町ごとの出征者の姓名をぎっしり刻んで約二千名。ここらも北豊島郡のうちだから、この碑の百七十名は、あの碑にも重複して入っているはずだけれども、なにせなだたる鎮守さまの地元ですからね、自前の碑があるべきだったのでしょう。

津々浦々にあるらしいこのての碑が、おもえばこの社にないはずがなかったなぁ。建てるのは一律でも、造り方はさまざまで、この碑の百七十名には兵隊の位がない。歩兵・騎兵・工兵などの別もない。おなじ神輿をかついだ一列平等の氏子だもの。というぜん戦死者をふくみ、こういう鎮魂碑もあってくれたのだ。

4

素盞雄神社を東へでる。そこは二股の辻で、日光街道（国道４号）の車の流れに、南千住駅からくるコツ通り（都道464号線）が合流して、千住大橋へむかっている。江戸のむかしは、このコツ通りこそが日光道中で、日本橋から宇都宮までは奥州道中と重なっていた。めざすはコツ通りだが、まずは日光街道の東の歩道を、すこし三ノ輪のほうへもどります。

日蓮宗運千山真養寺の門前にくる。門からすぐに鉄筋二階の本堂が、窮屈そうに建つ。門脇の案内板には、明治四十年の日光街道拡張のさいに境内を分断された、とあり、なるほど、はるか通りのむこう側に「真養寺西墓地霊園」の看板と、塀越しの卒塔婆がみえます。切絵図では、真養寺は細長い長方形だが、直進してきた新街道が、まん中をぶちぬいて、ほんの両端をのこした。日露戦争後の東京膨張の、これも記念的な一例でしょう。

切絵図の真養寺のさきには、西光寺があり、その角を東へ入れば、突きあたりの赤く縁取られたスペースに「火葬寺」とある。そこをめざそう。

寺門静軒『江戸繁昌記』第五篇（天保七年＝一八三六年）の「千住」の章に、曰く。「浄土寺の後辺、一所の化場《ヤキバ》有り。繁昌の余烟、知らず、日に幾多の屍を火するを。夜火烟を起し、朝風灰を吹く。今日は則ち回向院、明日は則ち永代寺、何寺何院皆な此に転送す」

ここは十九の寺の、寄合いの火葬場でした。東西六十余間、南北五十余間、ざっと一〇〇メートル四方のほぼ四角い地所だった。静軒つづけて曰く。「銭の多少に従ひて其の燬方《やきかた》を上下し」多ければ棺ごと焼くが、少なければ直火で焼いてしまう。人々はいったん帰され翌朝にきてみれば「憐む可し、一塊の血肉只是れ数寸灰温かなり。便ち箸を用ひて骨を拾ひ、粉砕一掬之を小壺に盛る」。日本国は総体としては、土葬が近年までも主流でしたろうが、土一升金一升のさすが大江戸、こういう火葬の施設が、江戸のつい外側の諸処にあった。とりわけ流行り病いのときにはどっと混みあった。安政五年（一八五八）夏のコレラ大流行を、斎藤月岑『武江年表』より。

「小柄原、深川霊巌寺、桐ヶ谷、四谷狼谷、落合村、其の余、三昧の寺院は混雑いふべからず、棺を積む事山の如く……其のあたりの臭気、鼻を襲ふてたえがたかりし。……八月朔日より九月末迄、武家市中社寺の男女、この病に終れるもの凡そ二万八千余人、内火葬九千九百余人なりしと云ふ」。安藤広重も、本所回向院に墓のある山東京山も、このときこの病に終った。

小柄原が、小塚原のアテ字。このとき、ある人が、ここから金杉通りを上野広小路へもどるまでに、つぎつぎに運びこむ棺桶とすれちがった数が百七十三！ という記録もあります（立川昭二『江戸病草紙』ちくま学芸文庫）。

明治十年（一八七七）、十九寺とかぎらずに、共同の火葬場に改める。明治十九年にも赤痢、チフス、コレラがはやった。周辺の苦情に責められ、ついに翌年四月に廃止、施設はいっさい西方の町屋へ移った。こんにちの東京博善社町屋葬場の、ここがルーツなのですな。

若葉幼稚園の看板の立つ角を右へまがると、西光寺がある。浄土宗大本山増上寺の末寺で、若葉幼稚園は当寺の経営。つまり幼稚園や四、五階程度のマンションや事業所などが建ちならぶ、ごく平穏な横丁です。切絵図に照らせば、この横丁のつきあたりが火葬寺なんだが。それこそいまやゆめまぼろし、居住の皆々さまに、なんのかかわりあらんや。

だけれども。かつては一〇〇メートル四方の火葬場が、このあたりにあったこともたしかなのだ。なおも四方に目をくばれば、みよ、横丁のゆくての空に一本の煙突。煙突の先から青い空へうっすら煙がたなびいている。なにか焼いてるんだ、いまでも！

その煙突めがけて、ブロック塀と家並の間をぬけてゆくと、積みあげられた材木の山。上階をマンションにしたお風呂屋さんの、釜場の前でした。

むかし火葬場、いまお風呂屋。山ほどの薪を日々に焼いて、一切衆生悉皆成仏、あぁ極楽ごくらくと、むかしもいまも功徳をほどこしていらっしゃる。やっぱり千住は、幻のちまた！

5

コツ通りへでました。両側の歩道にアーケードをつらねて、なつかしい気配の商店街です。

南に常磐線のガードがみえ、北は日光街道との合流点。この間約五〇〇メートルを、なぜコツ通りというのか。むかしここらをコツカッパラ（小塚原）といったから。むかしここらに処刑場があり、無数の遺骸が埋められて、掘ればいくらでもコツがでるから。

切絵図をひらきます。千住大橋南詰の灰色に塗られた町屋に「小塚原町」とあるのが、いわゆる千住下宿。橋のむこうの北千住が上宿で、『世事見聞録』の御構場所一覧中にも「千住」「小塚原」とあった。下宿のさきは緑一色の田畑のなかの黄色い一本道となる。ほぼ現在のコツ通りです。旅人たちは、この一本道を歩いた。浅草山谷町へ入るまでは。その途中の右側に「仕置場」と書かれた四角いコーナー。

　ふたたび『江戸繁昌記』より。

「官此の閑原を用ひて刑場と為し、重罪大犯、尸《し》して以て其の罪を鳴らす。因って浄土寺を建て、且つ露石地蔵仏を置き、厲鬼《ムエン》をして依ること有らしむ。念仏の声常に絶たず、香火の烟日夜薫ず。徳刑の並び流るる、仰がざる可けんや」

　現代語に訳せば、幕府はこの原っぱに刑場をかまえ、重罪人どもの屍を晒して、みせしめとしている。そこで寺を建て、お地蔵を置き、無縁の怨霊どもを成仏させてもいる。ご政道の徳（川）と、秋霜烈日の刑罰が並びもつれて日夜香煙になびくさまは、ありがたやもったいなや。

　やや口調が皮肉っぽいのが、寺門静軒らしさでしょう。

　奥州道中筋のここと、東海道筋の鈴ヶ森と、江戸の出入り口に、こういう装置をそなえた。この二カ所で処刑した数が、約二百二十年間に、うそかほんとか二十万人。ここだけで二十万人という説もあるが。ともあれ日に日に二、三人ずつは首を斬ったり磔にしていた勘定になります。静軒は、現在進行形のドキュメントとして右のように書いた。つづけて「去歳浄土寺に隣して更に法華寺を捌《しょう》す。乃ち都人繁賽、原野観を改め今復た荒涼ならざるなり」。

街道筋にお寺が二軒もならべば、すなわち観光名所的でなくもない。そのさきの下宿はいよいよ人臭くにぎわった。

では、その「仕置場」へいこう。コッ通り商店街のアーケードの下を南千住駅のほうへ。

駅西口前の密集家屋が消えて、三十階ほどの高層ビルがすっくと立ちあがっている。東口のほうは汐入ニュータウンまで、すでに高層ビルが何本もそびえているが、いよいよこちらも再開発される番なのだな。おかげでくるたびにシャッターおろした店がふえるが、いやなにこれからも、この道はコツ通りとしてにぎわうことでしょう。

回向院へきました。常磐線ガードの右手前の、白い建物で、正面の壁に金色の葵の紋。こんなに大きな徳川の家紋もめずらしい。本堂と庫裡を兼ねて、以前は巨大な豆腐のようにきわだつ堂宇でしたが、周囲のビル化で、いまはさほどでもない。

開基は寛文七年（一六六七）で、かの明暦大火の十年後です。本所回向院は、小伝馬町大牢の処刑者の埋葬もひきうけていたが、以後はここへ運びこむことにして別院をひらいた。『江戸繁昌記』にいう浄土寺がこれで、ここから仕置場だった。

仕置場は、間口六十間（一〇九メートル）余、奥行三十間（五五メートル）余、約千八百坪の広さだった由。当院から一〇〇メートル余の間口とは、常磐線や東京メトロ日比谷線や貨物線や、輻輳するレールたちのむこうまで。つまり、たびかさなる鉄道敷設工事にふみつぶされ、掘りかえされ、蹴り散らかされて、仕置場の跡は根こそぎ消滅している。

ざっと経緯をたどれば。明治新政府は、磔、火炙りの刑は禁じたが、斬首はつづいた。夜嵐お絹は、明治五年二月にここ小塚原で、主殺しの罪状により、三日間の晒し首になっています。同八年に市ヶ谷監獄が新設され、当地は「監獄埋葬地」となります。かの高橋おでんは、同十二年一月に市ヶ谷の処刑場で打ち首になり、遺体は浅草の警察病院で解剖のあと、ここへ埋められた。斬首は明治十四年（一八八一）に終わり、以後は絞首刑となります。同年にここもようやく廃止となった。このとき高橋おでんの骨は改葬をゆるされ、そこで墓は谷中墓地の共同便所の隣に現にある。お絹、おでん両人の履歴は、旧著『定本犯罪紳士録』（ちくま文庫）の巻末に記してあるので、略します。

やがて汽笛一声、鉄道線路がやってきた。明治二十八年（一八九五）より、日本鉄道会社が田端—土浦間の土浦線（のちの常磐線）の敷設工事を進め、旧仕置場の北寄りをぶちぬいて、南千住駅を開業する。同時に貨物線も南寄りをぶちぬいて、隅田川貨物駅を設ける。この貨物線が露座の地蔵仏につきあたった。そこで二つの線路のあいだに塚を築いて、座りなおしていただいた。

話のついでだ、その首切り地蔵さんからお詣りしよう。

6

常磐線のガードの先は、地下鉄の日比谷線がここではだんぜん高架線で、その太いコンクリート柱から右へ、ほそい通路。その奥に露座の石地蔵が、大きなよだれかけをしていらっしゃる。

通路を入ると、地蔵前は小広場で、右手の白いビルが延命寺。昭和五十七年に回向院から分離開山した。いわば兄弟寺でしょう。二つの高架線に挟まれた三角地の境内で、奥に墓地がみえる。

石地蔵は、正しくは延命地蔵尊。通称を首切り地蔵。寛保元年（一七四一）の建立で、台座に刻んだ文字をみると、街道筋の富裕な商人たちの寄進らしい。花崗岩を二十七個くみあわせた寄せ石造りで、なるほどこれなら、ばらして移動もできる。台座の上の蓮の台に胡坐して、右手に錫杖、左手に宝珠、高さは一丈二尺（三・六メートル）。江戸期の図にも、明治の写真にも、「南無妙法蓮華経」の髭文字の大石塔と並んでいて、その題目塔がいまも地蔵のまえに控えています。

仕置場の北に回向院、南に石地蔵の配置だった。処刑も晒し首も、その中間でおこなわれた。もともと痩せた低湿地で、あるときの大出水では石地蔵が首ちかくまで沈んだとか。貨物線に追われてここへ座りなおしたときに、よほど土を盛り、台石を積みあげたのでした。

その奥の墓地は、ひときわ低い。この低さが仕置場時代のなごりかもしれない。くぐり戸がひらいているので、つつしんで入ります。小さな墓域が意外に整頓されている。さきごろまでは乱雑に積みよせられた無縁の墓たちに、樹木はびこり蔦からみ、アンコールワットのミニチュアのようでなくもなかったのですけれど。碑面に「南無阿弥陀仏」台石に「鉄道会社」と刻まれた墓碑もあって、どうやら土浦線工事中に死亡した関係者各位への供養塔か、発起人は株主たちらしかった。当時はむしろ地下の骨灰たちの上に、土手を盛りあげて線路を敷いた。その日本鉄道会社は、明治三十九年（一九〇六）に国有化され、いままた民営へ逆もどり。そのまにこの供養塔自体も無縁となって消えたとみえます。

首切り地蔵さまは、ここへ移った明治このかた大正・昭和戦前と、ひときわ高く界隈をみはらしていた。やがて戦後の昭和三十年代に、国鉄南千住駅が高架に改まり、営団地下鉄日比谷線の南千住駅が、より高い高架線で開通する。この工事中に骨がいっぱい掘りだされた。そのうずたかい骨灰の山を、首切り地蔵がみおろしている写真が、瀧川政次郎『日本行刑史』（一九六一年、青蛙房刊）の一一三頁にのっています。昭和三十五年（一九六〇）六月の撮影当時も、地蔵と題目塔の配置はいまに変らないが、なんと界隈のひろいこと。改築以前の回向院の瓦屋根も見えるのでした。

貨物線は地べたを走り、線路がふえるいっぽうで、魔の大踏切となってしまった。ついに昭和四十七年（一九七二）に立体交差と、道幅拡張の工事開始。都道４６４号線（コツ通り）が貨物線の下をくぐるや、またまたどっと骨がでた。

回向院も境内を削られ、現在のビルに改築して昭和四十九年に落慶したが、その削られた地所から樽詰めの頭蓋骨が二百ほども掘りだされた。四尺高い板の上にのった獄門首たちにちがいない。地の下には仕置場がまだ眠っていた。

そして平成十年（一九九八）から、未来をひらく常磐新線つくばエクスプレスの工事開始。ここらは地下トンネルでくぐり抜けたからたまらない。平成十四年の中間報告では、約一三〇平方メートルのＡ区からでた頭蓋骨が二百点強、四肢骨千七百点。

約三二平方メートルのB区からは頭蓋骨だけで六十点。他は推して知るべし。いまでこそ史蹟として調査記録をするけれども、それも限定区間ですからね。

いま延命寺墓地は、線路脇の都営マンションにみおろされる谷底です。両側の高架線を間断なく電車が走って、浮世の亡者が起きてはたらく。むかし処刑場で、先年まではでは墓石の墓場でもあったここにしゃがんでいれば、江戸・東京の地霊たちのささやきが、きこえてきそうな気がしたけれども。再開発はここにもおよび、整頓されて見通しのいい小墓域になっています。

はてな、では回向院の墓地はどうなっているのだろう。

7

大きな葵の紋の下へきました。コンクリートの軒に左横書きで「史蹟小塚原回向院」とある。

本堂の入口は通りぬけの空間で、左側に玄関、右の壁面に「観臓記念碑」がある。駐車場も兼ねるが出はらっていて、裏の墓地が見通しです。卒塔婆乱立のごちゃごちゃした眺めでしたが。おや、墓石も卒塔婆も直立整列しているぞ。いそいで墓地の端にきて、一驚しました。

墓地がかっきり二分されてる。境界の柱の案内板に、右の矢印は史蹟エリア、左は檀家の墓地につき立ち入らないでくださいと、矢印の先に×印がついている。史蹟エリアは、ほそながい短冊形のスペースで、由緒ある墓碑群がここへ一括されている様子。

檀家の墓地は方形にひろがり、塀越しの空もあかるい。以前は、まんなかに入れ子のように四角い墓域があり、石畳をしきつめ、吉田松陰を中心に、維新の志士たちの墓碑群が三十余基ずらりと四周に居並んでいた。独特の空間でした。おかげでそのまわりを一般のお墓たちが、積み木のようにぎしぎしにひしめいていた。樹木が数本枝を茂らし、迷路の風情もありました。

それがなんと、新品めいた墓石たちが行儀よく整列している。通路は煉瓦タイルの舗装を敷きつめ、樹木どころか雑草の生えるスキもなさそうな。この大整備は平成十八年からの事業で、お墓の移動はさぞや複雑でしたろうに、いやぁおみごと。ばらばらのファイルが〈整頓〉のクリック一発でこうなったかのような。しかしこうも見通しがいいと、あんがい狭くもみえますなぁ。

では史蹟エリアへ入ってみよう。狭いエリアが二つに仕切られ、右奥には橋本左内の墓。以前は本堂の外の大きな鞘堂に納まっていたが、小ぶりに改装してここへ移動した。ならびの左奥には松陰二十一回猛士の墓。その前に対面式にならぶ墓碑が三十余基。入れ子の墓域からそっくり移動してきたので、このエリアに敷かれた石畳は、あの石畳を移したのにちがいない。

吉田松陰の墓は、世田谷区若林の松陰神社にあるのが正式でしょう。伝馬町大牢で斬られたあと、一旦ここに葬られたときの墓石か。三十余基は安政の大獄と、その報復テロの桜田門外の変と、坂下門外の変の三件に倒れた志士たちの集合で、大老井伊直弼の首級をあげた有村次左衛門もいる。比較的新しい墓石には昭和十七年の再建とある。橋本左内の墓を納める鞘堂は昭和八年の建立でした。明治維新殉難志士の墓たちも、昭和十七年に小塚原烈士遺墳再建会により建立と刻まれていて、記念碑の一種でしょう。ご当所は幕末・明治のみならず、むしろ昭和の史蹟でもあるような。

史蹟エリアを出ようとして、入口の手水鉢の脇の小さな墓に、足がとまる。正面に「磯部浅一／妻登美子」と二列に刻んで、その下に大きく「之墓」。側面には「浅一　昭和十二年八月十九日歿／行年三十三歳」「登美子　昭和十六年三月十三日歿／行年二十八歳」

昭和十一年（一九三六）の軍事クーデター二・二六事件の首謀者のひとりの墓です。この事件で叛乱罪により銃殺された青年将校たち十五人は分骨が麻布の賢崇寺に埋葬され、例年供養もされているはずですが。すでに陸軍を追放されていた磯部は、他の三人の首魁たちとともに別の日に、おなじ渋谷の東京衛戍刑務所内で銃殺された。
吉田松陰は「諸君は功業をなしたまえ、私は忠義をするさ」と言って武蔵の野辺に朽ちてしまったが、そうして明治維新の功業を支えた。昭和の後世に、磯部淺一はまさしくおなじ心の万民安堵のための「忠義」をして、不忠の烙印押され、功業連中に消されてしまった。事件は軍部独走を生み、九年後の敗戦へ至る。これを仏教で「因果」というのでしょう。
青年将校たちは処刑場で天皇陛下万歳をとなえた由。磯部は、銃殺刑のその日、所持する妻の髪の毛を一緒に納棺してくれ、と述べて、これが最後の言葉であった由。「夫人は夫の死後、保母の資格をとって働いていた。そして、命燃えつきたように、昭和十六年三月病歿した。胸を病んでいたという。」（澤地久枝『妻たちの二・二六事件』）
この寺にこの墓を、いつ、だれがお建てになったやら。右にあげた文字のほかはなにも刻まれておりません。整頓される以前の墓地では、ひしめく墓群のなかに低く埋もれて、めだたない墓でした。つつじが一株植込まれ、卒塔婆がたった一本たたずむさまがゆかしかった。あれが、ここへ、白日に晒されて！　玉砂利敷き、柵を添え、配慮されたご改葬とはうかがえるが、史蹟エリア様ご一統の玄関番のようでなくもない。このお墓一つにかぎっては、もとの迷路的な墓地のほうがよかったなぁ。忠義も功業も超えた、これは男と女の墓ではないか。合掌。

本堂入口へもどって、通りぬけの北壁の記念碑を、つくづくと見る。煉瓦風タイル地に黒い石板三枚を小屏風のように張りならべ、「解体新書」扉絵をかたどる浮彫青銅板を嵌め、明朝体で碑文を刻む。題して「蘭学を生んだ解体の記念に」。ひき写します。

「一七七一年・明和八年三月四日に杉田玄白・前野良沢・中川淳庵等がここへ腑分を見に来た。それまでにも解体を見た人はあつたが、玄白等はオランダ語の解剖書ターヘル・アナトミアを持つて来て、その図を実物とひきくらべ、その正確なのにおどろいた。

その帰りみち三人は発憤してこの本を日本の医者のために訳そうと決心し、さつそくあくる日からとりかかつた。そして苦心のすえ、ついに一七七四年・安永三年八月に、『解体新書』五巻をつくりあげた。

これが西洋の学術書の本格的な翻訳のはじめで、これから蘭学がさかんになり、日本の近代文化がめばえるきつかけとなった。

さきに一九二二年奨進医会が観臓記念碑を本堂裏に建てたが、一九四五年二月二十五日戦災をうけたので、解体新書の絵とびらをかたどつた浮彫青銅板だけをここへ移して、あらたに建てなおした。」

以上が本文。「一九五九年・昭和三十四年三月四日、第十五回日本医学会総会の記念に　日本医史学会　日本医学会　日本医師会」と結ぶ。

なんと平明な文だろう。ゆくさきざきで漢文やくずし字の読めない碑に出会ったものので、おのれの浅学もさりながら、日本の碑文がついにここに至ったかと感銘をおぼえます。が、平明すぎてぴんとこない面がなくもないかもしれないので、すこししつこく繰りかえします。

そもそもの観臓記念碑は、大正十一年（一九二二）に、本堂の裏手に建てられた。おそらくそこが解剖をおこなった場所だから。高さ三メートル余の仙台石の面に、二枚の浮彫青銅板を上下に嵌めこんだ。解体新書扉絵と、趣意をしるした碑文と。

それが二十三年後に破損した。昭和二十年二月二十五日はB29百三十機余が襲来した。三月十日の大空襲にさきだつ、中程度の空襲が幾度かあったうちの一つです。隅田川貨物駅をねらった爆弾がこのあたりにも落ちたのか、記念碑の上部が欠けてしまった。さらにその後、のこった碑文の青銅板が盗まれた。満身創痍のありさまとなり、そこで昭和三十四年に本堂の前へ建てなおした。大谷石の衝立をつくり、現存の「解体記念の碑」をはめこんだ。道ゆく人々に見てもらえるように。

ところが十三年後に、その場所をまた立ち退くはめになる。都道464号線（コツ通り）拡張工事に伴い、現在の本堂ビルを落慶、そのとき「解体記念の碑」をこの壁面へ移動した。その旨が壁面の左下に付記してあります。碑文の執筆は緒方富雄、設計は谷口吉郎。

浄閑寺の、かの永井荷風碑と、おなじ設計者でした。道理で気配が似かよう。こちらは日本近代の開拓者たちへ敬意の石屏風。あちらは明治郷愁者へ敬意の石屏風。

それにしても。新吉原無縁塔から、安政大獄の史蹟エリアから、コレラの流行、上野戦争の敗者たちと、さながら将棋倒しの犠牲者たちを、このあたり一帯がせっせと後始末してくださっていた！　佐幕も、勤王も、みんなご当地に借りがあるのではないか。明治の文明開化さえも。日本の近代文化がめばえるきっかけは、ここからだぞと、眼前の碑が証言している。

杉田玄白『蘭学事始』によれば、明和八年三月四日の腑分に参加の志をもつ者たちは、早朝、浅草山谷町出口の茶屋で待ち合わせた。「時に良沢一つの蘭書を懐中より出だし、披き示して曰く、これはこれターヘル・アナトミアといふ和蘭解剖の書なり、先年長崎へ行きたりし時求め得て帰り、家蔵せしものなりといふ」その本を玄白も最近手に入れて持参したので、たがいに奇遇をよろこんだ。ただし、良沢は多少は読み解けるのに、玄白はずぶの初心だ。「これより各々打連れ立ちて骨ケ原の設け置きし観臓の場へ至れり」

仕置場の北西の一角が、腑分稽古様《ためし》場所とされていた。当日解剖されたのは、青茶婆という五十歳ほどの女性で、刑死体につき首はなかったはず。執刀は九十歳のベテランで、何度か腑分をしてきたが、とりだす内臓を、幕府お抱えの医者たちは、はぁそうかと眺めただけ。または漢方の説とはちがうなぁと首をひねっていただけ。今回はじめて西洋解剖書と照らしあわせて、ぴたりと符合するのに一同目を見張ったのでした。こうして解剖は終わった。「とてものことに骨骸の形をも見るべしと、刑場に野ざらしになりし骨どもを拾ひとりて、かずかず見しに、これまた旧説とは相違にして、ただ和蘭図に差《たが》へるところなきに、みな人驚嘆せるのみなり」

大小の骨たちが、いくらでもちらばっていた。遺体がはやく骨になるように浅く土をかける習いだが、そのうち骨灰だらけとなり、遺体に骨灰をかけるありさまだったとか。ここらを骨ケ原とよぶのも道理だ。

帰路、杉田玄白・前野良沢・中川淳庵の三人は、感銘別れがたく語りあった。この和蘭図を翻訳すればこんにち治療の大益となろう。医を任とする身の申訳も立とう。このさい憤然志を立ててとりくみましょう。「良沢これを聞き、悦喜斜めならず。然らば善はいそげといへる俗諺もあり、直ちに明日私宅へ会し給へかし」と誓いあった。「その翌日、良沢が宅に集まり、前日のことを語り合ひ、先づ、かのターヘル・アナトミアの書にうち向ひしに、誠に艫舵なき船の大海に乗り出だせしが如く、茫洋として寄るべきかたなく、たゞあきれにあきれて居たるまでなり」

このくだりを、私は旧制中学校初年級の国語の時間に習いました。鼻のところにフルヘッヘンドとあるのがわからず、とぼしい資料からこじつけて、鼻は面上に「うずたかい」の意だ、と決定したときの嬉しさは「何にたとへんかたもなく、連城の玉をも得し心地せり」。このあたりなど、吸取紙のようにおぼえこんだ。はるか後年、オランダ在住の知人にこの話をしたら、フルヘッヘンドなんて言葉はないなぁ、と言われてめんくらったけれども。玄白の文章は、いま読みかえしても講談のようにめりはりがあって、みごとです。

彼らは茫洋の海へ、書斎で舟を漕ぐようにして乗りだした。こうして日本近代の文化がめばえた。その前野良沢の私宅は、築地鉄砲洲の豊前中津藩主奥平大膳大夫の中屋敷内にあった。この屋敷には、のちに福沢諭吉も住んで、たしかここで慶応義塾の基をひらいたはずだ。いまの中央区明石町の聖路加国際病院の敷地内という。

そうだ、築地へ行こう。

つくづく築地

明石町
カトリック築地教会
聖路加ガーデン
1号館（旧本館）
聖路加国際病院
2号館（新本館）
聖路加看護大学
トイスラー記念館
築地川公園
慶応義塾発祥の地記念碑
3番出口
旧暁橋
聖ルカ通り
あかつき公園
日比谷線築地駅
隅田川
旧備前橋
1番出口
築地本願寺
旧小田原町
晴海通り
圓正寺
妙泉寺
新大橋通り
築地場外市場
称揚寺
波除稲荷神社
国立がん研究センター
朝日新聞東京本社
東京都中央卸売市場築地市場

1

東京メトロ日比谷線の上野駅ホームから、中目黒ゆきの、前より三輛目に乗ります。ほどなく秋葉原へ。おなじ進行方向左側のドアがひらく。

ふだんのメトロ風景です。なにごともないのだけれども試みに、歳月を十数年一気にまきもどせば。平成七年（一九九五）三月二十日月曜日の午前八時、通勤ラッシュの上野駅からこの三輛目に乗った一人の男が、秋葉原につくや足許のビニール袋を傘の先でぶすぶすつきやぶって降りた。ドアは閉まり、進行する。地下鉄サリン事件の発生でした。

その男、林泰男は地上へでて、オウム真理教の仲間が待機の車で逃走する。地下の車中ではたちまち異変が生じた。刺激的臭気に咳きこむ人々。つぎの小伝馬町駅で、新聞紙にくるんだその怪しい袋を乗客がホームへ蹴りだした。ためにホームにいる人々にも異変がひろがり、二名の死者がでる。液は車中に残留し、人形町、茅場町、八丁堀、よろめき降りる人、しらずに乗りこむ人もいて、ついに乗客が緊急停止ボタンを押す。築地駅にとまるや、人々はばたばたとホームに倒れた。

このとき、日比谷線の中目黒発、丸ノ内線の池袋発、荻窪発、千代田線の北千住発の、四つの路線でも同時に事件はおきていた。霞ケ関、国会議事堂前、神谷町など諸方の駅に被害者続出、救急車のサイレンが都心部に悲鳴のように鳴りつづけた。築地駅が爆発した、という情報も当初は飛んだ。被害は死亡十三名、負傷五千五百十名におよび、地下鉄職員、警察官、消防署員たちをふくむ。事態に率先挺身した者たちが倒れた。右のうち死亡八名、負傷二千四百七十五名が、この築地にとまった日比谷線からでた。ほかの路線ではサリン各二袋を用いたが、林泰男だけが三袋をもちこみ、いちばん多くの穴をあけた。小伝馬町駅にも撒かれてしまった。

その築地駅につく。ホームに降りる。改札は本願寺口が近い。エレベーターもある。そのエレベーターで地上へでれば、坦たる新大橋通りの車の流れです。南へゆけば築地魚河岸コト東京都中央卸売市場、国立がんセンター、朝日新聞社などの有名なものたちがならんでいる。

当時の報道写真では、路面の片側車線にシートをひろげ、にわかの救急センターが出現している。瞳孔が極度に縮まり、心臓マッサージも効のない症状の、原因は不明のまま、被害者たちは続々と聖路加病院へはこばれた。

ここから聖路加病院へは、築地本願寺脇の柳並木道を直進し、つきあたりを左へ折れるのが最短コースだ。本願寺さんへはのちほど詣ることにして、まずは道をいそぎます。

本願寺脇をすぎれば元備前橋。ここらの堀は昭和四十年代に埋め立てられて、駐車場や公園になっている。その築地川公園の木立のさきに、聖路加病院旧本館の十字架をいただく塔がみえる。この塔が、むかしは界隈でとびぬけて高かった。だが、少年時のノスタルジーはあとまわし。備前橋をこえ、つきあたって左へ。むかし掘割のあかつき公園をよこぎり、聖ルカ通りの辻へきた。三角ロータリーの植込みに、気がかりな碑がちらちらするが、それもあとまわしにしよう。

辻からみあげる左が七階建ての旧本館（1号館）、右が十一階建ての新本館（2号館）で、あわせて聖路加国際病院です。旧館の左隣には六階建ての聖路加看護大学があり、本館の右隣は聖路加ガーデンで、三十八階のレジデンスと、四十七階のセントルークスタワーがそびえる。西の築地川公園から東の隅田川岸まで、雛壇状にせりあがる長大な聖路加ゾーンです。

このように開発整備されたのが平成四年（一九九二）で、以来、外来診療は本館で受けつける。築地駅からの被害者たちも本館へはこびこまれた。

事件は、すぐさまテレビが伝える。それを信州大学医学部のY教授がみて、前年六月に松本市でおきたサリン事件と被害者の様子が酷似するのに気づいた。この事件では死者七名（のち八名）、負傷者六百六十名をだし、原因がサリンと判明したのは数日後だった。Y教授は東京の医療機関へ見解をファクスで送った。警視庁鑑識課も発動して、地下鉄内の残留物をサリンとつきとめる。

サリンの解毒薬パムはまちがって使うと副作用がはげしい。聖路加病院では、パムの使用を決断する。被害者たちにみるみる卓効をあらわしたが、手持ちがとぼしい。聖路加からの委託をうけて薬品卸会社は各地に備蓄のパムを東京へ集中するべく奔走開始。自衛隊からも化学防護隊の出動や、備蓄パムの提供があった。これらの措置がなかったら、またはまごまごご遅れていたなら、死者の数は数百名と桁ちがいに増えていただろうといわれる。

聖路加病院長日野原重明は、この日の外来診療をいっさい中止し、被害者の無制限受けいれを命じた。礼拝堂を開放して緊急治療所に変じ、壁から酸素吸入装置があらわれた。あらかじめそのような設計になっていた。

礼拝堂は、四層吹き抜けの本格的なものが旧館の中央にある。新館にかさねて設けるにおよぶまいという声もあったが、日野原院長は自説の設計を押し通した。その成果は完成から三年後に、劇的に証明されたのでした。

本館にまつわる有名なエピソードだ。そこで受付へゆき、礼拝堂を拝見したいと申しでる。どうぞ、と、あっさり許されて二階へあがる。大廊下の中ほどの、奥まった部屋がそれ。正面ドームの白壁に十字、棚に木製の十字架があるので、はは ぁ礼拝堂かと思う。長椅子が左右に各十脚ほどの、飾りけのない小ホールです。会議などにも活用されている由で、この日もおりから日曜日、午前中は礼拝があり、午後はグループの発表会風のコンサートが演奏中でした。みわたせば、それらしき黒いチューブが床から壁にのびてはいるが、ここの収容力は限度があるなぁ。

廊下へでる。ふだんは混みあう大廊下が、休日につき広々としている。なるほど、外来をいっさい中止して、このすべてが緊急診療の有効空間になったのだな。酸素吸入用のチューブはロビーや廊下の壁にも配備されていた。

もう一つ、この日は朝の七時半から幹部連が会合していた。そこで対応を即決できて、全員が行動開始、二時間以内に六百四十人の被害者を受けいれた。うち一名死亡。一名のみにくいとめたのでした。

じつは当院では、毎週月曜日の早朝に幹部会をひらくことが、三年越しの定例となっていた。これも日野原重明が八十余歳で院長をひきうけるさいの条件であったが、その月曜日に事件発生。奇蹟は不断の努力の上に生じる。定例幹部会は礼拝堂でひらいていたのではないか。こうして礼拝堂は中核的なシンボルとなり、当院は、サリン治療のセンターの役割をしっかり担った。

聖路加国際病院本館は、すなわち不時の災害に機能できる病棟です。このように造成したのは、日野原院長のかねての反省にもとづく。東京大空襲のさいに数多の罹災者たちに満足な医療が施せなかった。当時三十三歳の当院内科医であった。経験にまなぶことこそ大事だぞ、というこれも教訓的エピソードですが、多少の補足は要るかもしれない。はやい話が、聖路加病院も罹災してしまっていれば、満足な医療もへったくれもないでしょう。

昭和二十年（一九四五）二月、三月、四月、五月と、たびかさなった東京空襲に、ここら一帯は無事であった。明石町、湊町、入船町、新富町は、そっくり無傷。築地、小田原町はすこし焼けた。木挽町は半分のこった。そのさきの越前堀、八丁堀、京橋、銀座など、ぐるりはあらかたやられたのに。どうしてか。ここに聖路加病院があったからですね。

その証拠に、戦後、占領軍が進駐するや、当病院はただちに接収されて、そのまま十年間アメリカ軍の病院であった。その間、日本人むけの診療は、魚河岸のむかいの仮病棟でつづけた。その分院跡が、いまの国立がんセンターとなっております。

皇居周辺の麴町区もあらかた焼け払われながら、西のイギリス大使館と、東の丸の内はそっくり無傷であった。その丸の内にGHQ本部は置かれた。赤坂では、アメリカ大使館のおかげで隣の大倉邸も、裏の霊南坂町も無事。古い東京の隠れ里のような家並が、大使館裏にながくのこっていました。森ビルに開発されてしまうまでは。同様な例は、ほかにもある。その焼けのこり方は奇跡的にさえみえるが、じつに計画的であったのですなぁ。築地の周辺がやられたとき、B29は着陸しそうな超低空で爆撃していったという。

恨みぞふかき東京大空襲ではあるが。その記録、たとえばE・バートレット・カー『東京大空襲――B29から見た三月十日の真実』を読むと、周到な計画性に、ほとほとおそれいる。長距離を往復できる爆撃機を発想し、設計、製造、実験をかさねた。焼夷弾にしても、二階建ての日本家屋十二軒を畳も入れて本格的に砂漠に建て、爆撃して、どの焼夷弾がもっとも有効かをたしかめた。長大な見通しを、着々と実現してゆく過程には、論理的な快感さえおぼえてしまうが、その到達点としての一九四五年三月十日がきた。うーむ。

このとき聖路加病院には、推測ながら、医薬品・診療器具などが世間一般ほどに払底してはいなかったはずです。もともと特権階級御用達の病院なのだ。陸海軍に隠退蔵物資が山ほどあったように。三十三歳の内科医の絶望は医薬や施設の不備のみではなかったろう。

ノモンハンでの敗色にも懲りず軍部は驕って戦線をひろげ、あげくに本土空襲への対策はバケツリレーに、火叩きに、防空頭巾に、備蓄食糧はポケットに炒り豆と烏賊の足があれば上等だった。こんないでたちで一夜に十万人が焼け死んだ。およそこの国に払底したもの、先見の明。ありあまるもの、短慮。

本館造営にあたり日野原院長の反省は、ひとえにここにあったはずです。具体的にはスウェーデンの病院施設にまなんだのだとか。してみれば、わずか三年で先見の明が証明されてしまったのは、早すぎたうらみがなくもないかもしれません。

2

本館をでて、道をまたいで旧館（1号館）の前庭へゆきます。こちらで外来診療をしていたころは車寄せの道路があったが、いまは緑化の遊歩庭園になっている。館内には小児総合医療センターほか種々の部門があるはずだが、人影はすくない。

緑の前庭に、赤い屋根の洋館がある。一見明治風だが、旧館とおなじ昭和八年（一九三三）に、隅田川畔に建てた鉄筋建築の由。聖路加ガーデン造成のさいにいったんとり壊されたのを、平成十年にここへ復元した。創設者R・B・トイスラー（一八七六～一九三四）の居宅の宣教師館で、なづけてトイスラー記念館。玄関前の横長の碑に、胸像レリーフを飾って、趣意にいわく。「本院は創立以来、キリスト教精神の下に、病む人を中心とした医療と看護を実践してきました。その精神は百年を経た今日も受け継がれ、永遠に生き続けます。」日付は二〇〇二年十月。はは ぁ、百周年記念に据えた碑だ。

ざっと沿革をたどれば、ルドルフ・トイスラーはボストンに生まれ、アメリカ聖公会宣教医師として来日した。ときに二十四歳。二年後の明治三十五年（一九〇二）に聖路加病院を創設する。当初はベッド数二十ほどの、外科と産婦人科の専門病院だった。写真でみると木造二階建ての、小学校のような建物です。

この明石町の一帯は、明治初年からの外国人居留地であった。幕末に諸国との修好通商条約により、開港地ごとに外人専用の特権的居住地を設けた。江戸ではここときめて設営しかけたところで幕府瓦解、明治新政府がそのままひき継いだが、港がないので、貿易商たちは横浜を動かない。おもに外交官や宣教師たちが住み、公館、教会、学校など、文化的な施設がふえた。現にこの前庭の木立のなかに、立教学園と、立教女学園と、女子学院の「発祥の地」の碑がある。明治学院、青山学院、暁星学院、雙葉学園などの有名ミッションスクールも、みんなご当地の発祥だそうです。

「この一廓には内地人の住宅は全然見出せない。築地川の東岸に一歩踏み入ると、そこには、舶来の画か写真で見る異国の風物が展開され、洋行したような気持になる」（鏑木清方『明治の東京』）とは築地育ちの日本画家の回想、明治二十年ごろの様子です。

なにしろ道路がひろく、洋館だらけで、文明開化のお手本のような町だった。隣町の入船町には、西洋八百屋がみなれぬ野菜や缶詰をならべた。アヒルや七面鳥が歩いていたり、耕牧舎という乳牛の牧場さえあった。居留地の需要にこたえる活発な供給事業だが、ここらに草原があるじゃなし、築地川沿いの牛小舎で土手の草でも食わせていたのか。この耕牧舎に明治二十五年（一八九二）三月一日に男の子が生まれ、龍之介となづけた。家庭の事情により生後七カ月で母の生家両国の芥川家へひきとられた。すなわち当所が「芥川龍之介生誕の地」である。という掲示板が、この前庭の西端、築地川公園に面して立っております。

特権的な居留地も、一面では閉じこめておくようなものだから、やがてたがいに不都合が増す。明治三十二年（一八九九）、改正通商条約が施行されて、外人の内地雑居の自由と同時に、明石町に日本人が家を建てることも、お金持ちなら自由となった。トイスラーの来日は、こうして居留地が廃止された直後でした。時代の変わり目、この若い宣教医師は、よほどの技量と人望の主とみえて、みるみる総合病院へ発展してゆく。大正期の写真では、病棟を幾棟もつらねて、すでに大病院です。関東大震災には倒壊の憂き目をみるが、ただちに再起、木造の仮設病院で診療をつづけながら、鉄筋コンクリート七階建ての礼拝堂つき本館を、つまり現在の旧館を落成する。居住の宣教師館も新築され、あれこれをみとどけて、翌昭和九年にトイスラー逝去。享年五十八。

この復興事業には、日本の皇室、アメリカ聖公会、アメリカ赤十字などの多額の寄付をあおいだ。アメリカ人が創設し、ほぼアメリカの財力でそびえ立った病院だ。アメリカ占領軍は、おおかた自分らのもののつもりで十年間も使い回したのでしょうなぁ。

本館落成後も、木造の仮設病院は、そのまま診療所として活動をつづけた。虚弱児童だった私がおりおりお世話になったのは、この診療所のほうです。昭和十年代前半のころ。二階建ての長い建物が道路に沿ってL字形に伸びていた。裏は空き地だった。その場所に現在の新しい本館が建っています。

七階建ての本館と、木造診療所の間の道を歩きながら、父にたずねた。「どうしてあっちの病院じゃないの?」父はにべもなく答えた。「あっちは金持ちの病院だ」

そうかぁ! 少年が世間の仕組みにおぼろに気づいた瞬間でした。貧乏人のための診療所は、いつも混みあっていた。夕方の銀座通りみたいな雑踏のなかで、白衣の看護婦や医師たちがてきぱきと「病む人を中心とした医療と看護を実践して」いました。あの診療所が聖路加だ。

その後、わが家は銀座のはずれから世田谷へ引っ越して、ご縁が切れた。戦争末期の敵性用語禁止時に「大東亜中央病院」と改称させられたころも知らないし、戦後のアメリカ軍接収時代はもちろん。朝鮮戦争時の傷病兵治療には、本館が将校用、兵士たちは木造診療所のほうだった、という説もある。

やがて知人の順天堂病院の医師が、聖路加病院へ転任になり、以来また診察をうけにくる機会ができた。木造診療所の建物は、たしか看護婦学校になっていた。いまの看護大学の前身でしょう。そこらの並木道を歩くのは、しみじみなつかしかった。辻のむこうに古びたカソリック教会もあって「看護婦《ナース》大股修道女《シスター》小股落葉蹴る」。土地柄というのはしぶといもので、はるか居留地時代の気配が、そこらの物陰に隠れているごとくでもありました。

旧本館は、廊下の壁や床に奇妙なレリーフがあったり、ぜんたいに見飽きない。通院のついでに、礼拝堂や屋上や、あちこち拝見しました。外来診療は、私をふくめて金持ちとはかぎらぬ連中でにぎわっていて、戦前にはなかった国民医療保険制度があればこそ。良きかな戦後レジーム（制度）は。

通院には、地下鉄築地駅北口の三番出口をでて、東へ直進するのが近道で、隅田川岸まで四〇〇メートルほどのこの道を、ちかごろは聖ルカ通りとよぶ。われらには聖ロカだけれどねぇ。

現在の十一階建て本館の病室は差額ベッドだそうで、やっぱり金持ちむきなんだ。万全の医療体制保障の高級賃貸マンション聖路加レジデンスともなればいよいよ資産階級御用達でしょう。それはそうだとしても。旧診療所の地所に本館は建っていて、土地柄というのはふしぎですよ。サリン事件をみよ、本館は被害者たちを無制限にうけいれた。歩いてこられるごく軽症の人によそへ回っていただいたぐらいだった。通勤ラッシュの勤め人や、地下鉄駅員や、前線の警官、消防署員たちに、大金持ちがいてたまるか。おもいもよらぬ被害に「病む人を中心とした医療と看護を実践して」獅子奮迅であった。これが聖路加だ。

3

本願寺脇からきた道が、聖ルカ通りと交わるところの、三角ロータリーへもどります。手入れのいい小緑地帯の樹木を背に、黒っぽい石碑が二つ、机と衝立のように立つ。

大きな碁盤形の黒御影石の上に、書物をひらいたかたちの赤御影石がのっている。碁盤形の前面に、明朝体で五行に刻む。「安政五年福沢諭吉こ／の地に学塾を開く／創立百年を記念して／昭和三十三年慶応義／塾これを建つ」

慶応大学発祥の記念碑でした。諭吉このとき二十四歳。創業の人は二十代にして立つのだな。赤御影石の書物の頁には、筆書きで四行に「天ハ人の上に／人を造らず／人の下に／人を造らず」。なるほど。だが、まさかこの三角ロータリーの上で、塾生たちとむきあっていたのか？

碁盤の側面に、由来が刻まれている。

「慶応義塾の起原は一八五八年福沢諭吉が中津藩奥平家の中屋敷に開いた蘭学の家塾に由来する。その場所はこれより北東聖路加国際病院の構内に当る。この地はまた一七七一年中津藩の医師前野良沢などがオランダ解剖書を初めて読んだ由緒あるところで、日本近代文化発祥の地として記念すべき場所である。一九五八年四月二十三日除幕」

一八五八年（安政五）は、血なまぐさい安政の大獄がはじまって、一九五八年（昭和三十三）は、高さ三三三メートルの東京タワーが建った年です。なんと有為転変の百周年だろう。さらにさかのぼる一七七一年は明和八年で、「蘭学事始」の年ではないか。南千住回向院からずばりつながるではないか。「これより北東聖路加国際病院の構内」といえば、本館のところだ。

『江戸切絵図』をひらきます。「京橋南・築地・鉄炮洲絵図」と題する文久元年改訂尾張屋版の、ちかごろの印刷物を。ここらは鉄砲洲といって、ほぼ全面的に武家屋敷でした。

本館のところは、まさしく九州豊前中津藩十万石の奥平大膳大夫の中屋敷です。本館よりも南へやや広くて、いまのあかつき公園の堀に接していた。藩士福沢諭吉がいた長屋が、邸内の西南の塀際にあったならば、この三角ロータリーに、じじつ至近になります。『福翁自伝』によれば、一階が六畳一間に炊事場、二階が十五畳一間で「藩中の子弟が三人五人ずつ学びに来るようになり、また他から五、六人も来るものが出来たので」塾生十人ほどでスタートした。二年後には時勢にかんがみ、英学塾に転ずるや、みるみる門弟がふえ、ついに五軒つなぎの塾となった。

中屋敷とはどういうものか。時代劇映画でみる大名屋敷は大門閉ざしてめったに出入りも叶わぬようだが。良沢の友だちも、諭吉の弟子たちも、まめに通ってきたのですからね。中津藩の上屋敷は木挽町汐留に、いまの銀座八丁目の南端にあった。お抱え医師の良沢は鉄砲洲から汐留へ通勤したのでしょう。さしずめ上屋敷は本社、中屋敷は社員住宅団地のごときものか。

慶応三年（一八六七）十二月、福沢諭吉は芝新銭座（現・浜松町一丁目）の屋敷を買いとって家塾を移す。年号にちなんでこれより慶応義塾となのった。鉄砲洲がにわかに外人居留地とされ、中津藩中屋敷四一六二坪が幕府に召し上げられたのでした。

こうして鉄砲洲の大名、旗本など十余の屋敷がとりこわされ、整地された居留地が二万八千坪。さながら異国の明石町へと変貌する。その明石町が、いまは過半が聖路加ゾーンです。江戸から東京へ、東京からＴＯＫＹＯへ。ガラリ、ガラリと変貌して、いつだって新東京の東京よ。こんなものさとおたがいしれっとしているけれど。眼前のこの碑は、どっこいそうでもないぞと居すわっているのではあるまいか。

旧館前庭に学園発祥の碑が三つもあるのは先にみたとおりだが、この碑が、だんぜん先輩だ。立教学園も、明治学院も、青山も、暁星も、雙葉も、看護大学も、みんな福沢家塾の後塵を拝している。ここらは学園発祥の名産地で、その地下茎は鉄砲洲が明石町になろうと、聖路加ゾーンになろうと、脈々とつながっていたのでありますなぁ。

慶応義塾発祥の碑の斜めうしろに、もう一つの碑が立っている。黒御影と赤御影の二枚の石板が、屏風のようにくの字にならぶ。右の赤い石には『解体新書』中のスケッチ風な人体図が、左の黒い石には「蘭学の泉はここに」と題する碑文が刻まれている。

「一七七一年・明和八年三月五日に杉田玄白と中川淳庵とが前野良沢の宅にあつまった。」以下、この三人が「きのう千住骨が原で解体を見たとき」のおどろきと発奮をあらたに、翻訳の苦心をかさねて「ついに一七七四年・安永三年八月に解体新書五巻をつくりあげた。これが西洋の学術書の本格的な翻訳のはじめで、これから蘭学がさかんになった。このように蘭学の泉はここにわき出て日本の近代文化の流れにかぎりない生気をそそぎつづけた。」

かの千住回向院の壁の碑文の、さながら続きものです。碑の裏へまわれば、右隅に

「一九五九年・昭和三十四年三月五日　第十五回日本医学会総会の機会に　日本医史学会／日本医学会／日本医師会」

回向院の碑文の末尾とおなじ。いや、あちらはたしか三月四日で、こちらは三月五日。明和八年に腑分けをみた日と、翌日の初学習に、ぴったり日付をそろえている。文は緒方富雄。設計谷口吉郎。回向院の「蘭学を生んだ解体の記念に」とおなじコンビです。あれと、これは、同時に造られた！　百八十八年前の先人たちの偉業へ、日付をあわせて敬慕を表明したのでした。

『解体新書』は蘭書翻訳の先駆けとなり、刊行されるや大いに世に益した。だが、回想録『蘭学事始』は、杉田玄白八十三歳の晩年にしるされ、伝写により有志の手元にわずかに在るのみであった。天災や動乱にまぎれてあわや湮滅のところを、明治二年、木版刊行を斡旋したのが福沢諭吉でした。以来本書は江湖にひろまり、おかげでわれらは岩波文庫で容易に読める。その文庫本の校注者が緒方富雄、碑文の筆者です。慶応義塾発祥の碑の設計も谷口吉郎です。

玄白翁は回想録の末尾にいわく。「かへすがへすも翁は殊に喜ぶ。この道開けなば千百年の後々の医家真術を得て、生民救済の洪益あるべしと」。サリン事件のごとき衝撃は、こんにちの社会が深く病むことの発現であろうが、たちむかい超えてゆく生気もまた尽きはしまい。生民救済へ、杉田玄白翁から日野原重明翁まで、ご当地は一気通貫なのでありました。

4

築地本願寺へもどってきました。柳並木の脇道から北門を入る。

かまぼこ形の屋根と尖塔と、古代インド風デザインの堂々たる左右対称のビルディングです。昭和九年（一九三四）の竣工で、聖路加病院旧本館とともに、震災からの復興建築として築地の双璧でした。というよりも、衝撃だった。これがお寺!?

ちかごろは鉄筋ビルのモダンなお寺もめずらしくはないが。なにしろ京都西本願寺（本願寺派）さんの東京別院ですからね。こんな奇妙なビルにして、と嘆く檀家衆も多かったという。東本願寺（大谷派）さんの浅草別院は大瓦屋根の伝統スタイルで復興したのに。

その伝統をつきやぶった設計者は伊東忠太。施主は第二十二世法主の大谷光瑞で、二人がどうやら意気投合していたのだからしかたがない。仏教はインド発祥で、その源に還るデザインに不都合があるか。しかも耐震耐火だぞ。

伊東忠太が設計の建物には、諸所に動物がいる。狛犬風に異様の獣を手摺にのせた大階段をのぼります。本堂へ入る。堂内の左右は椅子が据えつけで、中央部は折畳み椅子をかたづければ広い空間ができる仕組み。正面に、きんきらきんの桃山式の内陣が、一段高く畳敷きです。ははぁ、本堂へ土足で入ること自体が革命だったのだな。ただし内陣へは靴を脱ぐ。手前は合理化、奥はしっかり伝統的で、つまり和洋折衷。これも昭和のモダニズムかもしれない。礼拝。

本堂をでて、階段上から前庭をみわたします。一面コンクリートの広場に駐車用の升目が引かれて、この広場は、有名タレントや大物政治家の万人参集の大葬儀をたびたび仕切った。夏場は盆踊りもある。ときに前衛劇の上演もあった。汎用性のたかいスペースです。

現在の本堂を建築中は、このスペースに、震災後の仮本堂が建っていました。従前通りに瓦屋根の南むきに。完成後にとりはらって広場にした。そして新本堂は西をむいた。これも革命的な変化ではなかろうか。

築地本願寺の由来を、ざっとたどれば、そもそも、ここら一面は浅瀬の海であった。三百五十年ほど前までは。そこを埋めて地べたを築いたから、築地。素性そのままの地名です。なんのためにか。本願寺を建てるために。

明暦三年（一六五七）の、例の江戸丸焼けの大火にさかのぼります。日本橋浜町辺にあった西本願寺江戸別院も、もちろん焼けた。市中の焼け寺を、幕府はあらかた市外へ追いだす。神田明神下にあった東本願寺別院は浅草へ。西の別院に与えた代地が、この海の上でした。

「佃島の門徒および府下の信徒力をあはせて之を築成し、広袤《こうぼう》一万二千七百二十二坪余の地を得、万治元年（一六五八）五月本堂を建て、境内中門外過半の地を三條に区劃し、之に末寺五十八箇寺を置き、延宝二年（一六七四）の本堂再建に当り、特許を得て紫宸殿式の構造をなし、堂塔雲に聳え、老樹の間に隠見したりと云ふ。」（東京市編纂『東京案内』）

摂津佃村から移住して、江戸前漁業に特権のあった佃島の漁民たちは、あげて西本願寺の信徒であった。彼らの尽力により一万余坪の地べたがここに出現した。次いでそのさきを小田原藩の漁民たちが埋め立てて小田原町。明暦大火はやっぱり、民間活力で江戸を再開発する気の都市計画だったのか。

こうして堂塔伽藍がたちならび、世に築地御坊とよばれた。天保三年（一八三二）刊の『江戸名所図会』にも、雲にそびえる大本堂と、中門の外の子院たちと、群衆往来のにぎわいが描かれています。

大正大震災（一九二三）までは、ほぼその姿だった。一変したのは、帝都復興計画によります。

昭和二年（一九二七）七月、築地・木挽町一帯の区画整理計画が決定する。まず道路拡張。本願寺の西の道も、南の道も倍に拡がり、現在の大通りの道幅になる。北側の墓地は郊外へ移す。そして南の子院五十八坊の焼跡は、商業地域に指定されちゃったのでした。

さぁ大変。墓域は杉並へ移して和田堀廟所が昭和五年に落成する。子院の多くは、当時まだ郡部で畑や田んぼだらけの世田谷、杉並などへ移転する。寺域は一気に半減した。ほぼ真四角な境内ゆえ、横長の現在の建物を南むきにも建てられたはずだが。魚河岸が日本橋から築地の南端へ越してきて、そこへ至る道を市場通りとなづけた。いまの新大橋通りです。新築の築地本願寺は、その市場通りへ正門をひらいた。

大階段上から、まっすぐ正門方向を眺めれば、あらためて気がつく。このビルだらけの眺望のなかに子院が一軒もないことに。かつて南むきのころは眼下に五十八坊が連なっていたものを。しかし、大寺院は幾多の子院とセットのものだという概念をやぶるのも、革命的ではないか。まして俗世巷間に門戸をひらくのが本願寺さんの身上であるからは。

こうして本堂は西をむいた。西方浄土へむかうこころ……かどうか。厳密には北西です。道むこうの築地小学校の横をかすめ、ビルの谷間の道を直線的にどんどんのばせば、歌舞伎座をかすめ、王子製紙本社ビルと銀座三越をかすめ、有楽町マリオンをつきぬけ、皇居の濠をまたいで、二重橋へいたるはずです。皇城鎮護……。

5

正門を入った左右に、丈余の石灯籠が佇立して、この広場は、やはりお寺の境内なのだ。インド風でもなし震災以前の灯籠でしょう。塀沿いの樹間にも、墓碑らしきものが隠見して、築地御坊時代の残党もあるかもしれない。

まず北側から見にゆきます。緑陰に大小の墓碑が数基ならぶ。おおかた文化財らしく東京都教育委員会の案内板が、立つのと無いのとある。土生《はぶ》玄碩墓、間新六供養塔、森孫右衛門供養塔、二つ飛ばして、酒井抱一墓。ははぁ、和田堀へは行かなかった居残り組だな。

土生玄碩は、江戸後期の眼科医。一時シーボルト事件に連座して捕らえられるが、その後も卓抜な技量で天下に知られた。その反映でしょう、みあげるほどの墓碑です。

隣の間新六は、忠臣蔵四十七士の一人。元禄のころ播州浅野家の江戸上屋敷は、鉄砲洲の、聖路加病院旧本館のところにあった。仇討ちの本懐とげた一同は、旧邸の前を通って泉岳寺へむかった。当寺の脇を通過するとき間新六は槍にお布施と書状をむすんで門内へ投げこみ、わが身の供養をねがった。毛利家へ預けられ、切腹にあたりきまりの作法でいいものをいきなり小刀を本気で腹につきたてた。享年二十四。挙動がきわだつ若者で、それなりに人気があったとみえます。泉岳寺に墓、ここのは小さな供養塔です。

森孫右衛門は、佃島を築いた首領株の一人。供養塔は後世に子孫が建てた。笠をいただき、なみの町人の扱いではないね。佃島衆は、墓域も六百余坪を占有していた。説教のさいに賽銭をあつめてまわる役目もしたという。

酒井抱一は、江戸後期の琳派の画家。姫路城主酒井家の一門で、多趣味多芸な代表的文化人のひとりであった。剃髪して西本願寺派の仏門に入ったので、電球形の頭が尖った、お坊さんの墓石です。

それぞれに因縁も貫禄もありそうな墓碑たちで、つまりは観光資源でもあった。昭和初年頃も江戸の記憶がけっこう濃かった例証でもあろうか。いまとなれば間新六よりも、いっそ樋口一葉の墓をのこしておいてくれたならば、下町文学散歩の大きな目玉になったでしょうに。

そのさきの北西のコーナーには、九条武子夫人歌碑。親鸞聖人銅像。陸上交通殉難者追悼之碑。いずれも本堂改築後に建立の昭和のモニュメントです。

九条武子は、大谷光瑞の実妹で、大正三美人とうたわれた才媛であった。大震災に負傷したが、罹災者の救済に、本願寺再建に辛苦し、昭和三年二月、敗血症により四十二歳で逝く。歌文集『無憂華』は一年で百六十刷にもおよび、その印税も社会奉仕へ投じられた。和田堀廟所に自然石の墓がある。ここの花崗岩の大歌碑は『無憂華』の版元の実業之日本社が昭和九年に建立した。超ベストセラーの記念碑でしょう。

陸上交通殉難者追悼之碑は、広い台座の中央に石柱がたち、左右の壁に、趣旨と、短歌と。日夜絶えぬ交通事故の犠牲者たちを悼み、悲惨事をくりかえすなと警告し「交通事故絶滅への訴えとしたい」とむすぶ。追悼碑建設会の名誉総裁が三笠宮崇仁親王。日付は昭和四十四年（一九六九）十一月二十日。この年に、交通事故死者が年間一万人を突破した。「文明は尊きものか惨なるかエンジンの音耳すましきく」刻まれた短歌は、やや腰折れのできばえながら、一万人をこえた驚愕があらわれてはいるかもしれない。

この碑は、かの両国回向院の、海難の供養碑たちに連なるものでしょう。物資流通という社会の動脈を担う者たちの受難、その供養。いや、ちがうかな。両国の碑たちは、主には乗組員の受難だが。こちらは、主には通行人や乗客たちで、運転者もまま加害の名の受難だろう。車の生産を基幹産業とし、道路をどんどん伸長してやまぬ現代の仕組みが、必然的にもたらすもの、交通戦争。交戦国も曖昧なまま犠牲者が増えつづける戦争の、うしろめたさを形にしたのが、境内で規模最大のこのモニュメントか。建設にあたり製造・運輸・道路の関係業界があげて寄進したのでしょう。そして名誉総裁に皇族をいただく。こういうのを「袞竜《こんりょう》の袖に隠れる」というのではないかなぁ。そういえば中心の柱が両袖をひろげたデザインにみえます。

建立の翌昭和四十五年（一九七〇）には、交通事故死が一万六千七百六十五人と、最悪のピークに達したが、その後は一万人のラインを上下しつつも、さいわいに近年は減少一途と聞きます。平成十七年（二〇〇五）の場合は、事故発生から二十四時間以内の死亡が六千八百七十一人。一カ月以内ならば八千四百九十二人、一年以内の死者は一万三百十八人。医療の進歩による延命が、数字を順送りにしてはいる。平成二十年の場合は、二十四時間以内の死者が五千百五十五人。ぐいぐい右肩下がりなのは関係各位のたゆまぬ尽力のたまものでしょうが、負傷者数は約九十四万人で百万の大台は割ったぞ、というのは、めでたいよりもやはりたまげる数字ではあるまいか。

この陸上交通殉難者追悼之碑のすぐうしろが、地下鉄築地駅本願寺口の一番出口です。平成七年（一九九五）三月二十日のサリン事件の朝、この碑と背中あわせの路上に、地下交通遭難者たちが倒れ伏したのでした。嗚呼。

6

正門をよこぎって、いきなり南側のコーナーへゆきます。

目をひく白いモニュメントが、この西南の隅にある。白球をのせた白い大テーブルの角がはねあがり、一見岡本太郎風なデザインの石造物です。前面に「台湾物故者の霊」と刻まれている。かたわらの銅板の由来記を要約すれば。台湾各地の日本人墓地が戦後は野草に埋もれていたが、昭和三十年代に中華民国との合意により整理され、台北、台中、高雄の安置所に一万三千余の遺骨を納めた。のち、分骨を故国へ迎え、西本願寺築地別院のご好意によりここに安置所を設けた。また、引揚げ後の物故者も希望により合祀することにした。われら縁故者一同は心よりの追悼とともに「再び戦争を繰り返さぬよう世界の恒久平和を願うものである　平成元年三月三十一日　財団法人台湾協会」

地下の納骨施設拡張のさいに、この白いモニュメントを新調したらしく、境内一番の新品です。日清戦争（一八九五）で分捕った台湾の植民地化が、さきの敗戦でがらりご破算となる。その半世紀間のあとかたづけの一つなのでした。

われら日本人は、これほどに遺骨を大切にする。いつからこう執着することになったのだろう。むかしはいっそ位牌を大切にした、ような気もする。すわ火事のさいは仏壇のお位牌つかんで逃げだすのがご定法だったでしょう。お墓も石の位牌なので、境内北隅の土生玄碩から酒井抱一まで、その下にお骨が眠るかどうかは、こだわらない。それでさしつかえないのですね。

海ゆかば水漬く屍、山ゆかば草むす屍……。十九世紀末からこっちの日本民族が、欧米をまねて植民地をひろげたあげくに、南はニューギニアから西はインパール北はシベリアくんだりと、無数の骨を散らばらしてしまった。かえりみはせじの骨たちが、まさにその反作用でかえりみないわけがあろうか。

この白いモニュメントの脇の木の間隠れに、円柱が一本、いや、二本たたずんでいます。冬はまだしも、夏場は茂みをかきわけないと近づけない。すぐうしろの一本は、チェスの駒をおもいきりひきのばした形の石の円柱で、篆書体で「後備第一師団記念碑」とある。礎石にはめた銅板の碑文は、漢文につき読める字をひろってゆくと、なんと日露戦争の碑ではないか。

明治三十七年日露開戦により後備第一師団を編成、韓国へ赴き、北西部の防衛と、第一軍団の兵站線掩護にあたった。次いで鴨緑江軍に属し奉天会戦では最右翼で戦い、さらに歴戦また歴戦、じつに三千三百余の兵を喪う。常に険山深谷の間にあって任を尽くし、明治三十九年一月に凱旋した。その顚末を略叙し以て後世に伝える、云々。

漢文はやはりかっこうがいいなぁ。現役ばりばりではない寄せあつめの召集軍団が、それなりの辛酸をなめた悲痛な味わいが、行間にただよっています。戦争がおおかた戦場だけの出来事で、遠望すればロマンチックでなくもなかったころの記録でした。題字は元鴨緑江軍司令官、撰ならびに書は師団長。三千三百余の草むす屍たちが靖国神社にゆきさえすればいいとは、司令官たちも思わなかったのでありますなぁ。『近代日本総合年表』（岩波書店）によれば、日露戦争の死者・廃疾者十一万八千人でした。

もう一本は、青銅の円柱で、さらに迷彩風に木隠れに立つ。枝葉をかきわけてみあげれば、明治二十九年一月建立の、日清戦争の碑ではないか。表記の篆書体を「征清役近衛師団陣山谷追弔碑」と、ひとまず読んではみたがこころもとない。その裏側に三行書きの鋳造文字をひろい読むと、日清之役の近衛軍人戦歿者病歿者は三千九百二十五人、凱旋ののちに本院及び師団営内に於いて法会を修め、久しくここに記念する、云々。

円柱の根本に扉があり、内部の空洞に、おそらく名簿か遺髪の類を納めたのでしょう。この二本の柱は忠魂碑ではないのだね。亡き部下や戦友たちの菩提を師団の責任において弔い、ここに供養碑を立てて後世への証言としている。善人なおもて往生をとぐ、いわんや軍人をや。『近代日本総合年表』によれば、日清戦争の死者・廃疾者一万七千人、馬一万千五百頭でした。

戦死者はすべて靖国神社へ祀られて、それでめでたく鎮魂している、ということになったのは、いつからのことなのか。さほどにはさかのぼらぬ、いっそ昭和からこっちのことではなかろうか。まして植民地下の台湾人も朝鮮人も日本軍人であったかぎりは合祀して、つべこべいわずに鎮魂していろ、ということらしいのは、いっそちかごろの新思想でしょう。

築地本願寺境内の西南のコーナーには、日清・日露からさきの敗戦後までの万骨たちが寄りそっている！　かくも凝縮した近代資料たちが、老樹の間に隠見しているのでした。黙禱。

本願寺南門をでて、晴海通りへ。通りのかなたは、築地場外市場です。海産物を中心に、各種仲卸の小商店がひしめく町。食肉・青果・海苔・茶・玉子焼・刃物・厨房道具・包装用品・看板屋・電器屋等々が、ひところはざっと四百軒。早朝がもっとも雑踏して、日中は閑古鳥が鳴く。東京一早起きの町とうたわれたが、近年はだいぶ様相がちがう。寿司や海鮮丼の名物店がつぎつぎにできて、日中も若者たちが行列つくっています。そのぶん店が大型化するいっぽう、軒下三寸借りた小店も依然としてある。南北に三本の道が通って、四区画。単純な構造だが、ビルとバラックと細い路地が組みあわさって、なにやら奥が深そうな町です。

まずは通りをへだてて遠望すれば、三本道のまんなかの一本が、まっすぐに見通せる。あの突きあたりに、そのむかしは本願寺の正門があったのでした。例の「京橋南・築地・鉄炮洲絵図」をみれば、晴海通りはそっくり境内で、ここらあたりに中門がある。「中門の外、過半の地を三條に区画し、これに末寺五十八箇寺を置き」という姿だった。明治もかかわらず。それが大正震災と、昭和の敗戦とで、ガラガラと変わった。いまは晴海通り沿いに衝立のようにビルがならび、十階建ての壁に尾頭つきの巨大な鯛が描かれて、ナマグサの町だぞと誇示している。そもそもは殺生禁断のお寺さんの境内なのにねぇ。

しかし、三條の区画は、変わりません。じつは子院ものこっている。晴海通りのてまえに二坊、場外市場のなかに三坊。墓地さえある。ほんと。では、横断歩道をわたります。

三筋の道のまんなかの道を入ってすぐの左側に、唐破風の玄関の日本家屋がある。みあげる大きさがちょうどお風呂屋ほどなので、ままちがえられるというが、これぞ圓正寺。明暦大火後に、西本願寺別院とともにご当地へきた子院の一つです。大正震災後に、子院五十八坊の焼け跡は、たいらに均して、新開の商店街へ変身する。そのなかにのこった子院も数坊はあった。市外へ移転した子院たちはそれなりの地所を得たのに、だんこ居すわり組が寺域をけずられたのはやむをえなかった。そのご変遷のなかで、先年も失火によって一坊が消えた。いまはまんなかの道のさきに称揚寺、一本左の道に妙泉寺が健在でいるが、ビル化していて、つい気づかずに通りすぎる人も多いだろう。墓地は、一本右の道にある。モルタル塀の中にぎっしり墓塔がならんで、圓正寺の離れ墓所でした。

圓正寺だけがお風呂屋的に唯一和風だ。せばめられた地所へ、本堂と庫裡を合体させた総二階を昭和六年（一九三一）に落慶した。屋根は銅板葺き、外壁もなかば銅板張りと、いかにも震災復興期の建物です。大玄関からすぐの本堂が、二階へ吹き抜けで、棟梁の苦心の作であろう。十余年前にたまたま取材で拝観した。そのおり第十四世住職からうかがったことどもをまじえての、以下はご当地いまむかしです。

新開のこの町は、日本橋からきた魚河岸の中央卸売市場に、堀ひとつへだてていちばん近い町だった。原住民の寺々と、入植民の店々とは、じきになじんだ。夏は戸毎に縁台ならべて夕涼みの「いい町でしたよ」と語る住職は築地小学校の卒業生。そうだったよなあ。わたしはおなじ京橋区の泰明小学校の卒業です。

空襲には、本願寺ともども、この町は無傷だった。戦後、アメリカ軍が中央卸売市場の一部を接収して、駐留将兵とその家族たちの胃袋を賄うことにした。そのため追いだされた業者たちが、堀をまたいでこの町へあふれてきた。のちに接収解除にはなったけれども、もどらない。こっちのほうが規制にしばられないぶん自由に稼げた。築地場外市場の成立。

というわけで、一気になまぐさい町になったのは、アメリカ占領軍の置き土産でした。もはや抹香臭い土地柄とは絶縁した。とおもいきや、そうは問屋がおろさなかった。

高度経済成長期、この町のビル化が競ってすすんだ。いざ地下を掘ると、当たりはずれが生じた。なにごともないところと、ざくざくお骨がでるところと。子院の引っ越しは、つまり位牌の墓石を運んだので、土葬時代の地下は、大地に抱かれて自然に帰しているのであった。ところがビルは地下室を造るからね。造らぬまでも掘り固めるからね。そこが墓所跡ならば大当たり。なにしろ築地で、もともとは海につき、水気に漬かって空気に触れず、保存きわめて良好のお棺もでた。蓋をあけると妙齢の美女が振袖のまま眠っていて、ものに動じぬ仕事師もギャッと叫んで遁走したとか。聞きつけてドッとむらがったとか。多少は尾鰭のついた実話が、この町のどこかでいまも語り継がれているはずです。現代の民話。

この町の握り鮨や海鮮丼が、とりわけ旨くて安いのは、こういう伝承と無縁ではない。徳川幕府は、江戸の中心に市場をひらいた。おかげで日本橋は土地柄までが美味しくなった。余徳はいまなおあのあたりにただよっているでしょう。築地へ移ったのは海運の発達からも当然で、大型船が日本橋川には入れない。築地は荷揚げの岸壁からすぐに競り場がある。そこから仲卸、小売と渡って、東京中へ散ってゆく。そのむんむんとした人間臭さと抹香臭さの隠し味のおかげで、この界隈は、ずうっと銀座のほうまで、つくづく美味しいのだ。

この中央卸売市場を、はるか豊洲の東京ガス工場跡地へ強制移転させる計画が、都庁のほうで進行している。陸上交通全盛のこんにち広大な埋立地のほうが合理的だぞと机上プランでいえばいえるが。あたりに町場もなく、掘れば環境基準の四万三千倍のベンゼンなどしかでてこない地へ移して、都民の台所へ、どんな味をもたらす気やら。ひとときのオリンピックの情報センター設置案のたぐいと、どうひきかえになろうものか。

築地四丁目の辻のアーケードに、スローガンがかかげてありました。「場外市場は、移転しません。私たちは、ずーっと、築地で頑張ります」

ぼちぼち谷中

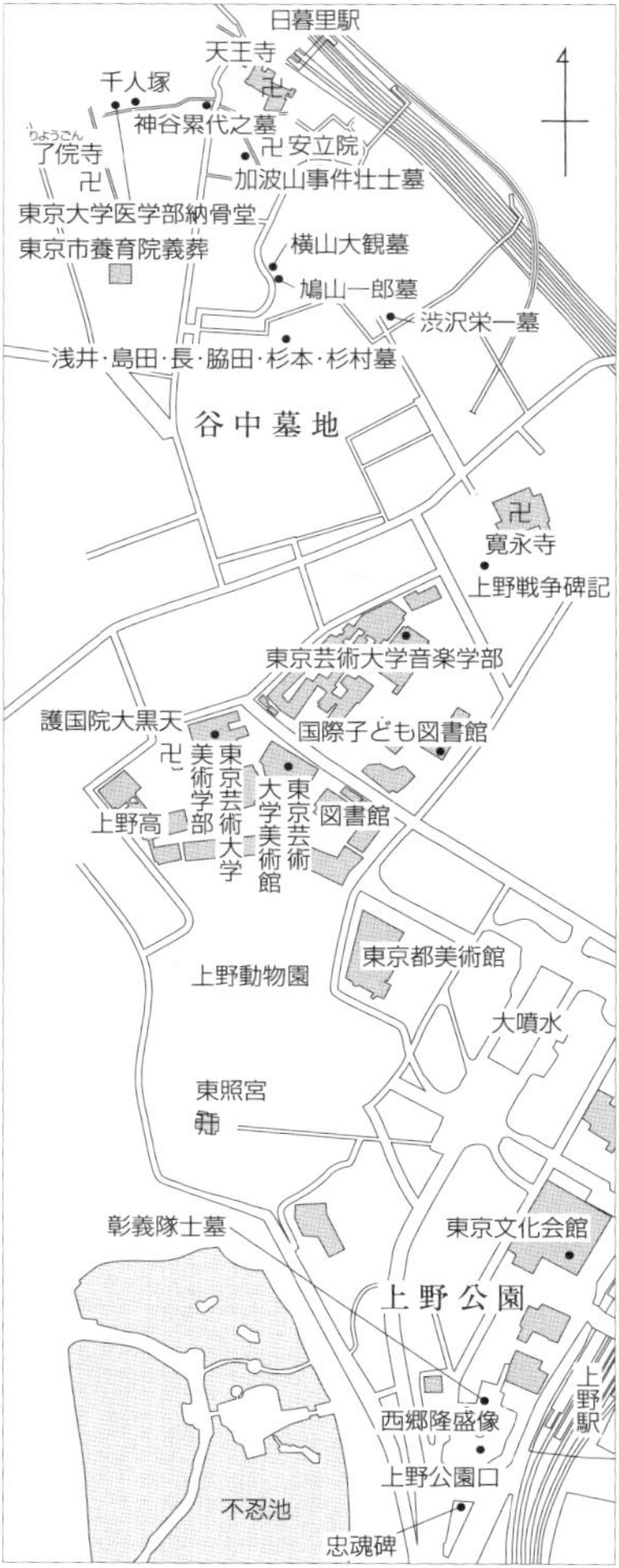

日暮里駅
天王寺
千人塚
神谷累代之墓
了侒寺《りょうごん》
安立院
加波山事件壮士墓
東京大学医学部納骨堂
東京市養育院義葬
横山大観墓
鳩山一郎墓
渋沢栄一墓
浅井・島田・長・脇田・杉本・杉村墓
谷中墓地
寛永寺
上野戦争碑記
東京芸術大学音楽学部
護国院大黒天
国際子ども図書館
東京芸術大学美術学部
東京芸術大学美術館
図書館
上野高
東京都美術館
上野動物園
大噴水
東照宮
彰義隊士墓
東京文化会館
上野公園
上野駅
西郷隆盛像
上野公園口
不忍池
忠魂碑

1

上野公園口に立ちます。ビルの谷間の広小路の、つきあたりの松坂屋のうしろに、秋葉原の高層ビルがせまっている。

まったく騒々しい。いきなり昭和三十年代へひきもどせば、都電がチンチン走って、やはりそれなりに騒々しかったが、家並はおおむね二階屋で、松坂屋だけが特大の、空がひろい広小路でした。そのころこの街にタウン誌が創刊され、友人が編集者になったもので、おりおりに仕事をもらった。以来はや五十年の、浅くて長いご縁です。

いまは秋葉原が、すぐそこへせまっている。東京は随所でちぢんで、人口はふえて、やたらと混みあうのはやむをえないね。本日は、人影まばらな方角をめざそう。

廻れ右すれば、上り坂の小広場で、むかしはここを袴腰とよんだ。袴の腰板のような梯形にみえたから。いまもそうよぶ人がいることはいる。中央の植込みに卵形の大石を据えて「上野恩賜公園」と刻んである。正面玄関の表札のかまえでしょう。建立は昭和五十一年七月。上野公園を、正式にはこう呼ぶべしという風潮の、これなどがさきがけだったか。

そもそもは東叡山寛永寺。寛永二年（一六二五）の建立で、徳川将軍家の菩提寺としてたいそうな羽振りでしたが、慶応四年（一八六八）陰暦五月十五日の彰義隊合戦により、全山ほぼ焼亡した。その焼跡が、明治六年（一八七三）、公園地に指定されて、こんにちにいたるわけ。当初は東京府の所管で、明治二十三年（一八九〇）より皇室御料地となり、関東大震災後の大正十三年（一九二四）に東京市へ下賜された。概算すれば、徳川二百四十年、皇室三十四年、東京市民の庭として前後百年。もしも歳月に目方があれば目盛はこんな比率になるのでした。

公園となってこのかた、たびたび博覧会が催された。日清・日露の戦勝祝賀会も盛大に、東京最大のイベント名所であった。明治の栄光。

そのころのなごりがただ一つ、この公園口にのこっています。右手の小高い植込みの、暗い木陰にたたずむものに目をこらせば、「忠魂碑」と大書して、脇に「希典書」。これも乃木希典書だ。日本橋十思公園や、千住素盞雄神社でみたのとご同類の日露戦争記念碑です。ただし、この碑が異色なのは、自然石のへりの屈曲に鉄枠をはめ、井桁の鉄パイプで表裏を押さえてある。大正大震災でぶっ倒れて割れたのを、組みあわせて建てなおした。よその碑よりも大きいわりには薄めで、台石が小さくて、これではたまらない。おかげで忠魂碑のなかの傷痍軍人という姿です。

戦前は、そこらを見くだしてそびえていたのだが、戦後はいつのまにか樹陰にめだたなくなったのも、ご同類たちと同様です。そのうえコインロッカーが目隠しのように前に置かれ、植込みに立入禁止の縄さえめぐらしてある。バブル崩壊このかた上野公園内はホームレス諸氏の大キャンプ場の観を呈していたが、近年は園内整備がすすんだ。諸氏はかたすみに追いつめられ、それもお断りの張り縄でしょう。ちょいとまたいで立ち入って、碑をひとめぐりします。

碑の裏は、亀裂が縦に走り、三カ所ほどえぐったように欠けている。うしろむきに倒れたのでしょう。右上に「明治三十七八年戦死者」、氏名が六段に刻まれ、上四段が戦死・病死者、下二段は建て主の「社団法人下谷区兵事会役員」諸氏。諸処欠けてはいるが概算できて、下谷区出身の戦没者は約百名だったらしい。すべて肩書つきで、筆頭が大尉、二、三名が欠けて、軍曹五名、伍長五名、上等兵、一等兵の多数のところも欠けがあり、二等兵五名、輜重輸卒三名。

ふーむ。輜重輸卒が兵隊ならば蝶々トンボも鳥のうち、という俗諺を聞いてはいたが、兵粮《ひょうろう》弾薬の重要な運送係が、じじつ二等兵以下だったのだな。戦死者七十余名。

つぎが病死者二十一名。そのつぎに軍属病死者が、建築工夫・柴田辰次郎、軍役大工・岡本岩五郎、井掘工夫・岡億之助、和泉丸乗組給仕・大深愈武、野戦鉄道付電信工夫・小林彦太郎。以上五名で打ち止め。この忠魂碑は、肩書による差別丸出しのおもむきではあるが、同時に戦地に死んだ下谷区民は一人あまさず刻もうという、無差別の志であるなぁ。

ちかごろイラク戦争へ送りこまれたアメリカの派遣労働者たちは、続々と死んでいながらニュースにもならず戦死の統計にも入らない。民営化された戦争の実態だそうです。その点、この碑は雲泥の相違ではないですか。

しみじみこのまま、後世へ伝わっていただきたい。

2

山王台へ、四十三段の石段をのぼります。彰義隊合戦のころは石崖だった。石段ができたのは、公園になってまもない明治九年でした。

台上には、西郷隆盛の銅像がある。犬を連れてたたずんでいる。明治三十一年（一八九八）の建立で、以来、東京屈指の名所となった。大正大震災のときはこの石崖で焼け止まったので、焼け跡一望、尋ね人の貼り紙が、この銅像全面にべたべた貼りまくられた。戦災にも同様に焼けのこった。待ちあわせや見物客で多年にぎわっていたが。昨今は、ベンチでおおかたケータイをながめている。外人観光客が、西郷さんをバックに記念撮影しています。

少年時の妙な思い出をひとつ。ここへくるたびに、見物人たちが口にちり紙噛んで、銅像めがけて競ってぷっと吹きつけていた。西郷さんの胸板にとどこうものなら、まわりから歓声があがった。顔や頭にも貼りついていたから、すごい肺活量の人もいたわけだ。あれは一種の健康祈念か。たくましい西郷さんにあやかりたいという、とげぬき地蔵やおびんずるさまにも一脈通じる西郷銅像。昭和十年ごろの目撃ですが、おそらくは震災後に生じた奇習ではなかったか。点々と白い斑点だらけの証拠写真もあるはずです。掃除係は大忙しだったことでしょう。

銅像のうしろの木立へゆきます。柵かこいの四角い区域が、彰義隊墓所。正面奥に石組みの高い台座、その上の墓石に「戦死之墓」とのみ、山岡鉄舟揮毫の四文字を刻む。明治十四年（一八八一）の建立でした。その墓塔が、また四角く柵でかこわれている。

先年までは、ここに二階家があって、旧彰義隊士小川興郷の子孫が墓守をしていました。上野彰義隊資料室という一室もあった。墓前に屋根つきの賽銭箱と香台があり、線香と火鉢を置き、灰に火種が埋まっていた。さらに墓塔の石段をのぼって、鉄舟の筆跡を近々とみることもできた。例年五月十五日には法要があって、年ごとの卒塔婆には「南無妙法蓮華経・為彰義隊戦没烈士之霊第百卅×回忌追善供養・日蓮宗東京北部宗務所」。小川家の宗旨が日蓮宗だったのかな。

上野公園にふさわしいこの情景が、永代つづくつもりでいたが、忽然と消えた。都有の公共地に私人が住むのは不当という杓子定規が、なぜかいまさら勝ったとみえます。公園内にぽつんと住む身もそれは辛いかもしれず。いまは香台も卒塔婆もなく、がらーんと風が吹きぬけている。百四十年前に一敗地にまみれた彰義隊が、二十一世紀にもう一度負けたみたいな風情なのです。

慶応四年陰暦五月十五日のあたりを、しばしふりかえってみます。わずか半日の、ばかげたような戦が、どこか惹かれるのはなぜだろう。

江戸開府よりこんにちまでの四百年間に、この都市はやたらと火事はあったけれども、戦争は、ほとんどなかったのですね。慶安四年（一六五一）の由井正雪の幕府転覆計画は事前に封殺された。一気にくだって明治十一年（一八七八）の竹橋事件では、近衛砲兵大隊が大隈重信参議邸を砲撃したが、一夜で挫折。昭和十一年（一九三六）

の二・二六事件では、決起部隊が赤坂山王台を占拠して包囲軍とにらみあったが、四日目に投降して収まった。さきの大戦の、アメリカ空軍の東京大空襲は話が別になるのでさておいて。昭和四十三年（一九六八）秋の国際反戦デーの新宿駅占拠から、学生運動の高揚は翌年一月の東大安田講堂の攻防まで、都心の各所にバリケードができて、しばし騒然の時節でしたが。あれは異議申し立ての印地打ち（石合戦）の再来で、なにしろテーマが反戦ですからね。

つまりは彰義隊の合戦だけが、相互にドンパチ銃砲撃ちあった唯一の市街戦ということになる。幕府の瓦解にあたり、江戸を無血開城したことは趨勢明察ではあったけれども。歴史も人間も、賢いだけではものたりないのかもしれません。ことここにいたる由来は山ほどの文献にゆずって、当の江戸っ子たちがこの戦をどうみたか。

「ドドーン〳〵という恐ろしい音響《おと》が上野の方で鳴り出しました。それは大砲の音である。すると、また、パチパチ、パチパチとまるで仲店で弾け豆が走っているような音がする。ドドン、ドドン、パチパチパチという。陰気な暗い天気にこの不思議な音響が響き渡る。」二階へあがってみると「其所にも此所にも家根や火の見へ上がって上野の山の方を見て何かいっている。すると間もなく、十時頃とも思う時分、上野の山の中から真黒な焔が巻き上がって雨気を含んだ風と一緒に渦巻いている中、それが割れると火が見えて来ました。後で、知ったことですが、これは中堂へ火が掛かったのであって、ちょうどその時戦争の酣《たけなわ》な時であったのであります。」

と語るのは、浅草駒形の仏師高村東雲の住込み弟子の幸吉、のちの高村光雲、かぞえの十七歳でした。前の晩に、あした上野で戦争があるそうだと下職の塗師が教えにきてくれた。広小路の裏の長屋に師匠の弟弟子の職人がいる。避難の手伝いにと、師の命により幸吉は早朝に上野へむかうと「頭の頂天の方で、シュッシュッという音がする。」町角には畳を雁木に積みあげて、袴の股立ちとった武士たちが抜き身の槍を突きたてている。官軍方にも袴姿がいた。「はや戦争は始まってると」長屋へ駆けこむと、職人夫婦はゆうゆう朝飯の最中だった。こういうのんき者もいた。それからが大あわて、一緒に駒形へ逃げもどり二階から見物ときめこんだわけ。黒い焔をあげた根本中堂は、いまの噴水広場のあたりにあった。広小路へも延焼して、松坂屋のてまえで止まったのだから、この職人の長屋も燃えてしまったのでしょう。

「昼過ぎには戦《いくさ》が歇《や》みました。すると、その戦後の状態がまた大変で、三枚橋の辺から黒門あたりに死屍が累々としている。私も戦争がやんだというので早速出掛けて行きましたが、二つ三つ無惨な死骸を見ると、もう嫌な気がして引っ返しました。」

三枚橋は、不忍池から流れでて広小路をよこぎる小川に架かる三橋《みはし》の俗称で、いまのマクドナルドの前あたり。幸吉のようには辟易しない連中もいて「跡見物に出掛けた市民で、各自《てんで》に刺子袢纏など着込んで押して行き、非常な雑踏」というありさま。

混雑は翌十六日もつづきます。以下は六十歳の歌舞伎役者の記録で。

「早朝より九蔵と同道にて上野へ見物に行く。広徳寺前より山下へ出で、袴ごしと黒門へ登り見るに、右に死骸あり。立ちより見れば首に懸けたる革袋に金にて瓜の紋付きたるをそばへ置き、俯伏せになりゐたり。お旗本織田　某《なにがし》のよし。黒門木戸は所々に鉄砲の跡あり。山王山樹木は鉄砲当り数本折れあり。大砲の車一輛、彰義隊の死骸数十、算を乱して倒れ伏す。中には知音《ちいん》の者か親族なるか、経文一巻死骸へ覆ひかけしもあり、また浴衣にて覆ひ隠せしもあり、膝頭を百目ぐらゐな筒にて打砕かれ、ズボンも破れてワングリと疵口あらはれ、それをくくりし手拭は黒ぼしの所へ下りあり、また車坂門外に木綿のはかま・才味の割羽織・襟の白もめんに斎藤何々と記し、首を二ツ左手に提げ、右手に長き血刀を持ち、惣身数ケ所の鉄砲疵、顔へも受けしと見え面体《めんてい》砕けて倒れゐたり。よほど強い人でありしならん。」

こう記すのは三代目中村仲蔵。自伝的筆録『手前味噌』（一九六九年、青蛙選書）の一節です。浅草聖天町の自宅からくりだしたのでした。

三日間は切り捨て御免の残党狩りの最中ゆえ、身内を案じてかけつけたとて手もだせなかった。彰義隊にも軍服姿はいた。黒ぼしは踝《くるぶし》。車坂門外の豪傑の記録もすごいね。鳥羽伏見の戦でも、首級を腰にいくつもくくりつけたまま胸板撃ちぬかれた豪傑がいたとか。打ちとった首級の数が勲功の証拠のサムライ文化が、けっこう健在だった。お手柄にこたえてくれる殿様はもう消えるのに。斎藤某氏も首狩り文化の最後をかざった一人でした。

仲蔵は歩を進めて、山内へ。根本中堂は炎上のとき緑の炎があがり三日三晩燃えつづけたという説もあり、このときまだくすぶっていたはずです。

「東照宮御魂舍《おたまや》へにて、彰義隊一人切腹の死骸あり。しかし官軍がたの死骸は一ツもなし。これみな夕辺《ゆうべ》のうちに運び取りしならん。お手際といふべし。これに付いて金儲けをせしは、広小路仲町辺の貧乏人にて、藤堂様の人数の死骸を屋敷まで担いでゆくものへは金二分遣るといふゆゑ、われも〳〵とゆく。後には二分では否《いや》だといふゆゑ、一両から一両二分、二両と値上をしたれば、力のある人は五六両づつの立前《たちまえ》になりしといふ。」

藤堂家は親藩ながら官軍について、上屋敷は神田和泉町、秋葉原ヨドバシカメラのうしろ昭和通りのさきあたり。中屋敷はもうすこし近くて台東三丁目あたりでした。戦死の死骸処理のアルバイトが、このときもあったのだ。朝鮮戦争やベトナム戦争のころの、尾ひれのついた噂が偲ばれます。

日本橋堀江町書役の鹿島萬兵衛・二十歳の場合は一風変わっていて、十六日早朝に飯もくわずに友人二人と駆けつけた。「しかし敵味方とも死体などは既に片付きしにや一つもなかりし。」山内へのぼれば「あはれ中堂は全部炎上して残火なほ鎮らず」谷中門を抜けて「天王寺に至りしに、本堂はいまだ盛んに燃えゐたるが敵も味方も影を止めず。」なお坂をくだると「石神井川の用水の石橋の下に、肩に赤地錦の徽章を付けたる士分の死体二人重なり打ち捨てありし（官軍の士は皆左肩に赤地錦の小切れを徽章に付けをりしなり）。」

萬兵衛はさらりとこう書いているが、いくらなんでもしらじらしくて、死骸はそこらに散乱している。右の「敵味方とも」を「敵の」と読めば辻褄があいます。さては萬兵衛たちは官軍の死骸だけを探し歩いたのだ。その証拠に、はるばる日暮里辺まで足をのばして、残党狩りの返り討ちにでもあったのか橋の下へ押しこまれた官軍の死骸をやっとみつけ、溜飲さげて帰りにかかった。この書『江戸の夕栄』の刊行は大正十一年だが、記述したのはよほど前のことらしく、薩長の権力なお健在のなか、なにくわぬ顔できわどいことを記しているのでした。帰る道々どこにも食い物屋が開いていなくて、死ぬほど腹がへった。蔵前で行商の団子屋をみつけ、餡をつけるも焼くももどかしく「白団子のまま五六串を食し漸く腹の虫をなだめ、浅草見附を入りて帰宅せしが、野次馬なる者もなかなか骨の折れるものと思へり。」

さすがは江戸っ子。火事と喧嘩が同時にきたのを見物しないでおられようか。残党狩りが現に進行中で、蔵前の商家の娘の証言では、浅草見附を占拠した官軍が、狩った生首を提灯のようにならべて通行人をおびやかすので、生きた心地がしなかったとか。生首提灯と団子の行商が同時に進行しているのが、市街戦なのですねぇ。

噂が乱れとぶ。残党を官軍に売ると一人一両になるとか。火事場泥棒も元気づく。さきの幸吉の、証言のつづき。

「群衆の者は、もう半分分捕りでもする気になり、勝手に振る舞い、果ては上野の山の中へ押し込んで行き、もう取るものがないと見ると、お寺の中へ籠み入って、寺中の坊さんたちの袈裟衣や、本堂の仏像、舎利塔などを担ぎ出して、我がちに得物とする。たちまち境内のお寺は残らず空ッぽとなり、」ちかごろのアフガニスタンでもイラクでも、戦乱とともに生じたらしいことどもが、たちまちここに実現していた、後日、詮議がきびしくなって「坊さんの袈裟を子供の帯などにくけて使っていたものはその筋へ上げられました。で、いろいろなものがはき出され、往来へ金襴の袈裟、種々の仏具などが棄ててあったのを見ました。」

それらがうずたかく山をなした。しかし寛永寺山内に唸っているはずの大判小判をまっさきに探しまくったのは官軍で、みつからない腹癒せに火を放ったというから、どっちもどっちかな。

幸吉、のちの高村光雲は、この三十年後に西郷隆盛の銅像を制作します。その慰労の晩餐会で、黒門口へ進撃隊の大将だった西郷従道をはじめ、薩摩の大官連が手柄話に花を咲かせたとか。以上『幕末維新懐古談』より。

官軍の死骸は即日かたづけたが、彰義隊士の死骸は、うち棄てられたままだった。三ノ輪の曹洞宗円通寺の住職仏磨和尚が、埋葬供養したいとその筋に願いでると、賊の片割れとみなされて拘留十日間。そのうち腐臭がはげしくなり、一転して釈放、許可がおりる。そこで和尚は、彰義隊シンパの侠客三河屋幸三郎の協力で人手と資金をえて、二百六十六体を火葬に付した。その場所がいまの墓域です。一説には、短時日に焼くのは限度があって、おおかたは大穴に埋めたのだとか。そうかもしれない。お骨はシンボルで、土葬がむしろ自然へ帰す本態でしょうから。やはりこの墓所の下には、すっかり地球の一部となった彰義隊が眠っているのだ。

南千住のお骨の墓は曹洞宗が、ここのお墓は日蓮宗が供養してきた。ではかんじんの東叡山寛永寺はどうしていたのか。この天台宗の大寺は、テロリスト集団彰義隊を抱えこんだならずもの寺院とみなされて、宗門一同山から追っ払われた。焼き払われるは、略奪されるは、ふんだりけったりで、当分でる幕がなかったのはやむをえません。

明治四年、ようやく存続がゆるされ、山内北隅の子院大慈院のところに小さくなって再建する。川越喜多院の本地堂をゆずりうけ、移築が完了したのが明治十一年。では、そこへむかいます。

3

公園をななめに北へぬけ、むかし上野図書館いま国際子ども図書館の前をすぎて、左へ折れると東京芸術大学音楽学部の裏通りとなる。その右にみえる樹々の繁みが、現在の寛永寺本堂です。

ここまでくれば人影もすくない。根本中堂の大屋根を樹間に仰ぎ、ものさびた境内をみわたせば、右手に鐘楼。そのならびに長大な碑があって、上部に「上野戦争碑記」、碑一面の漢文が、縦五十数字、横二十五行にびっしりと漢字だらけ。いまどきだれが読めるのかとはおもえども、こうしておけばのちの世まで、きっとだれかが読むのでしょう。裏へまわれば「明治四十四年五月十五日建」協賛者多数と発起人の名が刻まれています。

碑文の撰は元一橋藩士の阿部弘蔵。彰義隊の創立メンバーで、隊名の命名者でもある彼が、ことの顚末を記したもの。明治七年に建碑を願ったがゆるされず、明治も末にようやく実現した。発起人五人の末席に阿部徳臧とあるのが撰者の息子でしょう。父子相伝の祈願ないし怨念が、石の衝立となってそびえています。

戊辰の役は、おもえば奇妙な戦争だった。幕府も薩長土肥軍も、ともに勤王。イデオロギーに違いがなくて、だから勝てば官軍負ければ賊よ。

もしも幕府方が負けないで、天皇家と仲よく公武合体政権でちんたらやっていたならば、廃藩置県も廃刀令もいつのことやら。既得権益も不良資産もかたづかない失われた十年二十年が過ぎて、その代わり富国強兵にもならず、日清・日露の戦争がなければ、太平洋戦争もないわけで、じつにめでたかったかもしれず。ともあれ、どんがらりとひっくりかえして四民平等、文明開化。これでよかったと幕府方も、じつはおおかた納得したのではなかったか。勝敗は時の運。だから阿部弘蔵も一時は文部省に任官して新政府に協力した。ではどうしてこの怨念か。

端的に申しあげます。江戸を東京と改名したのがよくなかった。御一新は政権奪取と同時に文化革命でもあったから、改名のてっとり早い効果はあろうが、反作用も少なくなかった。「江戸」は封建制という諸悪の巣窟の代名詞で、いっさい捨ててかえりみないのが正義となった。

歴史を恣意的に抹殺する権力への怨み。おなじイデオロギーでどう違う。われらの道義が時に利あらず敗れた経緯を、おめおめ生きのこった者の責務として記し、死者を回向し、後世に訴える。おおかたそんなことが書いてあるのではなかろうかと、碑面をながめて推察します。

じっさいの話、江戸の昨日と東京の今日と、人の暮らしになんの変わりがあろうものか。継続にこそ文化はある。一国の首都たるローマが、パリが、ロンドンが、王様を取替えたりギロチンにかけたりしながらも、いつ改名したか。アテネや、バグダードや、北京はどうか。どさくさまぎれに東京なんて名にしたばっかりに、みろ、後世に西東京市なんていうきょろきょろ落ち着かない地名さえ生まれてしまうではないか。

寛永寺本堂の左へ、通用門をでる。直進してバス通りをこえれば桜並木のトンネルで、そのまま谷中墓地の南端へ入ります。

そのとっつきの乙11号1側、石積みの垣根にかこわれた四角い樹林が、渋沢栄一の一族の墓所です。この人は埼玉の豪農の出で、はじめ勤王のち幕臣となり、遣欧使節の一員ともなった。御一新後は一時大蔵省につとめ、のち財界に君臨した。死んでも谷中墓地で最大級の規模なのでした。十五代将軍徳川慶喜の墓所が、ここから左へ数十メートルも入ればあるが、元家臣のこちらのほうが、だんぜんひろくて鬱蒼としています。

もともとここらは寛永寺の墓域で、そのさきは天王寺に隣接していた。明治七年（一八七四）にその両方が接収され、公営墓地に指定された。青山、雑司ケ谷、染井の都営霊園とスタートは同時だけれど、この谷中は、地図がいちばんふくざつです。東京都営谷中霊園の、南には寛永寺の墓地が、北には天王寺の墓地が入りくんでいる。隣接する了侒寺《りょうごんじ》の墓地もふくむ。その総体を谷中墓地とする通称が、むしろ本名のようなものだ。

大通りは、北寄りに天王寺参道の桜並木道と、その脇へバイパス風にカーブするひょうたん横丁と、ほぼそれっきり。道は折れまがり、ゆきどまり、樹林は繁り、東京中の墓地でお化けがでる可能性は第一にここだった。ご存じ『牡丹灯籠』も谷中が舞台でありましたし。

しかし、じっさいに昼夜ここらに出没したのは、若い男女なのでした。むかし美術学校いま芸大の貧しき画学生諸君は、ずいぶんお世話になったそうです。日中からろくに人の気がなかったものねぇ。そういう名所につきものの覗き屋の諸君もいました。と、断定的に申しあげるのは、不肖私もはるかむかしに覗かれる側のおぼえがほんの多少は……。なにごとも参加することに意義はあって、墓地一般に原則的に親愛の感を抱くのは、そこらが下地かもしれません。

いそいで言うが、いまはもうダメですよ。墓域も樹木も近年かなり整頓されて、犬の散歩、ジョギング、歴史・文学散歩の団体と、人影がたえません。覗き屋に代わって案内役を買ってでる奇特な方が、おりおりにいる。まわりの塀も見通しのいい柵や金網にだいぶ替えられた。霊園のままの公園化をめざして健全路線のこのごろです。

甲○号○側、乙○号○側の標識も、近年みやすい大型になった。これがあるのが都営霊園で、ないところは寺の墓地なので、およその見当はつく。あまたの各界知名士のお墓は黙礼通過して、本日のテーマは彰義隊にちなんで合葬墓。主にそのてのお墓を訪ねます。では、ぼちぼち参ろう。

4

渋沢家墓地の手前四つ辻を、左へ折れてすぐ左に「来島恒喜之墓」。明治二十二年（一八八九）十月十八日、霞ヶ関の外務省門前で、馬車でもどる外務大臣大隈重信に爆弾なげつけ、その右足を吹き飛ばした男。その場で来島は自決した。九州玄洋社員の三十一歳。門下生のために頭山満が大書した墓石で、容易に目印になります。

そのまま舗装された道なりに歩いて右へ折れ、そのさきをやや左へ上り坂をゆくと、右手に乙8号3側の標識がある。そこを右へ折れこむ小道の木陰に、小石柱が六本ならぶ。道端の垣根とも見誤りそうな、おそらく谷中墓地で最小級の墓群です。この六本の墓に刻まれた命日が、そろって明治十一年七月二十七日。

同年（一八七八）五月十四日の朝、内務卿大久保利通は、宮中元老院会議へ馬車でむかう途中の紀尾井坂で、おどりでた六人の壮士に斬殺された。下手人たちは斬奸状をたずさえて宮内省へ自首する。そして、二カ月後に斬刑に処せられた。その日付が、右の命日です。石柱には、むかって右から、浅井寿篤、島田一良、長連豪、脇田巧一、杉本乙菊、杉村文一。姓名の下にそれぞれ「之墓」と刻まれているが、この六本で合葬の墓でしょう。首魁の島田は旧加賀藩士で、戊辰の役には官軍で戦い、西郷隆盛の心酔者であった。最年長の三十一歳。他も同郷の若者たちで、最年少の杉村は十八歳でした。

ちなみに、大久保利通の墓は都営青山霊園にあります。直方体の巨大な墓石が亀の背に乗り、同霊園の最大級です。遭難の地の紀尾井坂清水谷公園には「贈右大臣大久保公哀悼碑」という、ふりあおぐ大石碑が建っている。

それはそうだろうね。ときの政府の中心人物が首都のまんなかで殺されて、西郷さんと喧嘩両成敗のおどろきが、あの最大級の墓と碑になっている。

下手人たちは、最小級の墓に眠る。それは浮世の掟としても、どうして場所が谷中なのだろう。

先述のとおりこの霊園は明治新政府の命令でできました。廃仏毀釈の政府だから、寺の境内をまきあげて当初は神葬墓地とした。現に霊園の半分ほどは神葬らしく、大鳥居や小鳥居が諸処に立つ。ここらの花屋さんは樒《しきみ》がよく売れる。徳川慶喜の墓にしてから神葬の饅頭形です。天皇家も将軍家も代々仏教徒だったのに。神道こそが勤王の証拠か、よほどの流行思想だった。

とはいえ、もともとが徳川将軍家の菩提寺ですからね。大奥の方々や、譜代大名連の墓所が、近年だいぶかたよせられ、新墓地が造成されたりしている。渋沢栄一をはじめ、函館五稜郭で敵も味方も治療した高松凌雲など、幕臣系が諸処に眠る。谷中墓地ぜんたいとしては、やはり葵のほうへかたむいている。そこでこの六本の墓がある。敵の敵は味方、ということになるのかな。

かたわらの繁みに埋もれて小碑あり、かきわけて読めば、島田一良らの墓が何者かに毀されたのを明治三十二年七月に親戚旧友ら相謀りて再建する、とある。お墓への報復テロもまた、あったのでした。

六本の墓のそれぞれに水皿と花立てがある。ふだんはからっぽだが、榁らしきものが差され、掃除をした気配のあるときもある。親戚旧友らの末裔がおいでなのでしょう。

忌日のそろうお墓を、もう一つ訪ねよう。

六本の墓のさきが、ひょうたん横丁で、カーブする道を、鳩山一郎や横山大観の墓を横目にすすみ、墓地のはずれの甲10号6側のさきを左へ。安立院門前の甲8号2側に、身の丈をこえる自然石の墓がある。琴田岩松君、小針重雄君、三浦文治君、横山信六君と連記して、その下に墓と一字。裏にまわると、三人がそろって「明治十九年十月二日没」。これも死刑執行日で、一人だけ「同年九月三日没」なのは執行前に獄死したのでした。

明治十七年（一八八四）九月、自由民権の壮士十六名が茨城の加波山へ爆裂弾をかついでたてこもり、圧制政府転覆の檄文を撒いた。彼らが山頂でときの声をあげると、麓では何百人の軍勢かときこえたそうで、警察は攻めのぼらず、さりとて天下の同志の呼応もなく、そこで攻めくだって激突、双方に死者をだした。壮士たちの当面の標的は三島通庸で、火つけ強盗と自由党は叩きつぶすと公言して、山形、福島、栃木の県令（知事）を歴任、言行一致で弾圧しまくった。その三島を襲撃しそこねて、山へ籠もったのでした。結局、関係者全員がつかまり、「強盗故殺」の罪名で死刑七名、無期徒刑七名、有期刑四名。

死刑のうちの、ここに連記の四名は福島の人。あと三名は茨城の人で、よそに墓があるのでしょう。表面の左隅にごく小さく「天野一太郎君」裏の右隅にこれも小さく「昭和八年九月二十七日歿」とあるのは、事件当時十七歳の未成年ゆえ無期となった人で、計算すると行年六十六。ほぼ半世紀後に同志のもとへの合祀を望んだのでしょうね。

幕府を転覆すれば英傑で、政府を転覆しそこねれば破廉恥犯では間尺にあわない、堂々の国事犯としてまつろう。とはどこにも刻んでいないけれども、その気配が歴々の墓の姿です。建て主は四人のなかの小針重雄の一族の由。あの爆裂弾時代に多感の青春を散らしたことへの鎮魂碑。それがどうしてこの谷中に建ったのか。敵の敵は味方ということなんでしょうね、やっぱり。

ちなみに三島通庸の墓は青山霊園にあります。

5

安立院前を通過して、天王寺前の桜並木の本通りへでる。つきあたりに大きな自然石の「神谷累代之墓」。浅草名物神谷バーのご一族の墓所です。ここから奥へ一帯は天王寺の墓地なのだが、神谷家は神道とみえて、ときたま白衣の神主たちがお祓いをしています。

その神谷墓所の右側の小道を、敷石伝いに直進する。標識はないが、ほどなく右手に大樹こんもりの、生け垣にかこわれた一角がある。玉砂利しいた墓域に入れば、みあげる三基の墓石がならぶ。四角い石組みの上の堂々たる三段墓で、三基とも正面に「千人冢」。左側面に、同趣旨の文が刻まれていて、まんなかのそれをひき写せば。

「明治三年十月至十三年九月在東京大學醫學部所剖觀屍體計一千有裨益于醫學不爲鮮同十四年六月建石于其埋瘞《えい》之處以表之」

明治三年より十年間に、東京大学医学部で解剖した屍体が一千に達した。諸君は医学に裨益すること少なからず、よってこの埋葬の地に碑を建てて表彰する。

そういう場所なのでした、むかしは千という数字には、ある種の威力があると考えられた。千日詣で、千里眼、千人針、みなそうでしょう。焼き場で千人目を焼いた晩には亡者たちが大挙してあらわれお祭り騒ぎをする、という伝承もあった。その千人です。勉学究理の資料にさんざん小間切れにして、残骸をここに埋めてきたが、このさいしっかり供養しよう、と明治初期の医学者たちは考えた。さもあるべし。

むかって左隣の第二号の千人塚には「明治十三年九月至二十一年九月在医科大学」とあって以下同文。建碑は「同二十五年六月」でした。

右隣の第三号の千人塚には「明治二十一年九月至明治三十七年八月在医科大学」とあって以下同文。建碑は「大正二年七月」。

年数はきっちり順を追っているが、第二号は八年間で千体、第三号は十六年間で千体の勘定です。解剖が半減するはずはなく、むしろ医学部の進展とともにふえたであろう。たぶん世間の認識が変わった。解剖を承諾する人々がふえて、遺体は遺族のもとへゆく。ここへ埋葬されたのは引きとり手のない遺体なので、それが漸減したのでしょう。建碑までの年数が、四年、九年と遅れてゆくのは、諸般の事情というものか。じっさい、この調子で建てならべてゆくならば塚ばかりが林立して、かんじんの埋葬の場がなくなる。このジレンマを、いかにせん。

往年のこの墓域について、地元の故老の証言があります。おそらく大正後期のころの様子を。

「あの辺を投げ込みっていって、大学病院などの研究材料で解剖した身元不明者や罪人を土葬で葬ったところです。

土がやわらかく栄養もきいてるのか、ふかふかで春はつくしんぼがいっぱい。いっちゃいけないといわれると怖いものみたさでいくと、白骨なんかころがっていて、むしろや樽棺で運んでこられた遺体をカラスがつついたりしてほどけたのなんかぞっとするほど怖かったです」（森まゆみ編著『谷中墓地掃苔録』）

こういう状態だった。土葬とはいえ、千住小塚原同様にほんの形ばかり。これだから故老の証言はありがたい。聞書きとった人もえらい。

さてそこで目をあげれば、墓域は左の広場へつづいていて、尖塔いただく黄色っぽい半球形のパゴダがあります。あるとき土葬をだんぜん廃して、その地を整備してパゴダを建て、以後は火葬の骨をここに納めてきた。正面の門柱に「東京大学医学部／納骨堂」

いまは例年秋に、天王寺で、医学部解剖体慰霊祭がいとなまれています。その年に解剖したすべての方々の追善法要に、遺族・教職員・学生たちが参集する。とりわけはじめて解剖実習に臨んだ医科生たちはぜひ参列する定めとか。本堂での法要のあと、千人塚の前での読経と、納骨堂への献花焼香がある。

納骨堂の扉はアールヌーボー風なデザインで、おりおりは卒塔婆が二、三本立てかけてある。献花も絶えない。献体して遺骨もここに納まる例が、いまはすくなくないのでしょう。なにごとも日進月歩か。近代のあけぼのから現代医学の最先端へ、約百四十年間の足跡が、三つの千人墓と、一つの納骨堂になっているのでした。めでたし、めでたし……。

とは言いかねる忘れ物があることに、あるときだれかが気がついた。千人塚のほうの植込みの隅に、古い宝塔が一本たたずんでいて、法喜院殿日保尼淑位、寛永十三年と、戒名と年号が刻んである。天王寺がまだ感応寺といって日蓮宗だったころの尼さんのお墓でしょう。三百七十年前のとっくに無縁の文化財の、右側面に刻まれた文字を読めば。

「明治三十七年八月十七日より大正十四年七月九日に至る間の医学解剖屍体八百六十二体は医学に裨益すること多し諸霊追福のため当山の厚意を受け埋葬の處に之を建つ
昭和〇十三年十月　東京大学医学部」

これはどういうことか。察するに、納骨堂の落成が大正十四年七月で、第三の千人塚からあと二十一年間の八百六十二体が、宙に浮いて、いや大地に溶けたまま供養もせずにきてしまった。当事者の心は納骨堂に迎えたつもりだったとしても、その骨はない。あと百三十八体が加わればとうぜん第四の千人塚に供養されるべき方々なのに。そうと気づけば気にかかって、積年の宿題のように後進へ語り継がれるうちに、ようやく天王寺のご厚意により文化財をリサイクルしてここに祀る。ということですね。年号の○は削れたようにへこんで三とも五とも読めるが、どのみちウン十年もへての打開策なのでした。以上、推測ながら。医学に精進される方々の、なにかこう律儀さに微笑的に敬意をおぼえて、この宝塔にも合掌です。あれこれ集計すれば、この墓域だけで万にとどく人口を擁し、さらに年々に増加しているのでした。

こういう霊園を、都心部にあるというだけで、とりはらって公園にしようとは、それこそ浅墓というものでしょう。その浅墓が、都市計画で決定していた。昭和三十二年（一九五七）に、青山と谷中の霊園を公園化することに決めて、当初は代々の老舗のお茶屋さんたちにも、転業しろとせまったという。あちこち無縁墓をかたづけてツツジなどを植えてはきたが、五十や百かたづけたからってなんだろう。墓所の新規貸し出しもしなかったから、おかげで相対的に安定していた半世紀でした。

ついにしびれをきらして当局は、平成十四年（二〇〇二）に、霊園と公園の共存へと、方針をあらためた。

谷中墓地は、これより変貌をはじめます。もうはじまっている。新規募集も再開して、以前の一基分の地所に十基もの新墓が建ちだした。墓石を動かし、小広場を十カ所ほどつくる公園化と、霊園合理化の合葬地造成の双方が、十年以内に完成の予定とか。大江戸からこっち、明治、大正、昭和の人々が眠るところへ、平成の人々の合同入居地もくわわる。どういう合葬のかたちになるのか。ともあれ、そういうわけで、ご当地界隈の地下に眠る人口をあまさずかぞえれば、政令指定都市五十万をかるくクリアするだろう。原則的には、死者たちの自治区として尊重すべきなのですねぇ。

6

大量入居地を、もう一つ訪ねよう。

千人塚から、桜並木路へもどって南へ。駐在所のある四つ辻をすぎて、すぐ右の甲3号4側の小道へ入ります。敷石伝いに直進すると、やがてスチールの柵にかこわれた長方形の一角がある。東京市養育院墓地です。

白い玉砂利をしいた墓域に、一列横隊の五本の角柱、それぞれに「東京市養育院義葬」とある。そのならびの小さなピラミッド形のモニュメントが、香華の台をそなえた総括的な慰霊碑で、脇の黒御影石に刻んだ碑銘に「明治六年末から大正二年十二月まで三千七百六十二名合葬　東京都養育院」裏には「昭和六十三年三月建之」この年に整備されて、すっきりと現在の姿になった。以前は柵もなく、散らかっていたとも聞きます。往年の千人塚あたりとさながらの様子のときもあったろうか。ここも稠密な人口だ。玉砂利の一つ一つが一人ずつの骨のような。

養育院とはなんぞや。東京市編纂『東京案内』（明治四十年刊）によれば、そもそもは松平定信の寛政の改革らしく、諸事節約してひねりだした四万両のうち、七割を江戸町会所に救荒資金として積みたて利殖もさせ、小石川養生所の経費にもあてていた。そのかなりの備蓄を御一新後は気前よく東京府にゆずったのですな。それを活用して本院が生まれた。明治五年に「先づ男女乞食百四十人を収容して本郷旧加州邸に置き、六年二月上野護国院に移り、十二年十月外神田和泉町旧藤堂邸へ転じ、十六年より行旅病者の収容、十九年よりは棄児、遺児、迷児の保管をなし、同年本所長岡町に移り、二十九年三月今の地に移る」。

今の地とは大塚辻町で、現在の都立大塚病院のところ。『東京案内』に当時の写真がある。大きな冠木門のかなたに二階建ての洋館がみえ、ひろびろとした施設です。寡婦老人を養い、捨て子や迷子を育てるから、養育院で、その後の養老院、孤児院、精神病院などもろもろの福祉厚生事業の原点がここにあった。わりあい不評な寛政の改革が、どうしてどうして後世の役に立った。ただし、そう手びろくはしていられず、殺到する行路病者のひきうけ所になってゆく。この大塚時代が長かった。

岡本文弥師匠に『行き倒れ淀君』という新内の作品があります。時は明治三十五年春三月二十三日の昼下がり、前夜からの大雪のつもる本所回向院の門前で、みすぼらしげな年増がひとり行き倒れた。これぞ十年前には満都の書生の血を沸かした新内語りの岡本宮子で、淀君と綽名された驕慢ぶりから、転落また転落のこの姿だった。人だかりの中から旧知の老芸人がかけより「お変わりなさいましたねぇ」手をとって泣くところへ、巡査があらわれ「行き倒れたのは、この女か」どうなさるのか、と問うのに答えて「あす朝、大塚の養育院へ送ることになるだろう」「げぇーっ、養育院！」老芸人がのけぞって絶句するのへ、宮子はさびしくほほえむ。もともと孤児の身に芸事叩きこまれた身寄りなし。来かかる法界屋の二人連れに、最後の有り金七銭を祝儀にはずみ、もうこの世に用のないわたし、「旦那すいません」仇な笑顔にほつれ毛なでて、これが別れとうしろ髪、ところ狭しと世の人のうわさの種となりにけり。

以上。文弥師の名作のひとつと思うが、つまり、こういう養育院なのでした。この作品はなかばドキュメントではあるまいか。淀君は、ここのどこかに眠っている。

つつしんで玉砂利の柵内へ立ち入って、五本の石柱をたしかめます。「東京市養育

院義葬」の、義の字に権高な気配があるが、ともあれ左側面の文字を、年代順に列記すれば、

「従明治廿四年七月至廿六年十二月　七百名合葬」

「自明治二十七年一月至仝三十年十二月　千二百四十人合葬　大正二年十月建之」

「自明治三十一年一月至明治四十二年十二月　一千一百四十四名合葬」淀君はおそらくこのなかの一人だな。

「自明治四十三年一月至大正二年七月　三百十七名合葬」

「自大正二年八月至大正二年十二月　参百六拾壹名合葬」

あまり人が立ち入らぬとみえて、ふかふかの玉砂利のうえをゆきもどりして写しとる。元は木の墓柱だったのを、ある時期、大正二年ごろに石柱に建てかえたのでしょう。

慰霊碑の前へもどって、また首をひねります。右の五本に記された二十二年間の人数を合計すると三千七百六十二名。黒御影石に刻んだ碑銘の数と、ぴったり同じです。さては明治六年から同二十四年六月までの十八年間には一人も死ななかった!?　要するにこれは、誤植のたぐいだな。文筆業には他人事でなく、こっそり嘆息ついて、どうしてこうなったかを反省します。

養育院の足跡をたどりなおそう。『近代日本総合年表』の明治五年十一月十五日の項に「東京府、車善七に命じ乞食二四〇人を旧加賀藩邸空長屋に収容し、のち浅草溜に移す（東京市養育院の初め）」とあります。ロシアの大公が来日するので、体面上にわかの狩込みだったとか。なんのことはないね。

翌六年二月には、上野護国院へ貧窮の老人たちを寄せあつめた。十二年には外神田へ移し、ここは彰義隊合戦時に死骸をかつぎこめば一両にはなったところだ。あげくの明治十八年に、東京府は、府立は名のみの独立採算制として、切り捨てる。町会所の積金を食いつぶしたあげくに難民救済は放りだしたようなものだ。実質民営化のこのときに、院長をひきうけたのが、渋沢栄一でした。

この人は、明治六年、第一国立銀行を設立して総監役に、同八年頭取になります。翌九年には、東京府養育院の事務長をひきうけた。そして、初代の院長になった。この経歴は、おそらく表裏一体のセットでしょう。江戸町会所の伝統を、明治の御代に生かしてみせよう、という旧幕臣の心意気。

明治二十二年（一八八九）、大日本帝国憲法が発布され、東京市に市議会が、十五区に区議会が発足する。このとき東京市民が百二十三万四千四百五十人。そして翌年、養育院は市立となった。院長はやはり渋沢栄一。

組織体としての、通年の記録がはじまるのは、おそらくこのころからなのですね。その証拠が、この五本の柱だ。それまでは場所も転々、運営も転々、草創期の混沌で、いまさらなにがなんだか、看板と院長だけで通史の体裁たもつのみ。そのへんの兼ねあいから、慰霊碑脇の碑銘の記述に、つい生じた誤植とお察しください。

大塚の養育院は、大正十二年の大震災後に、板橋へ移転します。以後は養育院といえば板橋で、戦後は東京都老人医療センターのならびの立派な施設になった。閑静な環境でしたが、平成十一年（一九九九）に廃止と決定。母屋の老人医療センターに吸収されて、養育院の看板はもうどこにもありません。ここに墓地だけがある。大正二年までだから、どこかに大正三年以降の慰霊の地があるはずです。

それにしても。東京がミリオン・シティとなって、これよりこの国が日清・日露の戦役で植民地を獲得し、近代資本主義をおおいそぎで確立してゆくときに、ここに地獄の一丁目、どんづまりの行路病者収容所がおおにぎわいなのでありました。

渋沢栄一は、生涯に、起業や運営にかかわった株式会社が五百以上で、公共福祉の社会事業は六百をこえるとか。金儲けがうまくて、寄付金をあつめるのも名人だった。第一銀行の頭取は喜寿を機に引退したが、養育院の院長は昭和六年（一九三一）に満九十一歳で亡くなるまでつづけた。慈善は楽しみでやるのだと称して、つまりはつみほろぼし。興隆する資本主義とは、ほんとうにむごいものですなぁ。末期的な資本主義はなおさらか。

そして、ご当地最大の墓域乙11号1側に、一族とともに眠る。養育院のみなさまが眠るここは甲7号4側に相当するが了侒寺墓地の一角の由。あそことここと。渋沢栄一は、いまもここの院長さんのつもりかもしれません。

上野広小路から谷中まで、やはり混みあうところばかりを歩きまわってしまったなぁ。合掌。

たまには多磨へ

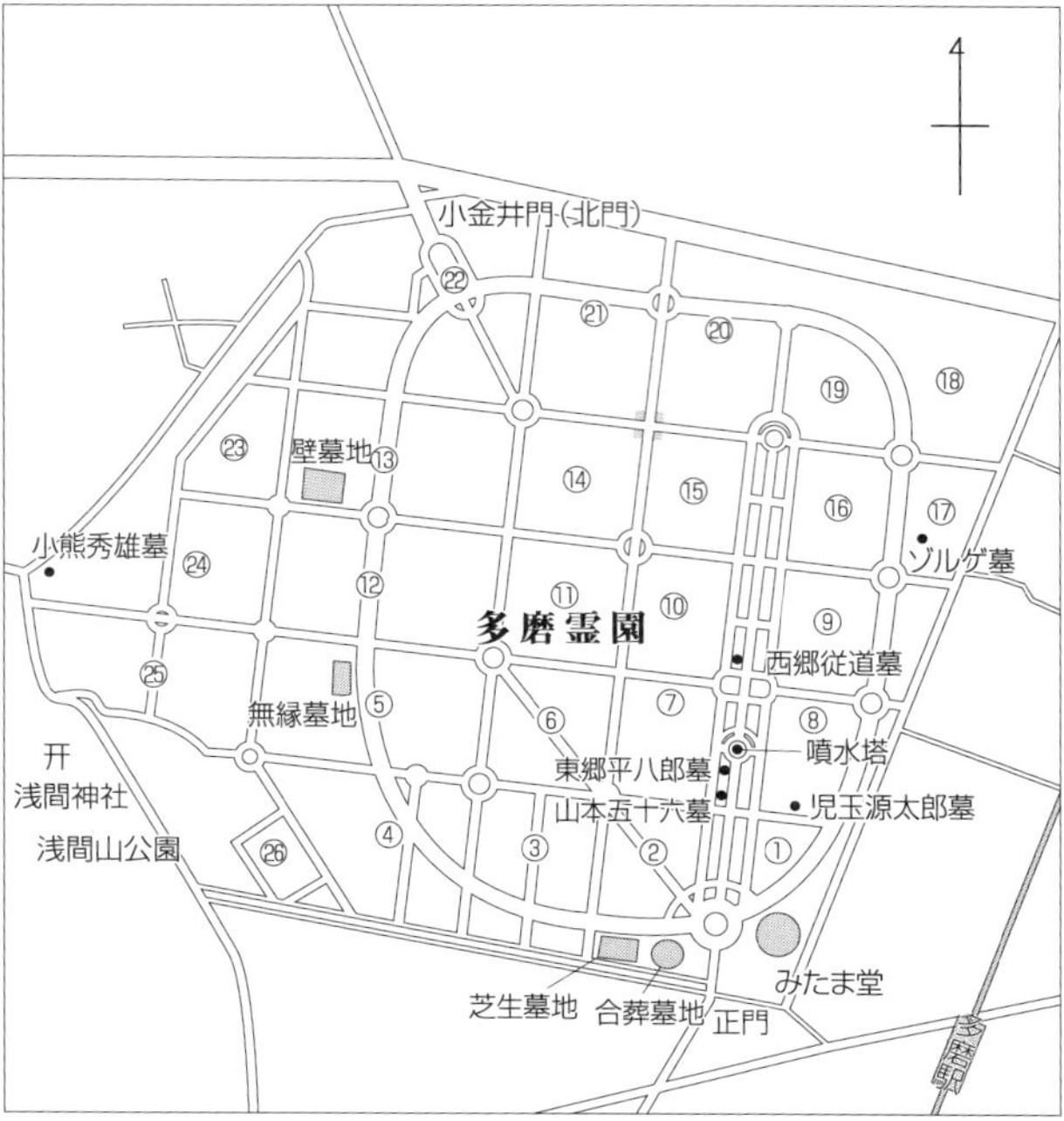

多磨霊園
小金井門(北門)
壁墓地
小熊秀雄墓
無縁墓地
浅間神社
浅間山公園
ゾルゲ墓
西郷従道墓
噴水塔
東郷平八郎墓
山本五十六墓
児玉源太郎墓
みたま堂
芝生墓地
合葬墓地
正門
多磨駅

1

両国。日本橋。南千住。築地。上野谷中。ほぼ隅田川寄りのあたりを、ゆきつもどりつしてきました。東へかたよってはいるなぁ。たまには西へいってみよう。

ＪＲ中央線にのって一路、武蔵境駅へ。西武多摩川線にのりかえます。単線で終点の是政までわずか六駅、大正六年（一九一七）の創業当時は、多摩川の砂利をはこびだす電車だった由。戦後には、砂利場の代わりに競艇場ができた。あたりの林野もひらけて、警察大学ができ、東京外国語大学が北区西ヶ原から引っ越してきた。いまは学生諸君とギャンブル客をにぎやかにはこんでいるらしい。数年前にきたときは、武蔵境駅の乗換えが路面のホームだったのが、いまは高架になっている。日進月歩だな。

二つめの多磨駅で下車します。

構内の案内図で、周辺の地理をたしかめる。すぐ西方に広大な多磨霊園がひろがり、その大部分は府中市のうちで、北門あたりの一角は小金井市に属することも、色分けで一目でわかる。ただし〈現在位置〉が「多磨墓地前駅」とあるではないか。旧駅名です。多磨駅と改めたのは平成十三年（二〇〇一）なので、うっかりなおし忘れている年数ではないね。この図を、たよりにするのは、おおかた霊園を訪ねる人々だろう。その客たちに告げている。おまちがいないですよ、以前は多磨墓地前駅だったんです、どうぞ西へ参道をおすすみください。

そこで参道を西へすすむ。道々の石材店が、休み茶屋を兼ねている。谷中あたりでは、石屋と茶屋と花屋がひとまず専業だけれど、ご当地ではおおむね兼業の様子で、一軒ごとの構えが大きい。さすが武蔵野、地所がたっぷりとれたんだ。正門界隈にざっと四十軒、北門に二十軒とか。

石材店のウインドウを軒ごとに覗いていくと、いたいた、東郷元帥が。首にさげた双眼鏡に手をそえて、斜にかまえた立ち姿、といえば後期高齢者各位ならば目にうかびますよね、三笠艦上のあの英姿が。それが銅像風の置物になって、石地蔵たちとならんでいる。きけば売物ではなくて、このお店の先代からの飾り物の由。看板代わりでしょう。多磨墓地といえば東郷さんだものなぁ。という思い入れも後期高齢者のみか。

多磨霊園正門へきました。植込みの両側一車線のあけひろげで、あたりに赤松が亭々と立つ。入って右に、霊園事務所と、大納骨堂のみたま堂がみえるが、一巡してもどってこよう。

直進すれば、名誉霊域です。玉砂利の道の両側が鬱蒼たる樹林で、ゆくての大噴水塔もなかば隠れそう。つくづく緑が濃くなったものだ。ご当地へはじめてきたのは、昭和十年代の小学生のころで、青空に噴水塔が白くそびえていた。その左手前に東郷元帥の墓所があればこそ、父親は一家をあげて参拝がてらの見物にきたのでした。

日露戦争がクライマックスの明治三十八年（一九〇五）五月二十七日、日本海海戦においてバルチック艦隊を壊滅させ、連合艦隊司令長官東郷平八郎は、国民的にも国際的にも英雄となる。この日を海軍記念日として、例年、講堂で校長と来賓の訓話があった。日本中の小学校で同様だったはずで、「天気晴朗ナレドモ波高シ」その日の三笠艦上で幕僚たちをしたがえた絵姿は『少年倶楽部』の色刷りや、絵ハガキにもなった。

その東郷元帥が、昭和九年（一九三四）五月三十日に亡くなって享年八十八（かぞえ）。六月五日に日比谷公園で国葬がおこなわれ、柩をのせた車は、夕刻に多磨墓地へ到着した。警視庁発表によれば、見送りの群衆が、麴町の自邸から日比谷までの沿道に五十九万七千人、日比谷に七十万人、日比谷から多磨墓地までに五十六万七千七百人！　以来、多磨墓地の株がぴんとはねあがる。なにしろ東郷さんがお眠りのところだもの。

木隠れの墓所に詣でます。石垣を四角くめぐらした中央に「元帥海軍大将侯爵東郷平八郎墓」と、十四文字を刻んだ大きな墓石。右に夫人の墓が低めにひかえる。少年時の印象では陽あたりのいいお墓を仰いだつもりだが、そのご私も背丈は伸びたし、樹木もそろって梢を高くしたわけだ。なによりもちがうのは、当時はなかった二つの墓所が左へならぶ。

一つは「元帥海軍大将山本五十六墓」。昭和十六年（一九四一）十二月八日に日本は米英に宣戦布告して、いきなり空母機動部隊が真珠湾を奇襲した。当時私は中学二年生で、開戦には愕然、奇襲には感奮しました。だれしもほぼそうだったはずだ。超大国に一矢報いるのは、いつの時代にも痛快だもの。連合艦隊司令長官山本五十六は国民的英雄となった。この人は日米開戦に不同意ながら、ぜひもなし機動攻撃で戦果はあげたものの、半年後のミッドウェイ海戦で大敗し、以後は奮闘努力のかいもなく、昭和十八年四月十八日、司令長官搭乗機がねらい打ちに撃墜されて戦死。元帥を贈られ、国葬がいとなまれ、ここに葬られた。石垣も燈籠も墓石も、東郷墓所と相似形です。

その左隣には「元帥海軍大将古賀峯一墓」がある。山本五十六のあとをうけて連合艦隊司令長官となったこの人は、昭和十九年四月一日に搭乗機が悪天候で墜落して殉職。元帥を贈られ、国葬によりここに葬られた。墓域は両先輩と同列で、名誉霊域には、この三つの墓所があるのみ。日本海軍の栄光と没落を、樹林につつんで、しんとしている。


噴水塔の台座にのぼってみる。名誉霊域のまんなかで、見通しはいい。

水盤が、砂利で埋まっている。少年の私が爪先立ちして覗いたときも、からからに乾いていたので、あれ以来の乾きっぱなしとみえます。六本の柱が伸びあがる一五メートルの塔自体が、大噴水のかたちにみえるので、たぶんこれでいいのだ。昭和五年の落成時には正直に噴きあげたのだろうけれど、噴水のなかの噴水みたいで、あんがい映えなかったのかもしれません。

じつは小学生のあのときかぎり、ご当地へくる機会がなかった。なんとなく敬遠していた。いまさら東郷元帥でも……。しかし多磨墓地がそっくり軍人墓地でもなし。先年こころを入れかえて何十年ぶりかにきてみました。すると、軍人の墓がやはり少なくはないのだね。名誉霊域の林のさきの10区1種1側には、西郷従道一族の大きな墓所がある。この人は、戊辰戦争このかた陸軍の軍人だったのが、明治十八年に内閣制ができるや最初の海軍大臣となり、最初の海軍元帥にもなった。最初の元帥と最後の元帥が、ここに眠っている。

陸軍の将星たちも多々ご当地にお眠りらしく、名誉霊域から東へ、8区1種17側1番へゆくと「陸軍大将子爵児玉源太郎卿之墓」があります。日露戦争時の満州軍総参謀長で、旅順攻略も、奉天大会戦の勝利も、この人の機略縦横の作戦によるとか。それで精魂すりへらして、明治三十九年（一九〇六）七月二十三日に歿、享年五十六。のちに伯爵を贈られたが、そのまえの建立とみえて墓石には子爵とある。青山墓地に葬られ、あるときここへ改葬された。ほんの数坪の墓所です。西郷家は九十坪。

海の東郷、陸の児玉。といえば司馬遼太郎『坂の上の雲』の世界でありますな。国力の限界で戦局をきりあげて、超大国ロシアの侵略膨張主義の鼻柱をたたいた義戦、の面目をかろうじてたもった。とすれば、名誉霊域へ入って東郷墓と双璧になってもよさそうなものだ。

皇国の興廃この一戦にあり（一九〇五）から、各員奮励努力したあげくのはての無条件降伏（一九四五）まで、わずか四十年間。われらはなんとせっぱつまった時代を、生きいそぎ死にいそぎしてきたことでしょう。この二十世紀前半に、より責任があるべき綺羅星屑のごとき将軍や大臣や博士や富豪たちが、軒をならべてお眠りらしいことのうっとうしさ……。

と、いまさらいうのも、いかがなものか。「多磨霊園にねむる著名人」の類の案内書には、政治経済文化芸能など多方面の名士たちがならんで、近代とかぎらず現代日本紳士録です。五十音順に千人を超すリストもある。だけれども。

はるかにみわたす多磨霊園は、およそ三十九万坪で、メートル法なら約一二九万平方メートル。東京ドームは四万六七五五平方メートルなので、二十七箇は建てならぶ勘定だ。ただし緑地と通路になかば以上を使っているから、墓地の面積は東京ドーム十三箇分となる。そこへ埋葬された総数は三十九万二千体。平成十八年（二〇〇六）三月現在の数字ですが、つまり十三箇の東京ドームのそれぞれに、三万人ずつは入場している。

それほどの大群が、この緑園の、いったいどこにおねむりなんだろう。各界名士の千人やそこら、ものの数ではないではないですか。このたびは、なるべく団体でおねむりのところを、集中的にさがしていこう。

2

多磨霊園のこしかたを、ざっとたどってみます。

開設は大正十二年（一九二三）四月二十日。確保した用地三十万坪のうち、まず三万坪を造成しての供用開始でした。あたりは武蔵野の林野で、鉄道が北と南と東に通ってはいたが、駅は京王電鉄の多磨駅（現・多磨霊園駅）のみ。そこからの参道がたっぷり一キロ半、バスもなし、それでも開設時に申込者が五百七十八名はいた。

ことは大正八年（一九一九）四月の都市計画法公布にはじまります。首都東京の近代化へのスタートだったが、たちまち利権も生じて道路疑獄、ガス疑獄が発覚する。市長が辞職し、後任に大物の後藤新平がひっぱりだされた。後藤は総額八億円の東京改造計画を発表する。道路、下水、水運、港湾、等々の重要項目十五のうちの、十三番目に葬場費（葬祭場、火葬場、納骨堂、墓地等）があった。東京市の年間予算が一億五千万円のときの八億円なもので、大風呂敷といわれたが、どれも必要不可欠につき徐々にはすすんだ。公園墓地第一号の多磨墓地は、大正十年末には三十万坪の買収が完了して、その一年四カ月後に開設へ。

ほどなく関東大震災がドドーンときた。大正十二年九月一日。後藤は同年四月には東京市長を腹心の永田秀次郎に託して、外交問題にかかわっていたが、地震後の内閣更迭で内務大臣になり、帝都復興院総裁を兼務する。さきの八億円計画がそっくり下敷きに役立って、四十億円計画を打ちあげる。いざ帝都復興へ。その大風呂敷が、地主の代議士連の猛反対で否決され、ずたずたに削られてしまうが、それでも後藤新平のもとに逸材たちが腕をふるったことは、なんという東京の幸運だったろう。隅田川の鉄橋といい、大小の公園といい、昭和通りや大正通り（現・靖国通り）といい、余慶はストレートにこんにちにおよぶ。

多磨墓地はどうしていたか。地震でばたばた倒れるほどには墓石がまだ立っていなかった。大正十五年に、中央線の武蔵小金井駅が開業した。三年後の昭和四年には砂利はこびの北多磨鉄道（現・西武多摩川線）に多磨墓地前駅ができ、翌五年には武蔵小金井駅からのバスが開通。おいおい整備もすすんで、墓地使用者が一万人にとどいた。

昭和七年十月には、東京市が十五区から三十五区へ一気に膨張、人口五百万の大都市が出現する。ただしここらは東京府北多摩郡多磨村および小金井村のままだった。そして昭和九年の東郷元帥の葬式がきた。

東郷家では、青山墓地に埋葬のつもりだった。その墓所は六坪。こちらの名誉霊域は千坪ですぞ、ぜひとも、という要路の要請が叶った。当初から国家的大功労者の埋葬地として計画され、これで名実そなわり、してみると、そもそも東郷さんを予想していたものか。以来、東郷さんのおそばで永眠したい東京市民が激増し、昭和十三年（一九三八）には十万坪の拡張がきまった。その買収に四年かかった。当初の三十万坪は一年で済んだのに。なにしろ新名所だもの、小金井村も町になった。

園内は、直線の道路が碁盤目に通り、環状の道路が大廻りにめぐる。正門の1区から北門（いま小金井門）の22区まで、折り返しで区分される。その西側に23区から26区まで、つけたしにならぶのがのちの拡張地だ。計四十万坪のはずが三十九万坪なのは、西端の都立浅間山公園を除外したのでしょう。

それぞれの墓のアドレスは○区□種▽側△番で表示され、容易にたずねあてられる。が、意外にまぎらわしい点もあります。

問題は種別。表通りへ面したあたりは1種で、間口のひろいお屋敷風、横丁へ入れば2種で、こぢんまりと戸口をならべる。1種は資産階級、2種は小市民階級でありますね。ころあいの並木道もあり、品のいい住宅地を散策する気分になる。ということは、町づくりの基本を踏んでいるのだな。江戸の町々は、碁盤目にくぎった町並の表通りに店をかまえてこそ一丁前の町人で、蔵持ちの体裁を張るいっぽう、裏店では八つぁん熊さんたちが太平楽をきめていた。その仕組みが明治大正昭和におよび、大量の小市民階級が山の手から郊外住宅地へひろがる時代の、ご当地は忠実な反映とみえます。なるほど生前さながらにお眠りになりたいんだ、どちらさまも。

当初は、甲種と乙種だった由で、谷中墓地と同様だが、じつはちがう。谷中の甲種は、もと天王寺の境内、乙種は寛永寺の境内で、江戸以来の由緒をひきついでいる。ご当地ではあるときから、甲、乙を、1種、2種といい換えた。優劣にきこえるのをはばかったらしく、さらには2種もやめて、新規造成の墓所はすべて1種としてしまった。既設の墓域はそのままだから、1種ばかりの区域は比較的に後年の造成とわかる。わりあい23区以降に集中しています。

という認識が、先年の私にはまだなかった。ところで、小熊秀雄の墓は24区1種68側32番にある。あの『流民詩集』の貧乏詩人が1種とは、おもいもよらぬことがあるもんだと表通りをゆけどもゆけども。やっと探しあてたのは西門脇の片隅の、ほんの三角地。小型の黒御影石に本人の筆跡で「小熊秀雄」とのみ。裏面には昭和十五年（一九四〇）十一月二十日歿、享年三十九。側面に一九八一年十一月建之・小熊ツ子コとある。歿後四十年にして、篤志の後進たちが遺族をささえて建立へこぎつけた。

いっそ3種ともよぶべきたたずまいで、これが西郷従道家の九十坪とおなじ1種なのは、不当な気がいたしました。

3

墓地を、いつから霊園とよぶようになったのか。

昭和九年、名誉霊域に東郷さんを埋葬したときに霊園と改めた、という説がある。その証拠に、翌昭和十年に松戸に開設した八柱霊園は、はじめから霊園といった。千葉県にあるが東京市の墓地で、西の多磨・東の八柱と、対応する構想で広大につくられた。ついで戦後の昭和二十二年（一九四七）六月に、多磨墓地管理事務所を多磨霊園管理事務所と改称した。たぶんこのころから、ぼちぼちの一般化でしょう。墓地を墓地と呼んでなにがわるいか、とはおもえども、以後は多磨霊園とします。

昭和二十九年（一九五四）に、多磨村が府中市に合併される。昭和三十三年には小金井町が市になる。都市化がひたひたせまって、もう拡張するべき林野がない。多磨霊園のその後の足どりは、この満杯の状況をどうきりぬけるか、という創意工夫になってゆきます。

昭和三十七年（一九六二）、東京都は人口一千万人を突破する。同年、当園では正門の左側の林をきりひらいて、芝生墓地を開設した。芝生地に、規格サイズの墓石を、間隔を置いて背中あわせにならべてゆく。開設以来の大なり小なり垣をつくる一戸建て方式の、打破であった。敗戦後の代々木練兵場跡にできたアメリカ進駐軍の代々木ハイツ、広大な芝生地に簡易住宅が整列していた景観を、ミニサイズにしたかたち。ちかごろはこのスタイルが全盛らしく、御殿場のさきの冨士霊園なども一望千里にひろがる。あちらは昭和四十年の開設だから、こちらが先駆でした。この年の墓所使用開始が五百四カ所と急増したのは、芝生墓地の効能でしょう。

また、この年から公募抽選制とした。それまでは使用権が譲渡できた。おかげであまたの著名人がご当地へ入りこめたのだけれども、事情通が利便を得るのはいかがなものか。公平へむけて、この件も変革の一歩でした。

平成五年（一九九三）三月、壁墓地竣工と記録にある。壁墓地とはなんぞや。案内図では13区のしだれ桜並木道に面している。では、そこをめざします。

噴水塔から北へ三つ目の十字路を西へ。ロータリーのある大通りを二つ越えると、右手にみえてきました。ほぼ真四角の区域に、腰ほどの高さの白い石壁が何列にも整然とならんでいる。平らな墓石を、すきまなく直線にならべたもので、約八〇センチ幅の一枚ごとに、〇〇家、××家と、横書きの表札を張る。お墓の長屋が、背中合わせに何十列も。X字形の通路のまんなかに立てば、白壁長屋が前後左右へ整列して、総計千二百基。それぞれに複数の故人がおねむり、またはその予定ならば、千二百の数倍は収まる。大団地のミニチュアのおもむきです。

芝生墓地を、収容力で一気に超えた。さらなる変革だった。とはいえ壁の一つ一つはやはり家単位で、香台には家紋が刻んである。それはそうか。墓ごとの使用料と管理料を払う人または法人がいてこその霊園だもの。はやい話が、著名人は例外として、無名人の墓を事務所でたずねるには、墓中の故人より現存の借り主の名をいえば一発なのですね。管理料の支払いがとだえてしまえば、すなわち無縁の墓だ。

この場所も、まるまる空地だったはずもなし、なんらかの整理でひねりだしたスペースでしょう。あかるく出現した千二百基の蔭に、消えゆく墓もあったのでは。

4

壁墓地をあとに、環状大廻りへもどって南へゆく。つぎの辻からは5区の、その右側の道沿いに、数基のモニュメントが木隠れにならんでいる。壁が五面と、石柱が二本。壁は、サッカーのゴールほどの大きさで、公園のテラス風の造りだが、これらがすべて、合葬墓なのでした。では順に拝見しよう。

第一の壁は平坦な石壁で、中央の黒石に「多磨霊園諸精霊」と刻む。かたわらの卒塔婆には「多磨墓地無縁諸精霊秋期彼岸会追善供養」云々とある。東京公園文庫15の村越知世著『多磨霊園』（一九八一年、二〇〇二年第三版、郷学舎刊）を、再々頼りにしながら歩いてきたので、さっそくここでもひらきます。建立は昭和三十六年三月で、三千三百九十一体を埋葬と記してある。

壁の背後はトーチカ風の堅牢な建造物で、半地下式の収納庫とみえます。従前の無縁墓所を、この年にこのように構築した。昭和三十五年末の整理で使用取消しの墓が三百九十一カ所におよんだのを契機に。その後もおりおりに無縁となる諸精霊は、ここに寄り合っているのでしょう。壁のまえの花立てに大きな花束が供えてありました。

そのならびの石塔は、角石を五つ積みあげ、「俱・會・一・處」と刻む。裏へまわると、要旨こんなことが刻んである。青山墓地にて無縁となった仏を当地へ移して墳墓を設けたが、ふたたびこの塋域に改葬す、東京市。

なんのことやら。また村越知世『多磨霊園』をひらきます。霊園の東隅にある17区は、当初は青山墓地から移した無縁たちの専用墓所で、簡易墓標をぎっしり立てならべていた。青山はとっくに満杯で、多磨はがら空きだったせいでしょう。そこがまた整理され、昭和十四年九月にここへ移した。その数が約八千！　さてはこの地中には、明治大正ごろの青山でおねむりだった仏たちが八千体、倶会一処でおられるのだな。
　更地にもどした跡地は、戦争中は、なにか別途に使われていたのだろう。なぜなら17区は、後年の造成の証拠にすべて1種ですから。がんらいなら2種の横丁に、リヒアルト・ゾルゲの墓もある。ドイツの新聞記者で戦争中にスパイ容疑で逮捕され、昭和十九年十一月七日に、尾崎秀実とともに巣鴨刑務所で絞首刑。享年四十九。遺骨がここに眠る。昭和三十九年にはソ連邦英雄の勲章を贈られた。数奇な履歴が墓碑銘に刻まれていて、そのソ連邦もいまはないのでした。

　石塔のつぎの壁は、ぜんたいがやわらかな藤色で、装飾的なデザインがめだつ。円弧状の壁の中央の浮彫は、供物をささげる天女たちらしい。碑銘に「元橋場墓地改葬」「昭和二年三月建之」とある。震災後の復興事業には、古い市営墓地の整理統合があり、そのひとつの橋場墓地の無縁たちが、ここへまとめて移された。村越知世本によれば、九千九百八十三体。橋場墓地は、あの千住小塚原の火葬場の埋葬地でもあった由。それゆえのこのずいぶんの数か。小塚原のゆかりに、ここで出会おうとは。

壁のまえを柵でかこい「注意　柵の中へは、立入らないで下さい」と立て札があるのは、柵内の地中に九千九百八十三体がねむっている、ということなのか。たぶん、そうなんだ。

そのとなりの壁は、一転して直線的デザインで、中央の墓標に「倶會一處」左右の袖壁に「東京市公葬地内に埋葬せられし薄倖なる諸霊を更めて此の所に合葬す」「昭和四年七月成　公葬塋域」とある。村越知世本によれば廃止された亀戸墓地の無縁仏三百四体をここに移した。収容数に橋場とは大きなひらきがあるが、さりとて壁の大きさはちがわないのが心意気か。先年きたときには壁に罅が入り、歳月をへた姿でしたが、このたびはブラウン調に塗りかえられ、前庭も改装されて、まるでリフォーム。公葬地内からのうけいれが亀戸の無縁仏だけとはかぎらないのかもしれません。

そのまたとなりは、白壁に黒タイルを配したシックなデザインの壁。中央の墓標の「帰入無為楽」の刻字は、無ニ帰入シテ楽ト為スと読むのかな。先年はデザインを観賞して通り過ぎたが、このたびは念を入れて、壁にたてた卒塔婆にすこし動いていただくと、碑銘があらわれた。

「東京市養育院合葬冢」「昭和五年三月成」なんとこの壁こそは、かの谷中墓地の養育院合葬墓所をひき継いだものではありませんか。おもわず碑銘に手をあてて、出会いをよろこぶ。

谷中の合葬墓は大正二年末まででした。この壁は昭和五年の造成で、その間の十数年はどうしたものだろう。念のため壁の裏へまわって、またおどろく。壁に奥行きがあって、横に開き戸がある。壁自体が平らな収納庫なのでした。そして左右の袖の裏に、石柱が計五本、隠れんぼのようにたたずんでいた。谷中の「養育院義葬」の碑と同型で、正面に「東京市養育院収容者之碑」、側面に年代と合葬の数を刻む。年代順に列記すれば。

「自大正三年一月　至大正七年七月　三千七百四十八名」
「自大正九年十月　至大正十一年三月　九百四十五名」
「自大正十一年四月　至大正十三年三月　千百五十四名」
「自大正十三年四月　至昭和二年三月　千五百二十三名」

もう一本は明治四十二年二月の建立とあり、番外のようなので略します。ともあれこれで、谷中の義葬碑とぴったりつながった。大正七年八月から大正九年九月までの二年間が抜けてはいるが、とりあえずこの四本を合計すれば、十三年間に合葬者数が七千三百七十名。なんという数の多さだろう。谷中では二十二年間の五本の墓標で計三千七百六十二名でした。そのあと五年たらずの一本だけで、匹敵してしまう。いったいなにがあったのか。

あったのだねぇ、スペイン風邪の流行が。世界をかけめぐったインフルエンザが大正七年（一九一八）春より日本上陸、たちまち死者十五万人とか。いったんは下火になったがぶりかえし、東京では大正九年一月十九日がピークで、魔の三週間と呼んだ。日本全国で死者総計三十八万人とも、四十五万人とも。

右の第一の墓標は、流行のはしりが大塚の養育院を直撃したことを示しているのでしょう。従前の五本に一本で匹敵してしまう墓標を、谷中へもちこむのをはばかったのか。大塚からは雑司ヶ谷か染井の市営墓地のほうが近いのだし。また、つぎにあるべき一本は、スペイン風邪まっ最中の二年分で、あまりの数字に、建てそびれたか、建てたが消えてしまったのか。大正十二年の震災後に、養育院は大塚から板橋へ移転した。そして昭和二年四月以降の分を建てるべきころあいに、とりまとめてご当地へ、このシックな壁を造成したのだな。

以来例年の秋彼岸に、その年の無縁の遺骨をここへ納めて、追善供養していると、村越知世本は記していて、計三万九千三百八十六体。ちなみに流浪の画家長谷川利行は、昭和十五年五月に三河島の路上で保護され板橋の養育院へ送られて、十月十二日に死亡、享年四十九。規則により、所持するいっさいの作品も日記類も焼却された。遺骨はその後に知人がひきとったのでここにはいませんが、同期のお仲間は入っているのだな。

その板橋の養育院も、平成十一年（一九九九）には廃止された。いまはもう、養育院の看板はどこにもありません。谷中と、ここに、墓域だけがある。どちらにも卒塔婆と花束が、いまも手向けられています。

橋場、亀戸、養育院の三つの壁が、この無縁合葬コーナーの草分けで、あきらかに共通している。これがお墓？　という意外さにおいて。

市営墓地は東京市公園課の管轄であった。震災復興事業の一環として、市中各所に大小の公園をつくりまくっていた、その公園課の作品なのですね、この壁たちも。薄倖の者たちの墓なればこそ、幹線の大通りに置く。ゆきかう万人の回向をうけるべく。死者も生者も憩いの場所として、テラス風に。アール・ヌーボーや、アール・デコの大墓標だって、有り、なんだよねぇ。デザインも事業も思想の表現なのでした。

養育院のとなりに、もう一つ石積みの堂々たる壁があります。中央の花崗岩の角柱に「寂滅為楽」と刻んである。前庭をひろくかこって、道から二段あがる。青山墓地で無縁となった仏たちを迎え入れるべく昭和十年三月に落成した。村越知世本によれば千四百七十三体。壁のうしろに収納庫が設けてある。青山墓地は、どうやら無縁は多磨へまわす仕組みなのか。明治大正組は、二番目の「倶會一處」の石柱へ一括し、昭和以降の組は「寂滅為楽」へお迎えする。ならぶ七基のうち最大の威容です。

最後の一基は、宝塔風の石柱で、表に「倶會一處」、裏に「薄倖ナル市内行路死亡者ノ遺骨ハ当霊園納骨堂ニ安置シ来リシモ時経タルヲ以テ此ノ霊域ヲ設ケ埋葬ス　昭和十八年　東京市」

養育院へゆくまもない行き倒れの死者たちもいた。身許も不明の遺骨を納骨堂に保管してきたが、有料で一定期間を預かるのが役目の施設ですからね。居候たちに場所をふさがれたままでもおられず、ここへ埋葬することにした。村越知世本によれば五百体。

以上、大廻り西通りに面する無縁合葬墓域の一覧でした。合葬が完了のところと、現在進行中のところがある。ここにねむれる無縁各位はざっと七万と概算でしか申しあげられないのです。

この無縁墓域と道をへだてた向かい側に、大谷石積みの石室がみえて、扉に「東邦大学納骨堂」とある。谷中の東京大学医学部納骨堂のご同類でしょう。「慶應義塾大学医学部納骨堂」も、歩いてきた道筋のどこかにありました。医科大学の数ほどには、このての施設がある道理だな。いうなら谷中千人塚の後裔たちもまた、ご当所にいくつも存在するのでした。

行路死亡の遺骨たちが滞在していた納骨堂は、先年、全面的に建てなおされた。では、そのみたま堂のある、正門脇へもどろう。

5

みたま堂。この建造物は、どう形容したものだろう。巨大な擂り鉢形のＵＦＯが着陸鎮座して、その手前を、コンクリートの玉垣がかこっている。高さ二〇メートル、丸屋根の直径六〇メートル。全体がグレイの色合いです。

入口に、長い香華台。焼香も供物もここに捧げる。消防法により堂内は火気厳禁につき。拝観自由とあるので、右へまわって入館、階段をおりる。

地下一階に入れば、まさに大きな鉢の底です。中央にタイル張りの円錐がそびえ、頂きから水が流れて、円盤にきらきら受けている。吹きぬけの円天井の明り窓からの、天の恵みであるかのように。周囲の壁には、白雲に五彩の虹ふうのカラフルな衝立が五層にめぐる。この裏側に、骨壺収納のロッカー室が何層にもめぐっているらしい。

いかにもなぁ。仏教、儒教、神道、キリスト教、イスラーム等々から無神論までのどれでもなく、物品倉庫の無愛想でもない礼拝施設、という難題へ苦心のデザインでしょう。地上へもどる途中の壁に「建築業協会賞」のレリーフがありました。施工は間組ほか、竣工は平成五年（一九九三）三月三十一日。

この納骨堂は、なにしろ規模が大きい。長期収蔵用のロッカーが五千二百基。容積で三別され、1種は骨壺が六個納まる。2種は四個、3種は二個。総計は二万一千八百四十個分。期間は三十年間で、更新ができる。一時保管用のロッカーも七千五百基あり、期間は五年間。一基に二個納まるとすれば、長期と短期でざっと三万七千の骨壺が収納できるのでした。

三十年間を更新してゆけば、ほぼ永代供養に変わらぬでしょう。しかし永代とはいわない。大地へ還るイメージにはならないせいか。まして短期の五年がうかうかすぎたら、どこへゆけばいいのだろう。

地上へでて、玉垣の回廊をもどりながら、ハタと気づく。やはりこの前庭は神社のイメージだろうな。この国ではそもそも山川草木に神々が宿って、八百万《やおよろず》。四万の〈みたま〉が宿るＵＦＯぐらい、らくらくとうけとめることでしょう。

このみたま堂が出現した平成五年は、壁墓地も発足して、変革への大きな節目の年でした。節目もテンポがはやくなる。それから十年目の平成十五年（二〇〇三）には、合葬式墓地が出現しました。


みたま堂をでて、ロータリーのむこうへまわる。正門から入って左側の木立のさきに、こんもりと丸い草山がみえる。蛇行する通路をすすめば広場で、円天井付きの礼拝所がある。

仔細にみれば、草山は半球状のコンクリート製で、その建造物をなかば地に埋め、丸屋根に草花を一面に茂らせている。まさに迷彩式のトーチカなんだが、さしずめ古墳、または大きな土饅頭という景観です。屋根の下の、内部はそっくり超特大型の骨壺になっていて、遺骨たちは、それぞれの骨壺からじかにその中へザーッと移される、という話でした。

礼拝所の香華台には、花束が盛りあがっている。例年十月一日に合同の献花式をおこなうと、入口の案内板に記してあります。広場には遺族たちが、詰めれば千二百人は参列できる。

その案内板につづいて道端に、黒い石の屏風が十二枚、二曲一双が六組のかたちにならんでいる。「合葬埋蔵施設墓誌」と題して、ここにねむる人々の氏名が順次に刻まれている。縦に十段、横にざっと五十行。この新施設を建立した平成十五年には二百二十一名。十六年に四百二十七名。十七年に四百八十名。十八年に五百七名。十九年に五百八十一名。二十年には四百五十五名。以上総計は二千六百七十一名で、もう六枚目。十二枚は約六千人で埋まる勘定だけれども、屏風をどんどん建てならべていけば、とうぶんは無際限ではなかろうか。

この墓誌は、徹底して個人の列記だぞ。ながめるほどに胸を打たれる。広大なる多磨霊園は、○○家、××家、△△家などの家本位の墓たちで埋めつくされ、芝生墓地でも、壁墓地でも、みたま堂のロッカーでさえご同様のわけだのに、ここへきて、ついにのりこえられているではないか。

よくみれば、同姓の人が三人、五人、六人と、縦にならんでいる例がけっこうあります。それはそうだ、やはり身内で一蓮托生をねがうのが義理と人情でしょう。しかし、夫婦、親子、兄弟にせよ、こうしてびっしりならんでしまえば、ほとほと個人の大群だなぁ。

この場所には、もとは池があったという。埋めたてて、面積四〇〇平方メートルほどのトーチカの丘へ仕立てなおした。内部は合祀と納骨の二通りがある。合祀は、特大の骨壺へザーッとあける。いきなりザーッにたじろぐむきには、しばらく個別にねむってもらう仕組みが納骨で、二五センチ立方の骨箱に預かり、期限は二十年間。積みあげて三千体分が保管できる。みたま堂からも、改葬の手続きをすればこちらへ移れる。箱から特大の壺への移動は手続き不要。あれこれおもいやりのある受け皿です。

生まれ在所の菩提寺の墓は、おおかた先祖代々の合葬墓であった。その在所が過疎になる。家郷をあとに峠をこえた連中で、街々がふくれあがりメガロポリスとなる。核家族の、その核さえ分裂しだして、シングルの若者たち、壮年たち、熟年たち、独居老人たち。どうやら現代は、集落、一族、結社、終身雇用、組合、さまざまの共同体からぬけだして、万人が砂粒のごとき流民となる社会をめざしている。人間は使い捨ての労働力でさえあればいい、資本主義という怪物さまのおかげをもって。

そのあげく、みんなで入ればさびしくもない合葬の墓。そうか。かの環状大廻り沿いの合葬墓たちを想う。あちらは無名の倶會一處。こちらは記名の倶會一處。こんなにお近くで、連帯しない手はないかもしれないぞ。ともあれ判断よりも事態がどんどん進行してゆく。二十一世紀の、東京にかぎらず各所の公営霊園に、同類の施設がつぎつぎにつくられてゆくだろう。

そのデザインは、トーチカに草花をこんもり茂らせて、はるかなる弥生か縄文の土饅頭をゆめみているごとくでもありました。


お帰りは〈ちゅうバス〉にのって。

霊園正門の前に、府中市コミュニティバスの乗場がある。京王線府中駅ゆきが、またまきたのでとびのると、料金百円で市中をぐるぐるとめぐってゆく。文化センター、防災センター、府中工業高校、芸術劇場、府中の森公園、生涯学習センター、府中市美術館……、さまざまな施設と住宅街を、車窓から見物しながら、やたらにぎやかな夕暮れの府中駅前に到着した。都会だなぁ。

多磨霊園は、人口二十五万の府中市と、人口十一万の小金井市に南北から包まれて、故人口三十九万余がねむりについているのであった。合掌。

しみじみ新宿

学習院初等科
みなみもと町公園
至東宮御所
若葉二丁目
二葉南元保育園
二葉乳児院
戒行寺
西応寺
須賀町
若葉三丁目
陽運寺
若葉公園
左門町
四谷三丁目
於岩稲荷田宮神社
信濃町駅
新宿通り
慶応義塾大学医学部
慶応義塾大学病院
四谷四丁目
首都高速新宿線
サンミュージック
四谷大木戸跡
四谷区民センター
千駄ヶ谷駅
旭地蔵
えんま堂
成覚寺
太宗寺
新宿御苑
都立新宿高
天龍寺
甲州街道
髙島屋
代々木駅
新宿駅

1

新宿駅南口の改札をでて、雑踏をすりぬけ、甲州街道の陸橋へでる。

この南口の利用客が一日約四十五万人で、陸橋を流れる車が六万台とか。だれがどうかぞえたのか。陸橋のさきは、左右のビルの壁と、何本もの鉄路の谷間です。谷間のさきの空がどこまでも薄青い。叫喚の地と静穏の天と。この景観は、平成八年（一九九六）の新宿タカシマヤ開店からはじまった。ＮＴＴドコモ代々木ビルの尖塔もそびえた。いまはその谷間に蓋をして、サザンテラス新宿をのせる工事が進行中だ。きりもない積木細工の城のような、二十一世紀の南口です。

ためしに時間を六十年ほども巻きもどせば、この南口にはルミネもなくて、陸橋から左右の鉄路がみおろせた。がらんと空がひろかった。改札は陸橋の西詰にあり、東詰の丘には昭和天皇御大典記念塔がたち、隅の石段が公衆便所の脇へおりた。小便臭い丘だった。

昭和十年代後半のそのころ、私は東京府立第六中学校（現・都立新宿高校）の生徒で、二年生の夏から小田急線で通学した。わが家が下町から世田谷区代田へ引っ越したもので。改札をでれば陸橋上に京王電車の停留所があり、とびのって東へひと駅坂下の終点「京王新宿」でおりれば校門が目のまえだけれど、毎朝早足でながい坂をくだりました。

この坂は、やがて車の奔流となって、人間はルミネの大階段をおりる。この階段のあたりに小便臭い丘があったのだ。とはいえ、あの丘だって大むかしからのものではあるまい。

そもそもは甲州街道がたいらに通っていたところへ、鉄道がよこぎった。おいおい線路がふえて、踏切ではまにあわず、街道が坂道と陸橋をつくって、鉄道をまたぎ越えた。そのときにできた丘のはずです。やがて陸橋のうえに京王電鉄が開通する。しかし京王電車は、どうしてあんな坂下をターミナルにしたのだろう。

それやこれや、東京の街を歩けば宿題につきあたる。犬も歩けば棒にあたるように。いずれ解ければ解くことにして、陸橋を横断し東へ坂をくだります。ちかごろこの坂に柵付きの歩道ができて、また歩けるようになった。坂の右下の道が、玉川上水の跡らしい。この右側一帯が旧 旭町《あさひちょう》。いわゆるドヤ（簡易旅館）街として著名だったところで、かの林芙美子『放浪記』は、このあたりから書きおこしている。

明治通りへきました。辻をわたって右へ。ビルのあいだに、とつぜん瓦屋根の山門がある。扉に葵の紋。これぞ曹洞宗護本山天龍寺で、山門脇を入れば正面に本堂、右に鐘楼。そのうしろに墓地。一目で境内がみわたせる。

鐘楼の脇の案内板を読む。「天龍寺の時の鐘は、内藤新宿で夜通し遊興する人々を追出す合図であり〈追出しの鐘〉として親しまれ、また江戸の時の鐘のうち、ここだけが府外であり、武士も登城する際時間がかかったことなどから三十分早く時刻を告げたという。なお、上野寛永寺・市ヶ谷八幡とともに江戸の三名鐘と呼ばれた。」

ふうーん。せっかく遊興の一夜を三十分も早く追いだされて、親しむもないもんだ。これは追いだす側の観点だな。文責は新宿区教育委員会でした。

そもそもは徳川家とともに遠州からきた古寺であるという。山門の葵の紋が格式をしめしている。そこで『江戸切絵図』をひろげます。「内藤新宿・千駄ヶ谷辺図」文久二年（一八六二）改正の尾張屋版の、ちかごろの印刷物を。

切絵図の天龍寺は、赤く大きく縁取られて、界隈随一の大寺です。周辺のビルから明治通りまで、ここら一帯があらかた境内だった。

江戸五街道のひとつの甲州街道からたどるならば、四谷見附からくる新宿通りが、新宿四丁目の大木戸をぬければ江戸の外で、第一の宿場町の内藤新宿となる。切絵図では町場は鼠色で、下町・仲町・上町とつらなる。その上町のいまの伊勢丹の辻を左へ折れるのが追分で、直進するのはバイパスの青梅街道、幹線は鉤の手に折れまがった。そこが上り下りの人馬でにぎわい、お触れの高札が立つ。このターミナル広場にむかって、玉川上水をへだてて天龍寺の山門があった。甲州街道筋の鎮護寺というかまえです。

切絵図のここら一帯は、おおかた譜代大名連の下屋敷か、旗本、御家人連の屋敷町で、同心、小役人と、十把一からげの区域もある。府外とはいえ、江戸城の半蔵門まで一本道の、ころあいの郊外住宅地だったのでしょう。時の鐘はきこえる範囲から鐘代をあつめたはずで、四半時のくりあげも、出勤の侍連中へのサービスだった。同時に宿場町にも容赦なくひびいて、江戸の町々は、よほど天地が深閑としていた。

当寺の西のならびの鼠色の一角が天龍寺門前町。のちの旭町で、宿場町で働く人々や、遊芸人や、小商いの行商人などが暮らしていたという。

いまの境内は、ほんの心臓部だけに縮小した。狭い墓域に、新旧の墓たちがなかなかよくたてこんで、旗本らしき五輪塔型の墓もあります。それがかなたのＮＴＴドコモの尖塔ビルと、相似形にみえる。また、墓石の側面に「祠堂金五両」と刻んであるのは、戒名が「義諦院廓雲良然居士」宿場の楼主夫妻の墓でござろう。楼主ともなれば、旗本と互角の檀家だったのか。

2

野村敏雄『新宿裏町三代記』（一九八二年、青蛙房刊）は、この天龍寺・旭町界隈を語って得がたい文献です。著者は大正末年にご当地に生まれ、一族はいまも家業の旅館を営む由。文中「明治・大正・昭和初期までの町内旧蹟」と題する著者原案のイラスト地図があり、一枚のなかにこの裏町の近代史が寄せあつめて描かれている。ながめ入って、しばし飽きないのですよ。

天龍寺の旧山門は、高札場にむいていて、いまは裏道の雷電稲荷通りが参道だった。切絵図には境内に大きな池があり、右の図にも描かれているが、そこは府立六中の校庭なのです。

これが、おどろきだ。本校は大正十年（一九二一）の創立にあたり新宿御苑の一隅を皇室より拝領したので、もって名誉とすべし、というのが校是でした。新宿御苑は、信州高遠藩主内藤家の中屋敷跡を接収し、農事試験場としていたが、明治三十九年

（一九〇六）より皇室御料地となり、さきの敗戦後の昭和二十四年（一九四九）より一般公開となった。という由来ですが、明治の接収時に、ついでに周辺をとりこみ、天龍寺の一部も削りとったのか。府立六中は、さかのぼればなんと天龍寺の境内だった。

校門から坂をすこしくだって校庭へ入ったので、たしかに低地でした。池はとっくにありはしないが、そのあたりにプールがコンクリート壁で高くつくられていた。地面につくったら、大雨で池にもどるおそれがあったのか。

天龍寺門前町も低地であった。明治からは南町となった。玉川上水の南だから。上水はあふれるときは北の宿場を避けて、南側へ落ちる仕組みだったのでしょう。それのみか、追分からの下水が石樋で上水をまたいで、この町を堀のようにめぐっていた。大雨のたびにそれがあふれた。

大正九年四月に、新宿一帯は東京府豊多摩郡から、東京市四谷区へ編入される。このときに南町は、旭町へ、とりあえず名前を明るくした。新開地ゆえ年中どこかが工事していて、むらがる労働力たちがこの町へ流れこむ。水が低きにつくように。そのころの様子を、林芙美子『放浪記』から。近松秋江家の住込み女中をクビになったその晩に「新宿の旭町の木賃宿へ泊った。石崖の下の雪どけで、道が餡このようにこねこねしている通りの旅人宿に、一泊三十銭で私は泥のような体を横たえることが出来た」。三畳の一人部屋だった。

彼女は転々と放浪して、数年後の冬にまたこの町へくる。こんどは六畳間に五人の相部屋で一泊三十五銭だった。坊主畳に、壁は新聞紙貼り、布団は垢光りしていた。「鳥が啼いている。省線がごうごうと響いている。朝の旭町はまるでどろんこのびちゃびちゃな街だ。それでも、みんな生きていて、旅立ちを考えている貧しい街」。

むかしの東京は暮のうちから正直に雪が降った。舗装道路は大通りぐらいだから、雨でも雪でもそこら中がぬかるんでしまう。とりわけ低地のここらは、どろんこのびちゃびちゃの暗い町で、だからこそ名前だけは旭町だ。木賃宿の同宿人には、追分の寄席の下足番や、自営の売春婦たちがいた。大江戸このかた、盛り場をささえる裏方たちの居場所だった。

右の「町内旧蹟」図には、狭くなった天龍寺をかこんで、奥のほうには、いろは長屋、トンネル長屋、一銭学校、分教場などがあり、手前の旧山門近くには、二葉保育園、済生会、青物市場などの施設がならんでいる。

貧乏長屋の町だったのだ。そこで横山源之助『日本之下層社会』（一八九九年、教文館刊）を参照すれば、冒頭にこんな一節があります。

「東京の最下層とは那処ぞ、曰く四谷鮫河橋、曰く下谷万年町、曰く芝新網、東京の三大貧窟即ち是なり。」

右は江戸から明治への貧乏の老舗で、筆頭の四谷鮫河橋（鮫ヶ橋）は、いまの新宿区若葉二丁目三丁目あたりの大きな窪地であった。東京の膨張につれて大正・昭和の新興の貧民窟が、三河島千軒長屋、板橋岩の坂などなどに増えてゆき、なかでも旭町は盛り場新宿のすぐ隣りで評判が高かった。

じつはこの旭町には、混みあう鮫ヶ橋からあふれてきた人々が多かった。その証拠に、右の分教場とは、鮫ヶ橋小学校の分校なので、由来は、やはり本校のほうから語らねばなるまい。

東京市編纂『東京案内』（一九〇七年刊）の四谷区の章に、「鮫橋尋常小学校」の記述がある。以下ほぼ全文。

「東京市の経営する特殊学校にして、専ら貧家者の子弟を教育す。明治三十六年九月の創設に係り、校地坪数六百十三坪あり。教科目は小学程度にして四学年とし、学用品を給与若くは貸与し、校内に浴室の設けありて、全児童に毎週一回入浴せしめ又理髪を行い、疾病の治療をも行う。明治三十九年三月末の現在生徒三百四十三人、校長は中山栄太郎也。」

かねて地元の寺院の篤志で私設の教室がありはあったが、それを東京市がひきうけて本格的な運営にした。小学校が六年制になるのは翌明治四十年から。

この特殊学校の分校が、旭町にできたのが大正十一年四月。天龍寺墓地の隅の畑の二百五十坪に、木造平屋建てをつくり、やはり風呂場があり、週一、二回はパンの給食がある。日中働く児童のための夜学もひらいた。本校とおなじく月謝免除だった。

府立六中は前年の開校ながら、一年間は府立四中に間借りして、校舎落成の大正十一年四月にここへきた。生徒は中央線沿線や郊外電車で通う中産階級の子弟が圧倒的で、下町から市電で通う者などはごく少ない。私はその市電組でカルチャーショックをおぼえました。みるからにお坊ちゃん中学校で、たぶん創立時からそうだった。それと、貧民小学校分校が、塀ひとつへだてて同時にスタートしたのだった。知らなかったなぁ、そういう機縁だったとは。

分教場の東京市直営は三年間で終わり、大正十四年から四谷区の運営となった。やがて不都合が目立ってくる。『新宿裏町三代記』の著者の野村敏雄は、花園神社のさきの四谷第五小学校へ通った。旅館主のところのお坊ちゃんだものね。おなじ町内の子どもらが、普通小学校と特殊学校へ分かれて通うのはいかがなものか。分校は四谷第五へ吸収されて、昭和九年かぎりで廃校となった。本校の鮫ヶ橋小学校は、一足先に四谷第七小学校という普通校になっていた。

この分教場の末期のころ、菊池寛が援助をつづけていた。子どもらの綴り方をたまたま読んで感銘し、賞品をだして励ました。「文藝春秋」昭和八年五月号の〈話の屑籠〉欄にいわく。「二、三度書いたことのある欠食児童の多い四谷第五小学校の旭町分教場から、卒業式にぜひ列席してくれと云うので行って見た。行儀作法など、整然としていて、感心したが、卒業生の答弁に『私達には、これが一生にタッタ一度の卒業式だろうと思います』と、あった。言何ぞそれ悲しきや。教育の機会均等などは逸早く実行さるべき社会政策の一であるように思う。」

六中へ私が入学したころには、分教場はもうなかったのだけれども。塀越しに簡易旅館の裏側の物干台などがまるみえだった。東京にこういう町があることを心得るべきだが、諸君の立ち入る場所ではない、というのが一貫した教育方針でした。

しかし、おなじ府立六中でも夜間部の生徒たちは、旭町へ出入りした時期があったのだった。知らなかったことはきりもない。天龍寺の北側の二葉保育園も、本園は四谷鮫ヶ橋にあり、大正五年にここへ分園をひらいた。昭和初年の恐慌時には簡易食堂もひらき、六中生もそのお世話になったという。それを語るまえに、まず本園を訪ねるべきだろう。本日はいっそ鮫ヶ橋を、終着点にめざして歩いてゆこう。

3

天龍寺をでて、左へ、左へ、と折れて、裏の通りへゆく。往年の簡易旅館街が、あらかたビジネスホテルやウイークリーマンションにスマートに変身している。「ビジネス・インのむら」という看板の鉄筋三階建てが、『新宿裏町三代記』の著者の実家でござろうか。一泊四千二百円あたりが相場らしい。木造モルタルの旧態然の宿も一二はあって、こちらは二千円前後で泊まれそうだ。朝晩はさぞや出入りがあろうが、昼日中、ばったり人影もなくて奇妙な感じ。

旭町の歩みをざっとたどれば、大正十二年九月の大震災には、あいにく火元ながら南風のおかげで焼けたのは一部だけ、風下の追分方面の盛り場があらかた焼けた。長年下水溝をひきうけてきたお返しみたいなものだった。

昭和四年（一九二九）、二二メートル幅の改正道路が、四角い旭町をほぼ対角線にぶちぬいた。明治通りが渋谷―新宿間だけ開通し、当分はただの空地で子どもらの遊び場になっていたそうです。町は東西に分断されたが、上水も下水も暗渠になって、以来「どろんこのびちゃびちゃな街」とは縁がきれた。

昭和二十年の東京大空襲には、建物疎開で長屋をとり壊しておいたせいか、天龍寺も都立六中も二葉保育園も、旭町はあらかた焼けのこった。そして昭和二十七年（一九五二）に、新宿四丁目と町名が改まる。そのころです、この町へ私が出入りしだしたのは。当時、日大芸術学部に在学中で、六中卒の後輩二三と、新宿三丁目のお好み焼き屋を根城にした。寄席末広亭のさきの横丁に、明記しておこう「ぶらりひょうたん」という店でした。一階がテーブルと小上がり、二階に部屋が三つ。雑誌「江古田文学」の会合などもした。仲間の一人が女あるじに気に入られ、用心棒の役目もした。もちつもたれつの、あれも戦後の盛り場の一つのサロンだったのだなぁ。

閉店後に、店の鉄板に毛布をかぶせて徹夜麻雀もやった。だがベニヤの薄壁の隣近所のてまえもある、女あるじが旭町の家にきてやりなさいという。しもた屋風の下宿の二階を借りきっていた。そこへおりおりに参上した。軒並の簡易旅館に、雑貨屋に、理髪店に、中華洋食店に、板金店に、しもた屋もけっこうあった。住み慣れた気配と、そのくせ夜通しジャン牌をかきまわしてもいられる、道も折れまがって奥行きがあり、おおかた新宿の街で稼いでいる人たちが暮らす町なのでした。

それにしても、いまや店は一軒もない。あんがいにしもた屋が多い。おおかた地付きの方々がさりげなく住みよくしてござるのだろう。往年の下宿は消え、二葉保育園の跡あたりもビルがならび、天龍寺の長い塀があじけない。あのころはこっちから入れて、本堂も鐘楼もこっちむきだった。ある年の元旦未明に、除夜の鐘を撞こうやと数人で入ると、撞木が南京錠で留めてある。では鐘をうごかして撞木にあてようと掛け声かけて文化財を押していると、ご住職があらわれた。あけましておめでとうございますと口々に言って逃げだした。二十代の愚行でした。あれから全面的に建て替えて一八〇度むこうむきになったのは、昭和三十九年（一九六四）の東京オリンピックの年だとか。なにしろマラソン・コースだもの、明治通りへむいた山門の前を、アベベも円谷《つぶらや》幸吉も走った。その発展一途の大通りの、ほんの一すじ裏道は、盛り場という舞台の下の奈落なのか。

辛酸も無惨も幾変転がありながら、土地にも、その地ならではのＤＮＡがあるのかな。江戸の遊芸人がゆき、明治の車夫馬丁がゆき、大正の林芙美子がゆき、街娼がゆき、昭和恐慌のルンペンがゆき、府立六中夜学生がゆき、戦後のパンパン諸嬢がゆき、オカマ諸兄がゆき、お好み焼き屋の女あるじがゆき、徹夜麻雀の輩がゆき、この道を笑ってわれらが往きしことわが忘れなばたれか知るらむ。出口の脇の雷電稲荷神社は、もとはひとかどの社だったらしいが、六中時代からすでに小祠で、いまもそのまま。賽銭あげて柏手を打つ。

都立新宿高校は、白亜の七階建てのビルディングになっている。正門から覗くと、現在の校庭はしっかり盛りあげ、道路よりも高いくらいです。

六中時代には、二階建てでした。一応コンクリートだが鉄筋ならぬにわか造りの木筋ということだった。一学年が六クラスの五年制で、生徒がざっと千三百人はいた。てきめんに教室が足らず、二年生には固定の教室がなかった。体操や教練や、音楽教室へゆくなどで留守になる教室を借りて、転々とする。ふくざつな時間割でした。いまや新宿高校は、一学年が三百余名の三年制で千人たらず。男女共学でトイレは二倍になるにせよ、七階分をどう使いまわすのだろう。全館空調完備の由で、施設の至れり尽くせりが教育か。困苦欠乏時代の卒業生が、道端で白髪頭をかしげてみてもしかたがないが。孔子いわく、過ぎたるはなお及ばざるがごとし。結局似たかよったかなのか。

それよりも、正門前のこの道路のことだが、ここをかつては玉川上水が流れていた。在学時にはすでに暗渠で、御苑沿いのしずかな通りでした。やがてモータリゼーションの時代がきた。国道20号の甲州街道が、伊勢丹の辻で鉤の手に二度も折れまがる不便さよ。いっそ大木戸から直進することにして、とはいえ御苑の樹林をなぎ倒すのをはばかってトンネルにした。そこで平成三年（一九九一）開通の大木戸からのトンネルが、ちょうどここらで地上へでる。噴きあがる車たち、吸いこまれる車たち。ながめるほどに、この奔流が、現代の玉川上水でもあるような。

4

玉川上水とは、なんぞや。

そもそもは多摩川上流の羽村から、四谷大木戸までの全長約四三キロを開削した上水路で、承応二年（一六五三）に着工して、翌年にはもう江戸市中へ給水をはじめた。ざっと三百六十年前のことですよ。大木戸からは地下に石樋や木樋を延ばしに延ばして、日本橋から品川まで配水した。水圧なしの、ひたすら自然流水の大仕事だった。おかげさまでその水道の水で産湯をつかう江戸っ子たちが、あの町この町に誕生しつづけた。

明治にも、そのままに生きていた。明治二十年代のここらの様子を、田山花袋が『東京の三十年』のなかでスケッチしています。花袋は大木戸辺に住み、毎日仕事で「玉川上水の細い河岸に添って歩いて行った」。「山手線の踏切……それも唯一線あるばかりであったが、それを越ゆると」水彩画のような田園風景で「帯を引いたような細い水の流れが」ときには「急湍をつくって、泡を立てて流れた」。玉川上水は細いが流れは速かったという証言です。「検査日には、女郎のいやに蒼白い顔をした群などのぞろぞろやって来るのに逢った」。

右は新宿駅の草創にもかかわるので、略叙すれば、明治十八年（一八八五）に日本鉄道品川線が、甲州街道をよこぎり青梅街道側に駅をひらいた。当座は主に貨物が日に数本、街道を踏切で越えていた。四年後には甲武鉄道が、立川へ開通した。これが中央線の、前者が山手線のはじまりで、駅は、町はずれの田園に設けたわけです。

内藤新宿は江戸四宿のなかでは地味ないし野趣だったそうですが、旅籠屋が五十二軒、一軒に三人の飯盛女が許されて、それが黙認の遊女たちだった。物語もかずかずあって例の祭文語りが「鈴木主水というさむらいは」と唄ったのもその一つ。「女房持ちにて子供が二人、二人子供のあるそのなかに、今日も明日もと女郎買いばかり」青山くんだりから内藤新宿は橋本屋の白糸に通い詰めたあげくに、女房も白糸も主水も、つぎつぎに自害して「あまた心中もあるとはいえど、義理を立てたり意気地を立てて、心合うたる三人ともに、聞くも哀れなこの物語」という結末になる。白糸は「わしは幼き七つの年に、人に売られていまこの里に、つらい勤めもはや十二年」という身の上だ。ながく歌い継がれ芝居にもなったことは、人身売買でなりたつ江戸の色里の、一典型であったのでしょう。

そのつらい勤めの里が、明治にもそのまま。いや、むしろ盛大になって、白糸の後輩たちが身体検査を受けに「いやに蒼白い顔」で、見張り役に引率されて裏の河岸を群れてくるのに、花袋は出逢った。

この河岸道の、天龍寺参道の橋のたもとに、一体のお地蔵さまがあったという。玉川上水で非業に死んだ人たちの供養塔だった。宿場がにぎわいをますほどに、事故もふえる。細流ながら急湍ゆえ、子どもが落ちたらたすからない。大人でも覚悟の入水ならば死ねたらしい。なにせ旅籠屋が軒をつらねるすぐ裏を流れているのだ、心中したい男女にはてっとり早かった。

供養塔の台石には、そんな心中者たちの戒名が、何組も刻まれてあった。明治十二年の道路整備のさいに、取りのけられてしまったので、田山花袋はみてはいないが。それは新宿二丁目の成覚寺《じょうかくじ》へ移されて、さいわい現存するという。では、その成覚寺へまいろう。

そのまえに、玉川上水のその後を、ざっとたどっておきます。明治十九年のコレラ蔓延などで水道の近代化がいそがれ、明治三十二年（一八九九）に、新宿駅の西方十万坪の田園に、淀橋浄水場が完成する。その二年後に、玉川上水も神田上水も市中への配水をやめた。以後、玉川上水は代田橋から新水路で浄水場へ、給水源として生きつづける。下流は調整用の川としてのこり、ここらあたりは大正震災後の復興事業で暗渠になった。

井の頭公園の湧水池は神田上水の水源だったが、すぐうえの三鷹の丘を玉川上水の奔流が走っていた。この高低が、両上水の実力差でしょう。大正八年（一九一九）、この奔流で、松本訓導の殉職があった。遠足の小学生が土手に足をすべらせ、落ちたとおもった引率の先生が救助にとびこみ溺れてしまった。大きな追悼碑が公園内に建っている。昭和二十三年には、太宰治が入水心中する。とりわけ有名なこの二件のほかにも、類似のことはおりおりに起き、人食い川とよばれた。太宰の入水後は、追随者が年々十人はとびこんだとか。下流の高井戸辺にも、明治二十六年建立の「川中投身亡者供養塔」があった由。全長四三キロの土手のここかしこに、このての供養塔があったのでありますね。

大木戸から下流の水道は、江戸っ子たちの産湯になって、生命の水でありつづけたが、露天掘りの上流では、逆に人の命を食っていた。水は何メートルか流れれば清いそうだが江戸—東京の市民諸君は、ときにやや太宰風に味つけされた水なんかを、多年にわたり呑みつづけた。これが都会だ。

昭和四十年（一九六五）に、淀橋浄水場は廃止になり、跡地へ副都心の超高層ビルが林立する。役目を終えた玉川上水は、いったん荒廃した。だが羽村の取水堰には、ただいまも、もんどりうって水が流れこんでいる。奔流は小平監視所へ、そこから配管で東村山浄水場へ送られる。最上流は現役なのだ。

小平から下流は「清流復活事業」として、高度処理水（下水処理水）がおだやかに流れている。往年の奔流にはおよびもないが、環境を保全し、江戸の先人たちへの敬意を表明しつつ、杉並あたりで神田川へ流れこんでいる。

最近、この新宿御苑沿いにも「清流復活」の動きがある由。トンネル開通後は緑陰の遊歩道になっている約六〇〇メートルに、玉川上水を偲ぶ清流をよみがえらせるのは、たとえ循環式でも大賛成。そのせつは地蔵供養塔も、成覚寺からとりもどして据えつけていただきたい。

5

成覚寺は靖国通りに面している。そこで新宿通りをよこぎり、二丁目をつっきってゆく。

ビルの谷間の新宿通りが、かつては遊郭だった、といわれてもピンともこないが。

その五十二軒が、明治にも大正になっても軒をならべて健在だった、と聞けば、ややぎょっとなります。明治三十六年（一九〇三）末には東京市街鉄道が、四谷見附―追分の間に開通し、電車も走れば、老若男女も歩いているはずなのに。まさか吉原の張り見世風ではなく、一応は旅籠屋で、商店も混在したのでしょう。そこで大正四年（一九一五）に京王電鉄は、追分を始発駅にした。盛り場へのりいれ、市電と乗換えの便をはかったのでした。

大正七年（一九一八）に、やっと警視庁令がでた。旅籠屋はみんなまとめて裏の牛《ぎゅう》屋《や》の原へ移れ。二年後には東京市へ編入の予定なのに、一国の首都の表通りに遊郭は体裁がわるい。裏へ隠れろ、という号令でした。

切絵図には、鼠色の内藤新宿の北側に、大名の下屋敷が三軒ならんでいる。維新後には桑畑にでもなっていたのか、明治二十一年（一八八八）に牧場がひらけた。三千坪の土地で乳牛を飼育した。耕牧舎といって、経営者は新原敏三。芥川龍之介の実父です。聖路加病院脇のあの生誕の地は、牧場にしてはいかにも狭い。そうか、ここで盛大に牛乳を搾っていたのだな。ところが周辺も市街化がどんどんすすむ。新住民たちの苦情が殺到し、大正二年（一九一三）に警視庁から移転命令がでて、ついに廃業。跡地は原っぱになり、子どもらの遊び場や、盆踊りの会場などに使われていた。通称して牛屋の原。

ここへ五十二軒がいっせいに移った。表通りのすぐ裏の四角い区域でした。火災にあい、戦災にもあい、丸焼けになりながら、そのつど復興。とりわけ戦後は、特殊飲食店街の赤線地帯となり、新宿二丁目だから、通称して二丁目。

牛屋の原から、はるかに変貌したものだが。ずらりとならんだオッパイたちを搾りとる土地、というDNAは、やっぱり一貫していたんではないかなぁ。昭和三十三年（一九五八）四月一日より売春防止法が施行され、全国で約三万九千軒、従業婦十二万人が一挙に消えたのは、神武このかたの壮挙、ご同慶にたえません。その後も二丁目には、トルコ風呂ができた。スタジオ屋もできた。入口でスケッチブックと鉛筆を渡されて、着衣またはヌードの女性を、写生しなくてもいいのでした。

二丁目を描いた小説は山ほどあった。おおかた消えても、吉行淳之介や五木寛之あたりの作品なら、わりと容易に読めるだろう。そちらにゆずって通過します。じっさい、なんの面影もない。都電のレールを靖国通りへまわす工事で町の西側は削られたし、ちかごろ性産業は歌舞伎町へ集中しているし。あのころの二丁目は通りぬけるさえ長丁場におもえたのに、するする通過して靖国通りへ。右折すると、そこに成覚寺がありました。

通りから石段を数段おりて、十歩あゆめば本堂の、浄土宗のお寺です。靖国通りの拡張でちぢまった参道の脇に、いろいろな碑が寄せあつめてある。

まず、小山のような無縁塔。みあげる台上に、蓮華座の地蔵をいただく。天保八年(一八三七)に、この宿場町の顔役が、遊女や行き倒れの死者を弔うべく建立した由で、三段の台座に、童子や童女の小石塔を数十基ならべている。通例は墓域の一隅に見うけるものが、ここではいきなり本堂の前にある。

そのならびの「南無阿弥陀仏」とのみ刻まれた蓮華台の墓は、歴代住職を祀るらしい。そのまたならびは、正面に「子供合埋碑」台石に「旅篭屋中」とある。脇の案内板を読むと、死んだ飯盛女たちを投げ込んでいた合葬地に、万延元年(一八六〇)に立てたもの。墓地のいちばん奥にあったが、昭和三十一年の区画整理のさいに、この墓じるしだけ表へ移した、云々とあります。

三ノ輪の浄閑寺は吉原遊郭の投げ込み寺。ここは内藤新宿の投げ込み寺。してみれば、江戸四宿をはじめ名だたる岡場所ごとに、ご同類の寺々があったのにちがいない。それにしても、無愛想な碑銘だな。「子供」とあるのは、抱え主は親、年季奉公人は子、煮て食おうと焼いて食おうと親の勝手、死んだら合埋《ごうまい》でなにがわるいか。「旅篭屋中」が、みんなで投げればこわくないと、ひらきなおっているようなものです。

大きな無縁塔の願主は、じつは遊女を一手に周旋して牛太郎（客引き）から楼主に成り上がった凄腕の顔役だったとか。それだけにつみほろぼしの後生願いも、特段の大きさに一人で気がそろったのでしょう。その点、衆議となるとずぶといやつが勝つ道理で、合埋碑はこの小ささだ。

天龍寺の墓がおもいうかぶ。楼主の親は祠堂金五両つけて葵の御紋の寺に眠り、遊女の子のほうは、菰にくるんでここに捨てられた。これが江戸文化だ。いやなに、いまだって。

石段脇の崖沿いの墓群へゆく。すぐそこにありました。寛政十二年（一八〇〇）建立の地蔵供養塔が。「三界万霊」と刻んだ四角い台石の上の、円筒形の台上の蓮華座に、結跏趺坐のお地蔵さま。高さ二メートル弱。新宿区指定の有形文化財歴史資料で、脇の案内板には「旭地蔵」とある。各種の案内書もご同様で、もとは旭町にあったからと。ここへ移した明治十二年には南町だったのに。後年の旭町がいかに著名であったかの一例証です。

円筒形の台石に、戒名がならべて刻んである。離欲信女、西征信士。離念信女、念浄信士。等々、崖沿いのほうは覗けないが、全部で十八名、うち七組が男女セットで心中とみられる。命日も刻まれて、おおかた文化年間です。建立後も、心中者に戒名さずけて刻んだために、つぎつぎに刻んで文化十年（一八一三）までの十三年間で満杯になった。そういうことらしい。

この間、心中または心中志望者がふえたのではあるまいか。いま死ねば供養塔に刻んでもらえる、という期待こそは死に花を添えます。してみれば供養塔が心中の勧めでないこともない。上水で死ねば、道ゆく人々がこの地蔵さまに手をあわせてくれるだろう。

供養塔の脇の碑に、移転にかかわった楼主たちの屋号が刻んである。なんで彼らが尽力したか。道路工事にかこつけて、けんのんなお地蔵をまんまと立ち退かせた記念でしょう、たぶん。

ならびに恋川春町の墓がある。この人は、駿河小島藩に仕えて江戸留守居役を務めるかたわら、浮世絵師で戯作者で、ただならぬタレントであった。寛政元年（一七八九）に『鸚鵡返文武二道』をだして好評のあまり、当局に睨まれ、改革のご政道を揶揄するとはと召喚され、応ぜず、死んでしまった。仕える主君に迷惑かけないためには。戯作つづるもいのちがけ。墓の側面に辞世の歌が刻んであるというが、草陰で判然としないので、その案内板を写します。「生涯苦楽四十六年、即今脱却浩然帰天、我も万た身はなきものとおもひしが、今ハのきハ、さ比しかり鳧」お侍さんもたいへんねぇ、という声が、入水心中供養塔のほうから聞こえてくるようで、ここにならぶのも奇縁か。

本堂の脇をぬけて、裏の墓地へゆく。墓石たちが整然と膝をよせあうなかをぬけ、裏塀につきあたる。塀の一部が空いていたので裏通りへでてしまった。切絵図には、ここは大名の屋敷内だが、当時は測量して描いているじゃなし、孤にくるまれた「子供」らをかつぎこんだ細道が、あったにきまっています。その細道が、区画整理でこんなに太くなったのだな。してみると合理の地は、塀の内か外か。この路面のどこかだったのかもしれません。

太い裏道を、ぐるりとたどって、太宗寺の前へでる。

太宗寺の本堂は、白亜の前衛的な殿堂だ。山門もなく、全面舗装の境内は、校庭に似ている。おりおり盛大な葬儀がある。盆踊り大会もできる。この機能的な境内の、隅々に江戸のなごりが現存します。

入ってすぐに銅造りの大きな地蔵菩薩像がある。江戸六地蔵の二番目で、正徳二年（一七一二）の造営。そのころ五街道の入口に、喜捨をあつめて順に建てられた。東海道の品川寺、奥州街道の浅草東禅寺、中仙道の巣鴨真性寺、千葉街道の白河霊岸寺。そして甲州街道のこれには一万二千人のカンパが寄せられたとか。六番目の深川永代寺のだけが明治維新時に毀されたが、五番までは健在で、宝珠と錫杖をもち笠をかむり、三百年の風雨にめげず坐っておいでだ。

そのさきに、土蔵造りの閻魔堂。暗い堂内に、文化十一年（一八一四）制作の閻魔大王がいて、スイッチを押すと暫時あかりがついて、巨体の大目玉ににらまれる。じつは元来の閻魔堂は大正大震災でつぶれてしまった。昭和八年にコンクリートで再建した。閻魔像もコンクリートの胴体に漆喰で造形し彩色したもので、頭部だけが原型の由。なぁんだ、とはおもうが、なにしろ太宗寺といえば閻魔さまだから、丈夫につくりなおさないわけにいかない。

堂内の左隅には、奪衣婆《だつえば》が目をひんむいている。三途の川の渡し場で亡者の着物を剝ぎとるのだと。なるほど、血の池地獄や針の山に着衣は余計で、資源回収係がいたのだな。成覚寺に投げこまれた「子供」らは着物も帯も剝ぎとられて菰にくるまれたのだから、ついご近所のこの世のことでもありました。

閻魔堂のむかい、境内の左隅には不動堂がある。銅製の三日月不動明王は、寺伝によれば、高尾山薬王院へはこぶ途中に当寺で休憩したら動かなくなったので、ここにまつることにした。

そのうしろの墓地のつきあたりに、内藤家墓所。ここら一帯は徳川家康の家臣内藤氏の拝領地で、当寺の専用墓所三百坪に五十七基も建てこんでいたというが。昭和二十七年の区画整理で縮小し改葬されて、いまは五代目の内藤正勝の墓ほか二基が、記念にここにならんでいる。

内藤家の領分に、宿場ができて、内藤新宿。その殿様の菩提寺に、地蔵、閻魔、不動などの大物がそろったのだから、参詣人が雲集した。正月とお盆の十六日は閻魔さまの斎日で地獄の窯の蓋もあくとか。門前町の新宿通りにずらりと縁日の夜店がならんだ。江戸から昭和まで、町々の商家に住込みの奉公人がひしめいていたころのにぎわいです。「じごくごくらくエンマさまはこわい、針の山へとんでいけぇ」こんな囃し言葉で遊んだ記憶が私にもある。中学生になって市電で通いだしてからは、何度か下校時にたちより、暗い堂内に目をこらした。昭和八年作とはしらず、てっきり江戸を覗いているつもりでした。

その後、このてのものにことさら顔をそむけた時期がありました。封建遺制の淫祠邪教の類を撃破しなければ。生活合理化は天下の潮流。奉公人も藪入りもとっくに消えて土日の休みが定着すれば、いきおい縁日も不入りになる。小商いが消え、大資本が肥え、やがて各所の商店街にシャッターが下りだした。

正邪の厳正審判者。とてもこの世はみな地獄をひたすら救済しまくる者。その切なる希求に手足が生え、大目玉をむき、慈眼をほそめ、つまりユートピアを敢えて形にしたものが、はたして遅れたのみの俗信か。そのての希求をさえ排除し、時勢になだれを打つだけの人の世ならば、なんの花実があるものか。

平日の昼下がり、このひろい境内に、私以外の参詣人が一人もいない。

6

太宗寺をでて東へ。四谷四丁目の辻へきました。

四谷区民センターのさきが、新宿通りと甲州街道トンネルの分かれ目で、その三角地の植込みに、大小の碑が二本。高さ四・六メートルの大石碑は、篆書で「水道碑記」。玉川上水開削の由来と、請負った玉川兄弟の功績をたたえて七百六十文字の漢文が刻んであるが、仰ぎみるだけ。その背後の二メートルほどの石柱は、玉川上水の石樋で、昭和三十四年（一九五九）に地下鉄丸ノ内線の工事中に出土した。地中に多年よこたわっていたのが、いまや地上に直立して「都旧跡・四谷大木戸跡」と刻まれている。はじめ辻むこうに立てたが、道路拡張でここへ移動した、と案内板にある。

もともとの大木戸は、どうやらこのひろい四つ辻のまん中あたりで、江戸の出入り口だった。ただし、文政期の「江戸名所図会」には、もはや木戸はなく両側の石垣だけ。それも明治九年に取り払われた。地名だけが生きていた。私が市電で通学していたころにも、ここの停留所は大木戸でした。

大木戸の脇に、玉川上水の水番所があった。水門でゴミを除き、水量を調節し、余分は南の渋谷川へ流した。高札には、次のように書かれていた。

「一此上水道において魚を取、水をあび、
ちりあくた捨べからず。何にても物洗い間敷
幷両側三間通に在来候並木、下草、
　其外草伐取申間敷候事
右之通、於相背輩 有 之 者《あいそむくともがらこれあるにおいては》、可為曲事《きよくじとなすべき》者也
　元文四己未年十二月　　　奉行」

一七三九年、玉川・神田の両上水が江戸町奉行の管轄に入ったときの高札です。とは申せ、ここの番人は、ちり芥も心中死体も、せっせと引き揚げねばならなかった。つい泳ぎついて浮世にまいもどった未遂連中も、さぞやいたことでしょう。暗渠このかた曲事は絶えて、ご同慶のいたりです。

とも、じつは言いきれない。この四つ辻の北西の角に、七階建ての白いビルが縦長のほそい窓をならべていて、看板にサンミュージック。芸能プロダクションの老舗です。もう二十年余もまえのことだが、この屋上からひとりの少女が飛び降りた。昭和六十一年(一九八六)四月八日の真昼時、所属のアイドル・タレント歌手の岡田有希子が投身自殺して、享年十八。このニュースの衝撃波は、ケータイもない時代なのにすぐさま、四谷見附の上智大の学生たちの耳にもとどいたとか。当時の在学生の証言です。

青春という人生の大木戸で、彼女は情報産業界の奔流に押し流されてしまった。屋上には「クリナップ流し台」の横書き看板があった。路上の植込みに香華が何十日も絶えなかった。ほんと。四十九日目に見物にきたら、お悔やみの青年男女がそこらに十数人はたたずんでいました。

当時はグレーな外装のビルだったが、いまは薄クリーム色にリフレッシュして、屋上の看板も「クリナップ・システムキッチン」となっている。もうだれも思いだしもしないにせよ、彼女の魂魄は、おそらく地縁で入水供養地蔵塔の先輩たちに抱きとめられている。この四つ辻は、やっぱり大木戸なんだ。いまだってここを大木戸と呼んで、なにが不都合なのか。

辻をこえて、つぎの交差点へ坂をのぼります。

四谷三丁目の辻へきました。ここも元は塩町といったもんだが。右折して信濃町駅の方向へ。左折して一本裏道へ入れば、左門町のしずかな住宅地です。

行く手に赤い幟が、左右からつきでている。右の幟は「於岩稲荷田宮神社」日本講談協会の奉納でした。石の鳥居に稲荷堂。住宅一軒分ほどの境内が、小さな雑木林風です。これぞかの鶴屋南北『東海道四谷怪談』のヒロインお岩さんを祀ったところ。東京都指定史跡とある。

そもそもは、このあたりに住まう田宮家の娘お岩が、婿にむかえた伊右衛門のあまりの不行跡に身を投げて怨霊となった、というたぐいの故事が地元に伝承されていた。また、戸板に釘づけされた女の死体が、どこかの川にうかぶ事件があった。それやこれやの巷説や実事を火種に、狂言作者が、民谷伊右衛門とお岩を中心にグロテスクなフィクションの煙をたちのぼらせた。文政八年（一八二五）の初演このかた大当たりに当たって、こんにちにいたる。

筋書きは、浅草観音参詣のにぎわいから、その裏田圃での殺人にはじまり、雑司が谷、砂村、深川、本所と、大江戸の場末を東西南北にへめぐりながら、色事と殺しがからみあう。場末とは、田野が町場化してゆくところ。つまり自然と不自然が衝突の場で、そこらを舞台に、文化文政期の繁栄を、怨霊の陰火でもうもうと囲んでみせた。しかもそれが忠臣蔵の外伝という趣向で、東海道とは関係ないのに「東海道四谷怪談」。いっさいデタラメなオハナシですよととぼけながら、人間はかくも強悪で哀れなものかというドキュメントが、ひしひし迫る怪作でした。

田宮家は御家人で、ここらも甲州街道筋にそなえた幕府直参たちの居住地であった。その当主の名が、台本では「四谷左門」なので、祟り神となったお岩さんをくわばらくわばらとお祀りする場所は、ここしかない。切絵図の「千駄ヶ谷・鮫ヶ橋・四谷絵図」（嘉永三年版）には、この道のつきあたりまで「於岩イナリ」となっています。明治十二年に火災で焼失。下町の越前堀（現・新川二丁目）へ移り、芝居町にも近くて好都合だったが、戦後の昭和二十七年にここへもどって、いよいよ健在な赤い幟たちなのでした。

垣根の石柱に刻まれた文字が、鳥居から左へ、歌舞伎座、明治座、演舞場、菊五郎劇団、吉右衛門劇団、市川寿海、中村歌右衛門、中村時蔵、中村勘三郎、喜多村緑郎、花柳章太郎……。右へは、村上元三、岩田専太郎、一龍斎貞山といった面々。いずれも「四谷怪談」を、さんざんネタにしてきたご連中ですなぁ。朱入りの文字で、奇妙に華やかな気配だ。舞台にかけるときは、ここへお参りしておかないと祟るぞ、という申し送りが、この業界にきちんと伝承されてきていることの、証拠の幟や石垣です。ただいまもそれは生きている。横着すると、てきめんに不祥事がおきるのだとか。さもあろうねぇ。お芝居とは、役者から裏方から関係者一同が気を張りまっしぐらにとりくんで、ようやく成りたつものらしい。まして人間の業と哀れをこれでもかと露出することに気構えを欠いたら、七変化の大道具小道具の類が機嫌をわるくしてもあたりまえ、かもしれません。6チャンネルのTBS奉納の赤提灯「新・四谷怪談」が天井からさがるお堂に、柏手をうつ。

鳥居をでると、おむかいにも幟が何本もたち、「於岩稲荷霊神」の納主は新橋演舞場。瓦屋根の赤門の、こちらは陽運寺というお寺さんだ。江戸期の神仏混淆が明治の廃仏毀釈で分離した例は全国的で、ここもそんな例かとおもいきや、陽運寺は戦後にここへきたとかで、よくわからない。「厄よけお岩さま」「縁結び祈願」「水子供養」等々、営業品目はこちらのほうが手広くてご繁盛らしく、境内は石畳を敷いて整頓している。

絵馬掛けに、一枚三百円の開運願かけ絵馬がずらりと吊されている。紐で留め、裏には簾。柱の木札に「人の絵馬を見てはいけません」女人の立ち姿が描かれていて、お岩さんがこう言っている趣向か。なるほど、プライバシーへの最近の気づかいだな。さきごろまでは乱雑に裏返っていたりして、私は再三詣って先刻拝見しちゃっている。史料として一端をご披露すれば「一日でも早く主人と×××代の縁が切れますように。家族仲良く暮せますように」「嫌な友人△△△男との悪縁を完全に絶ち切ることができますように」「○○○○子との縁が一日も早く切れますように」「隣のアパートの住人□□と◇◇ハウジングに、天罰が一日も早く下りますように」「ストーカーの××助よ、もう二度と私と彼の人生に関わらないように」等々。「舞台がぶじ成功しますように」と祈る絵馬もあったけれども、ほぼ圧倒的に縁切り祈願なのでした。事態はそれぞれに深刻でも、どこか虫がいいような気がしないでもなくて、とことん虫がいい伊右衛門にふりまわされたお岩さんなら、功徳があるのかも。そもそも虫のよさが人間の業と哀れの因子なのか。四谷左門町の赤い幟は、いつの日に畳まれるときがくるのだろう。

7

左門町をぬけ、つきあたって左へ。須賀町のだらだら下がりの道をゆく。切絵図には、この道の右側はべた一面に赤い寺町です。いまは住宅などをまじえながらも、やはり軒なみご健在だ。山門前の案内板に、剣客榊原鍵吉の墓、とあるのは西応寺。そのさきの戒行寺には、かの『鬼平犯科帳』の長谷川平蔵供養碑が近年建てられた。たちよればそれぞれに由緒があるのだろうが、通過して、戒行寺坂の急坂を一気にくだる。

くだりきったところが若葉二丁目商店街で、道が蛇行するのは川筋の跡だろう。右へゆくほどに、行く手に高架線があらわれた。JR中央線の電車は四谷駅をでるとすぐトンネルへ入り、出ればもう信濃町駅の切り通しへ入ってゆく、その一瞬の空間が、ここなのですね。いかにここらが台地にはさまれた谷底か。それをさながらに証明しつつ電車がゴーと通過する。

この谷底地帯こそ鮫ヶ橋、「東京の三大貧窟」の筆頭なのでありました。切絵図にはこの蛇行する通りが鮫ヶ橋谷丁、元鮫河橋表丁とつづく。それが明治に谷町一丁目二丁目となった。鮫ヶ橋も鮫河橋も読みはおなじサメガハシまたはサメガバシ。「屋賃三十九銭の家屋を見るが如きは、東京市中恐らくは谷町二丁目を除きて他になからん。住民は日稼人足、及び人力車夫最も多し」「九尺二間の陋屋、広きは六畳、大抵四畳の一小廓に、夫婦子供同居者を加えて五六人の人数住めり」と『日本之下層社会』（明治三十二年刊）に横山源之助は記している。谷町一丁目二丁目を合わせて戸数千百三十九、人口四千四十二名とも。

『風俗画報』特集号の『新撰東京名所図会』に、山本松谷が描く「鮫ヶ橋貧家ノ夕」がのったのが明治三十六年十月。いわゆるハモニカ長屋の、とんとん葺きの屋根の下に戸障子はずした小部屋がならぶ。戸毎に竈、水桶。路地に人力車。車夫や流しの芸人諸君がいまや帰宅するのを、迎える女子供たち。米をとぐ家、火をおこす家、背に灸をすえている家、病臥の家、家賃滞納を謝っているらしい家。路地の溝はまんまんと水を湛えていて、一雨きたら床下浸水ぐらい日常事にちがいない。背景の、鴉が舞う森は、高台の寺々ですな。

注記にいわく。「谷町を中心として凡そ卑湿の地、到る所、軒低く、壁壊《やぶ》れ、数千の貧民、蠢々如《しゅんしゅんじょ》としてわずかに雨露を凌ぐの状、愍《あわれ》なり、質屋は唯一の機関にして、九尺間口の米屋あり、薪炭商あり、酒舗、魚戸、古着店、日用の肆、欠く所あらず、以て一社会を組織せり」

鮫ヶ橋尋常小学校の開校は明治三十六年九月で、松谷えがく画中の子供らのための特殊学校だった。彼らは、鼠の尻尾をつかんでぶらさげたり、けっこう潑剌と描かれている。

その三年後の明治三十九年には二葉幼稚園が開園する。画中の乳児らの面倒をみて、保育園と改めたのが大正五年。そのころ高台のほうでは、この低地をシマと呼んで、ちかよるなと子供らに訓戒していたという。

みわたして、いまや気配は、まったくない。あたりまえだね。商店街はややさびれ気味ながら、スーパーもマンションも散在する。

変貌のこしかたを、ざっとたどれば、大正大震災の火難はここらにおよばなかったが、復興計画で市中にガス水道下水道が順次普及する。鮫ヶ橋小学校が普通校の四谷第七小学校へ改まったのも、町の状況改善の一例証でしょう。ちなみに近年はここらも学童過疎で、四谷第五小と合併して花園小学校となり、新宿一丁目に校舎新設、第七小の跡地は若葉公園になっている。

東京に都制が布かれた昭和十八年に、ここらも町名を改めて、谷町一丁目が若葉三丁目へ、谷町二丁目は高台の寺町と合わせて若葉二丁目となった。戦局ただならぬ翌十九年には、建物の強制疎開で、蛇行する通りの両側がとり払われた。残存の長屋の類も、このときねこそぎ引き倒された。家屋疎開は、ときに有効おおかた徒労で、翌二十年四月と五月の空襲により、ここら一帯ほぼ焼失。そして戦後に町並は全域再建されました。

けれども、谷間は依然として谷間であって、高台は依然として高台だ。高台に高級邸宅ならば、低地には低級家屋、という仕組みもなかなかしぶといはずで、こころみに若葉三丁目の石畳の路地へ入ってみる。モルタル壁や新建材の二階屋が建てならび、袋小路にさまざまな植木鉢の列。あぁ濃密に昭和の空気だぞ。のっぺりした平成も、けたたましい消防車も、ぜったいに入ってこれないぞ。しばし崖下の石段に腰かけて、この空気に浸っていたくなる。

表の商店街へもどる。電器屋も履物屋も花屋もラーメン屋も歯科医院も軒をつらねて「日用の肆、欠く所あらず、以て一社会を組織」している。黒板塀に白壁の蔵のあるお屋敷は質屋で、『日本之下層社会』の一節にいわく。「国家に銀行あり、貧民に質屋あり」おそらくご当地随一の旧家でござろう。そしてもう一つの旧家が、JR高架線の手前右角にありました。二葉保育園。

クリーム色のビルが二棟ならんで、長いスロープをもつ二階建てが二葉南元《なんげん》保育園。高架線寄りの三階建てに二葉乳児院。社会福祉法人・二葉保育園は、ここが本部で、場所も看板も変わらずに、活動中なのでした。

いや、そもそもは二葉幼稚園であった。

明治三十三年（一九〇〇）一月、麴町番町の一隅に、二葉幼稚園が発足した。創始者は野口幽香と森島美根。華族女学校（女子学習院）付属幼稚園の保母の二人が、だんぜん貧民の子弟のための幼稚園を思い立った。お姫さま連の子守によほどうんざりしたのでしょう。番町の借家で園児六人からはじめたが、みるみる手狭になるし、場所が麴町ではね。もっと本場へのりこまねばと、名だたるご当地へきたのが明治三十九年（一九〇六）三月だった。

波乱のこしかたを略記した「二葉保育園100年の歩み」によれば、三井財閥からの寄付金千五百円を筆頭に、その倍ほどはかきあつめて、百名あまり収容できる風呂場つきの大園舎を、この地に建設した。そのころの福祉事業は、篤志家の挺身を、富裕な階層が援助するのが通例で、明治の新聞には、慈善の園遊会などの記事がしばしばある。一種の流行だった。急速な近代化による過度の貧富懸隔のつみほろぼしに、俄か成金たちの西洋かぶれ、と言ってたぶんまちがいなかろうが。挺身する方は本気なので、キリスト教という新思想により、大車輪で資金も土地も確保して、前代未聞の貧民窟幼稚園を実現してのけた。

そこへまた一人の女学生がとびこんできた。徳永恕《ゆき》。府立第二高等女学校（現・都立竹早高校）在学中から、二葉幼稚園の出現に感銘し、はじめボランティア、卒業とともに資格を取って保母に採用された。

戦後にも、こういう人がいましたなぁ。北原怜子《さとこ》。隅田川べりのバタヤ部落（廃品回収業で暮らす人々の集落）に住みこんで、蟻の町のマリアと、その献身が讃えられた。結核を病み、昭和三十三年（一九五八）一月、その蟻の町で亡くなった。享年二十八。

徳永恕は健康で、マスコミに追われる気苦労もたぶんなかった。女学生のときのあだ名が「お父さん」。写真でみても恰幅がいい。ものに動じない人だったそうな。

大正五年（一九一六）、二葉幼稚園は、保育園と看板を改める。すでに実態が乳幼児をあずかり、二百人もの児童があふれる活況だった。同年、新宿南町に分園をひらいた。派遣された五人の保母の、代表が徳永恕、ときに二十九歳。

当時の新宿南町について、保育園側の記録によれば「所謂共同長屋が四百数十戸埋立地に建てられ、二千余名の落伍者が集合し、其惨たる有様は鮫ヶ橋以上とも申すべく、誠に驚くべき状態」そこへのりこんだ徳永恕たちの、獅子奮迅の働きがはじまる。この町には学齢に達しながら未就学の子たちがごろごろいた。そこで小学部も設けた。鮫ヶ橋小学校分教場ができるまでは。

大正大震災には、本園はぶじだが、新宿旭町分園は焼失。すぐに再建された当時の写真をみると、中庭のある本格的な二階建てです。小学部はやめたが学童保育はつづけた。本部と同様に、母子寮も設け、孤児院も兼ねた。でくわす課題につぎつぎにとりくんで、やむなく事業が拡大してゆく。委細は上笙一郎・山崎朋子『光ほのかなれども』を参照されたい。

昭和六年（一九三一）には、五銭食堂をひらいた。不景気の最中で、日雇いの労働者諸君がひょろひょろしている。そこで空き家を借り六畳ほどの土間で、朝食五銭の出血サービスをはじめた。夜学の学生諸君のために夕食が十銭。この夕食の主な客が、府立六中夜間部の生徒たちだった。職場から登校して、校門手前の雷電稲荷通りへかけこんで腹ごしらえができた。教師もよろこんで利用した。卒業式の夜に、そろって感謝の記念品をとどけにきたという。

そうか、おなじ府立中学で、教育方針がちがったのだ。夜間部の諸君は旭町へ立ち入って、むしろお世話になる場所だった。漫画家の加藤芳郎が夜間部の生徒で、東京市立駒込病院の給仕をしていた。私より二つ年上だから昭和十三年の入学か。戦争景気で五銭食堂は役目を終えていただろうが、もしもお世話になった組ならば、徳永恕は日本の戦後漫画界も育成した！　ちなみに、卒業生の同窓会が、昼間部は「朝陽」、夜間部のち定時制は「北斗」という。つい先年、北斗同窓会八十五周年の記念碑が、校門の脇に建てられた。

徳永恕が二葉保育園の園長を、野口幽香からうけ継いだのは昭和六年。昭和十年に財団法人にして、理事長となった。翌十一年には深川に母子寮と託児所を設けた。戦争激化の昭和二十年には、子どもらは強制疎開、空襲により本園と深川が罹災焼失、旭町の分園だけが焼けのこった。

戦後の再建は、旭町分園を中心に、戦災孤児や母子家族の救済にあたり、戦災者や引揚者の面倒もみた。本園は昭和二十五年に保育園、乳児院、母子寮を再建した。代表の徳永恕は、昭和二十九年、東京都名誉都民に推され、同三十七年度の朝日賞（社会奉仕賞）をうけた。賞金はどんどんもらって、事業へ注ぎこんだ。同四十八年（一九七三）一月十一日歿、享年八十五。十九歳で二葉へとびこんで六十六年間、生涯、家をもたず、園児らとともにいた。墓は多磨霊園の23区1種60側にある。

戦後造りの園舎は、やがてガタピシに老朽して、平成十四年（二〇〇二）に全面改築、現在の姿になった。なお旭町分園は調布へ移り、二葉くすのき保育園と、養護施設の二葉学園として活動している。

話をもどす。二葉幼稚園が鮫ヶ橋へきたときの資金はさきに述べたが、土地については、由来記に「四百坪の御料地借用が許され」とある。正確には四百六十六坪を無料で借りた。貧民窟に皇室所有地とは、どういうことか。

切絵図をまたひらいてみる。当園の東の高台には、現に迎賓館と東宮御所があるが、そこは紀伊徳川家の上屋敷で「紀伊殿」と記されている。明治維新で葵が枯れて、菊が栄える皇室所有の離宮となった。明治六年の皇居火災後に、明治天皇はここへ移って、同二十一年まで仮御所とした。このときに周辺を買い増した。西の塀外の坂沿いに、上から下まで町家をとりはらい、風致と防火のための植林をした。坂下の卑湿の地は草ぼうぼうにしておいた。

明治十八年（一八八五）、その高台のほうに華族女学校がつくられ、同二十三年に入れ替わって学習院がくる。同三十二年には初等科の校舎がつくられた。

また、明治二十七年には、中央線の前身の甲武鉄道が、ここにトンネルと高架線の軌道を敷いた。やはり御料地を借りて公共に資したので、御所トンネルと呼んだ。この名はいまも生きているらしい。

そして明治三十九年に、高架線の脇の卑湿の空地を、華族女学校の元保母の二人へ信用貸しにした、という段取りなのですね。ほどなく地所は九百坪にひろがった。高台には学習院初等科、谷底には貧民窟幼稚園、ともに特殊教育施設が、おなじ持ち主の地所内に上下に存在したのでありました。

9

保育園のさきの、高架線をくぐる。

コンクリート壁のJR東日本の掲示板に「鮫ヶ橋通ガード」とある。ははぁ、鮫ヶ橋の地名は、このガードに現役なのだ。中央線の電車は時々刻々、御所をくぐって鮫ヶ橋をまたいでいる。

くぐりぬければ、道の左側が「みなみもと町公園」で、平坦な広場から高台へ急傾斜の林になって、子どもらがましらのように遊んでいる。御料地時代のおもかげを、この林は色濃くのこしているようだ。

公園の裾に、トタン葺きの小祠がある。鉄パイプの鳥居の前に「鮫ヶ橋せきとめ神」の石碑。奥に「四谷鮫河橋地名発祥之所」の石碑。由来をいえば谷丁を蛇行する鮫川の、このあたりの小橋の名が地名の起こりで元鮫河橋町。御料地にとりあげられて湿地にもどり、やがてまた町場へもどって、元町、南町。あわせていまは南元町。道の右側に、社員住宅風のビルがたちならぶ。

鮫川は、ここらで暗渠になり、ゴミ除けの堰を設けた。その堰止められた池のほとりに、忽然とあらわれたのが「咳止め神」の祠で、喘息にも百日咳にも効き目があるぞとうたわれた。いい加減の極致のようだが、語呂あわせさえいのちの祈り。この小祠は呼吸器科で、肺病もひきうけたのであろうなぁ。結核菌も貴賤をとわず一種平等な面があるけれども、明治このかた、軍隊と工場寄宿舎から全国に蔓延して、国民病となった。松谷えがくハモニカ長屋に病臥の人もおそらくご同病だろう。「せきとめ神」の石碑は昭和初年ごろ、「地名発祥之所」の碑は昭和四十年ごろに建てられて、道路整備のたびに移動して、いまはここに寄りあつまっている。

この道は、まっすぐ東宮御所の塀につきあたる。平成十五年（二〇〇三）五月某日、目の前の東宮御所の門がひらいて、幼女を伴う若夫婦があらわれ、この公園に歩み入った。皇太子令嬢愛子一歳半の公園デビューで、居あわせた二葉保育園の保母たちに歓呼の声で迎えられた。おもいもかけぬようでいて、まことにご当地ならではのひとときであったろう。

高架線をくぐって、二葉保育園の前へもどる。

南元保育園の庭は閑散としている。保育園は全国的に不足ながら、少子化と過疎化でところによっては多少余裕があるのだとか。ひきかえて乳児院のほうは、とみに過密状態だとか。

事業内容がちがうのですね。保育園は、共働きなどの家庭の助っ人として子を預かる。乳児院は、ショート・ステイは別にして、あけすけにいえば子育てできない親たちの子を預かる。それが急激にふえて応じきれない。また、ようやく保育士たちと心がかようころ、二歳までの規約により他の施設へ移さねばならぬ。状況に応じた往年の獅子奮迅はいまはむかし、施設も規約も整備されたおかげで現今の福祉施設は、ここにかぎらず、一面で拘束されたうめきを抱いているらしい。

三階建ての一階が乳児院。二階は「ふたばひろば」で地域交流センターの役目。三階は宿舎か。ぬけぬけ受付へ参って覗きこめば、そこらじゅうなめたような清潔さながら、じつはあたらしい貧困との格闘がつづいている。

鬱病とか、記憶喪失とか、多重人格とか、若い母親たちの心をずたずたに引き裂くもの。鮫ヶ橋ならぬ鮫ヶ牙。グローバリズムの経済的発展へ踊り狂ってやまない超大国や追随国という名の鮫ヶ牙、牙！　どこかでなにかが崩壊してゆくうめき声が、この国にだんだんに満ちてゆく。

さて、では、はるか高台の学習院初等科へ、坂をのぼって正門でも拝見しようかと回れ右すると、おや？　植込み垣根の鉄柵の門に「学習院」。門内には倉庫のような白い建物がそびえている。この建物の中はプールで、噂では、秋篠宮家の令嬢たちのために新設したのだとか。御料地このかたの地所はしっかり確保されていて、近年にここまで拡張した。高台からトンネルで通じていて、学習院のいちばんうしろの裏門は、二葉保育園と、道一つでむきあっている。いまやお隣り同士なのでした。

両国ご供養

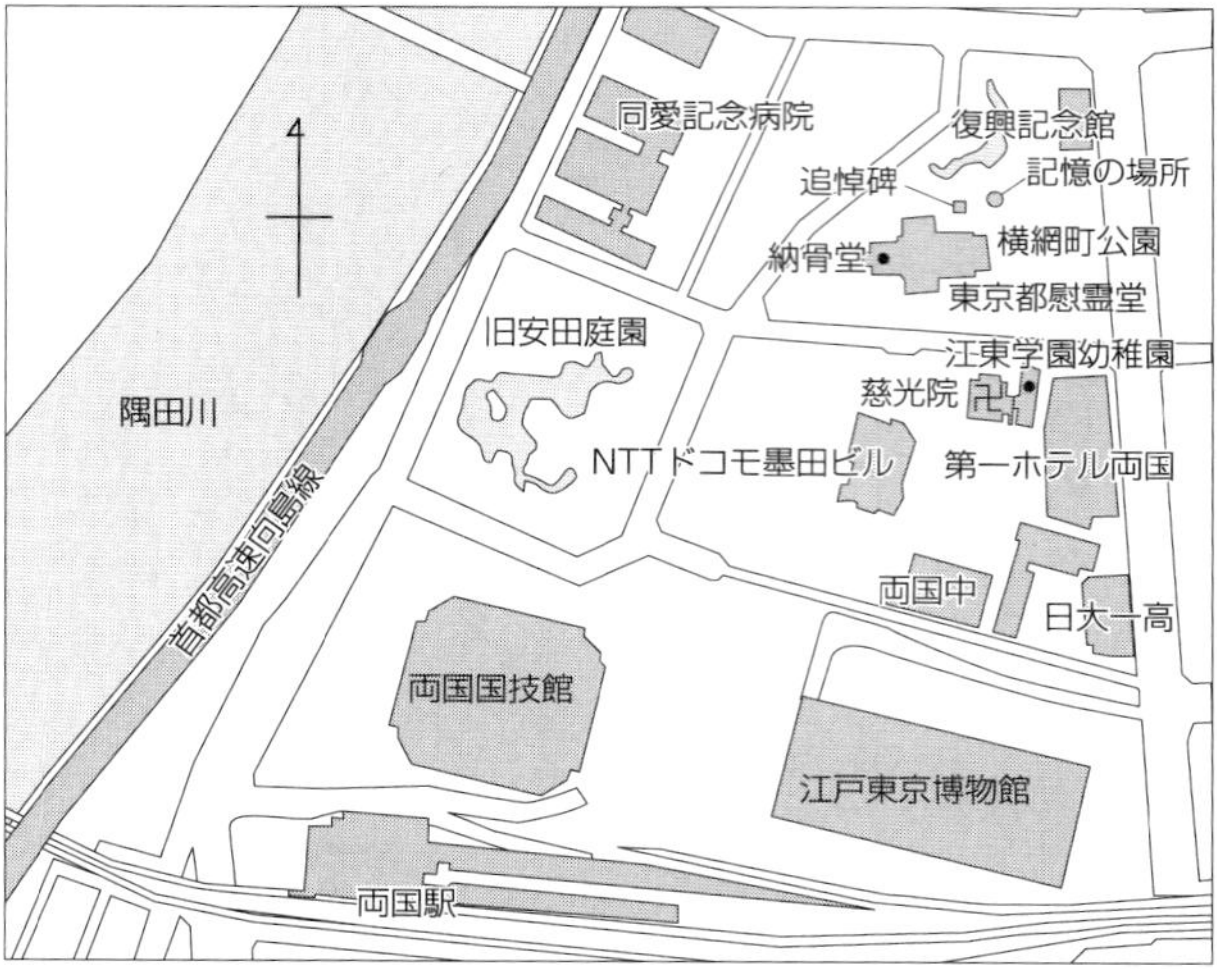

同愛記念病院
復興記念館
追悼碑
記憶の場所
横網町公園
納骨堂
東京都慰霊堂
旧安田庭園
江東学園幼稚園
慈光院
隅田川
NTTドコモ墨田ビル
第一ホテル両国
首都高速向島線
両国中
日大一高
両国国技館
江戸東京博物館
両国駅

1

ＪＲ両国駅のプラットホームから北をみれば、国技館の緑の大屋根が眼のまえです。右隣りに、四本脚の白い建物。巨大な机に白い箱を山ほど積みあげたような。どうしてこんなかっこうを、江戸東京博物館はしているのだろう。

駅舎正面口をでる。初回は南へ、ガードをくぐって回向院へむかった。今回は北へゆきます。すぐ国技館の前にでる。本場所中ならば力士たちの幟がはためくが、いまは深閑としている。

この大屋根は、ふりそそぐ雨を地下槽へ溜める仕組みになっている。防災用水であり、ふだんはトイレの水洗にも使う。非常のさいはしかるべく処理して飲み水にもなるのだとか。ここにかぎらず墨田区は、雨水利用の先進地域なのですね。区役所や学校などにもこのての仕組みがあり、あちこちの横丁には雨水をためるポンプ井戸がある。なづけて路地尊。路地暮らしも尊いんだぞ。いかにも。かずかずの災厄くぐったご当地のこしかたを、こういう仕組みがおのずから語っているのでしょう。

国技館のさきは、旧安田庭園の長い塀で、おりよく裏門がひらいている。回遊式庭園の池は、がんらいは汐入で、隅田川の水をひき入れていたが、いまは人工で干満をつくっている。そのための地下水槽がある。

この庭園は元禄年間に下野足利の殿様の下屋敷としてつくられ、そのご二三所有を転じて、明治二十四年（一八九一）に安田善次郎氏の本邸となった。と、入口の壁の「沿革」に書いてある。北隣りの武家屋敷跡も買いとって、別邸とした。いまの安田学園と同愛病院のところです。

安田善次郎は、越中富山に生まれ、江戸へでて丁稚から身をおこし、幕末維新の変動期に一気に財を成して、金融界の覇者となった。勤倹力行、華美を排し、むだな寄付を嫌い、ために爵位の沙汰もなかった。晩年には、後藤新平の東京改造案に共鳴し援助を約していたけれども、大正十年（一九二一）九月二十八日、暴富をにくむ趣旨の暴漢に刺され、八十四年の生涯を閉じた。犯人はその場で自殺した。

翌十一年、遺志により、本邸は東京市に寄付された。市民に開放の庭園として、一隅に公会堂（本所のち両国）を建てること。また日比谷公会堂・市政会館の建立も、東大講堂の寄付も、安田善次郎の陰徳は歿後に実現した。

一般公開の庭園へ準備中の、大正十二年（一九二三）九月一日午前十一時五十八分に、マグニチュード七・九の大地震襲来、震源は相模湾北部で南関東一円が大揺れに揺れた。あいにく昼飯時で、火災が多発。とりわけ隅田川両岸の下町一帯は、延焼四十二時間におよんで一望の焼け野原となってしまった。東京市の死者総数の過半にあたる三万八千余人が、安田庭園と路ひとつへだてた被服廠《ひふくしよう》跡で焼け死んだ。

なんと、まぁ……。しばし池畔のベンチに腰を据え、ご当地の社会科のおさらいをします。それから被服廠跡へ行ってみよう。

2

『江戸切絵図』の「本所絵図」（尾張屋版、安政二年改正）には、隅田川べりにならぶ大名屋敷の裏側が、大きな三角地の「御竹蔵」となっています。対岸の浅草御米蔵の、アネックスの幕府倉庫だった。御竹蔵とは、竹竿の倉庫ではなくて、たぶん竹藪にかこまれていたのだろう。川べりの太鼓橋をくぐって、汐入の堀をひき入れていた。

維新後は、陸軍省の倉庫となり、やがて軍装工場の被服廠がつくられた。ご近所で育った芥川龍之介の回想記『本所両国』には「僕の小学校時代にはまだ「大溝《おおどぶ》」にかこまれた、雑木林や竹藪の多い封建時代の「お竹倉」だった」とあります。府立第三中学校（現・両国高校）に進学した明治三十八年（一九〇五）のころから、にわかに開発がすすんだ。堀の南側は総武鉄道両国駅の構内になった。

被服廠は、やがて赤羽へ移る。跡地の二万四百余坪（六万七〇〇〇平方メートル）の三角地は、大正十一年三月に東京市と逓信省に払い下げられ、運動場や小学校などをつくるべく、一面の更地になっていた。

そこへがらりと大地震。あちこちの横丁から、住民各位が家財道具をかつぎだす。ご当地は明治このかた、燐寸《マッチ》・メリヤス・皮革・ゴム・石鹸などなど文明開化の百貨製造の工業地となり、働き者の家族たちが密集していた。被服廠跡こそはかっこうの避難場所。警官たちも声をからして誘導し、さしもの広場が家財ごと満員になってしまった。その家財の山が、いっせいに燃えあがる事態となる。

危急のさいは身一つで逃げまくるのが、こんにちでは上策らしく、どのみち家電器具の山に埋もれてリュックぐらいしか担ぎだせまい。当時は事情がちがいます。大江戸このかた町っ子たちはシンプルライフで、ジャンと半鐘が鳴れば布団と鍋釜もちだせばよかった。箪笥だってすぐに三つに分解できた。どのみち借家、焼けだされてもどこかへもぐりこむまでのこと。この日も、体に感じる余震が百二十八回、余震におびえて広場にいるので、おおかたおさまれば家財かついで帰宅する気でいたはずです。

『震災画報』の類の写真をみると、上野駅界隈も、皇居前広場も、家財を積んだ大八車と群衆で埋まっている。私の父母は田村町あたりの借家にいたが、芝公園へ逃げ、そこも同様の満員状態だった由。上野公園、東京駅前、芝公園あたりが焼け止まった境界で、ぶじ息災だった証拠に四年後に私が生まれた。

被服廠跡は、全焼失区域のあいにくまんなかあたりになる。午後四時ごろ、空が暗くなり西から猛烈な旋風が襲った。一度、二度、三度。このとき隅田川の水が三十間（五四メートル）ほどにも巻きあがった。

「隣ニアツタ荷車ハ荷物諸共巻上ゲラレテ遥カナ郵便局ノ屋根ノ上ニ落チタ……何百ト云フ人ガ、丁度小豆ヲ投上ゲタ様ニ空中ニ巻キ上ゲラレテ居タ」。対岸から黒い竜巻が安田邸へ襲うとみるや「場内一面ニ火ノ子ガ振リカカツテ来タ。荷物ハ勿論、着物ニモ燃エツク有様デアツタ。……旋風ノ起ツタ時ノ音ハ実ニ物凄ク、飛行機ノ発動機ノ音ヲ直グ近クデ聞イテ居ルヤウデアツタ。場内ノ人ハ場ノ中央ヲ目掛ケテ集マリ、泣叫ブ声ハマルデ猿ヲイジメタ時ノ泣声ノヤウデ悲惨ナモノデアツタ。コノ騒ギ後一時間余リ経ツタ頃ニハ、今迄泣叫ブ声ハ止ンデ静ニナツテ了ツタ。其時ハ未ダ熱クテ堪ヘ難カツタ。一寸頭ヲ擡ゲテ四方ヲ見ルト、亀澤町方面ハ一面ノ火ノ海トナツテ居テ、安田邸ノ方モ盛ニ燃エテ居タ」。やがて火勢が弱まり、午後八時ごろにはしずまったが、まだ対岸では非常な勢いで炎上延焼していた。

以上、宇佐美龍夫『東京地震地図』(新潮選書)より。現場の遭難者からの聞きとり記録です。明暦大火時の西本願寺前の惨劇が、桁はずれの規模で再現した。三万八千余人が折り重なって死んだなかで、四百人ほど生きのこった。地震で水道管がこわれて、広場は浸水していた。その水に浸かって、押しつぶされもしなかった強運児が一パーセントはいたのでした。

被服廠跡と道一本へだてた旧安田邸も、別邸も、全焼した。別邸居住の安田家一族はほぼ焼死。樹木は八方に倒れ、または飛来したトタン板が布きれのように巻きつかいた。汐入の池で死んだ人々も、生きのびた人々もいた。芥川龍之介の妻の親戚は一家九人のうち生きのこったのが息子一人で「火の粉を防ぐために戸板をかざして立っていたのを旋風のために巻き上げられ、安田家の庭の池の側へ落ちてどうにか息を吹き返した」(『本所両国』)。こういう人もいた。

『帝都大震火災系統地図』が大正十二年末に発行された。東京帝国大学罹災者情報局調査、東京日日新聞社、大阪毎日新聞社発売。焼失地域が赤線でかこまれ、火元は赤丸、風向きは矢印、延焼日時で色分けされ、死体累積地に概数が記されていて、大略がつかめる。浅草観音、神田佐久間町など、ふしぎに焼けのこったところも一目でわかる。復刻版が江戸東京博物館の売店にあります。

死体の数は、被服廠跡に三万四千五百、旧安田邸に五百とある。本所横川橋に二千五百、本所竪川橋に六千、新大橋に一千、永代橋下の川中に三千、橋上に二百と、千を超える数字は東岸に多く、やはり水を求めて殺到している。西岸では新吉原弁天池に六百、江戸橋つまり当時の魚河岸に四百、とあるのが大きな数字だが、浅草田中町の三百六十は、のちの記録では千人を超えた。どこもおおかた数をふやした。

被服廠跡の惨劇の、多々ある記録の一、二を拾えば。

田山花袋は、九月五日に隅田川東岸を歩いた。向島から両国へ、架線の垂れる電車道に、だんだん死骸がふえて、跨いでゆく。「私は日露戦争に行って、死屍は沢山に見て知っているので、それほど無気味にも思わなかったけれども、それでもその醜悪な状態と腐りかけた臭気とには辟易した。……びっくりした。そこには黒焦げになった人間の頭顱《とうろ》が、まるで炭団《たどん》でも積み重ねたかのように際限なく重り合っているではないか。あ、これだな、これが被服廠だな！」写真機をかかえて中へ踏みこんでゆく者も沢山にいたけれども、自分は堪えがたく通り過ぎた。以上『東京震災記』より。

大曲駒村『東京灰燼記』はもっぱら隅田川西岸の視察記で、東岸は新聞記事をならべるのみ。そこでその「都新聞」九月八日号の記事によれば。

車で両国橋を渡ると、そのさきは一面の焼け野原で「京橋、日本橋等と違って、ホッタテ小屋の工事に取りかかったものはてんでなく、只もうウロウロと焼跡の灰を掻いて居るものが三々五々群れているばかり」。西岸では、焼け止まるやいなや、バラックが建ちはじめた。露店もならび、人や車の往来もさかんだった。東岸は、それどころでなかったことがわかります。被災度の東西の差が、安政地震と同様だった。やがて行く手に「物凄い様な人だかりが往来を塞いで了っている」。被服廠跡に見物人が殺到していた。「四尺ばかりの溝の上にずらりと死体が折重なって、其中を一歩這入ると、足の入れ場もない位……多分四方から火に囲まれて、中心に中心にと押して来たのだろう、恰度真ン中と覚しい処は高さ一間半（三メートル弱）ばかりに押合い、へし合いの死体が山を成して居る」。云々。

記録写真には、全身黒こげの山と、半裸の死体の累々とがある。酸欠の窒息死も多かったのでしょう。旋風で着物をはぎとられてもいた。晩夏の盛り、腐臭のなかであと始末の従事者たちは、それでも数をかぞえたのだ。三万八千十五体と。さらに、近在からもトラックでどんどん運びこまれて四万九千八百二十一体に増えてしまった。と、吉村昭『関東大震災』にある。

この場で火葬を、五日からはじめて、重油焼却炉を急造し十日間かかった。積みあげた骨灰がまた三メートルを超えた。その山をかこんで僧侶が回向し、人々が合掌している様子などが、絵はがきになった。

少年時、その絵はがきがわが家にありました。『震災画報』もあった。小学校ではたびたび退避訓練をした。いったん机の下へもぐりこみ、最初の激震をやりすごした想定で、廊下へでる。右手を前へ、左手を右肘にあて、間合いをとって校庭へでる。桑原甲子雄写真集『東京昭和十一年』に、下谷小学校での、その訓練風景がある。すくなくも下町の小学校では一様にやっていた証拠写真です。夏休みに鎌倉へ避暑にいくと、夜の浜辺の映画会に、かならず地震心得の一巻があった。木造家屋は一階がつぶれるから二階で頭を抱えていたほうがよい、という様子が動画風に描かれていた。

それから……。

つまり、大地震の後遺症の日ごろであった。そもそも小学校も、通学の街並も、わが家さえも、震災復興の記念物ではあって、それらにとりかこまれて生まれ育ってきたのだなぁ。

3

九月二日の余震は九十六回。そのさなかに、後藤新平が内務大臣になる。一週間ほど前に加藤友三郎首相が病歿して、山本権兵衛首班の新内閣が内定したところへ大地震なのでした。

後藤新平については再々述べてきているが、やはり結びにまとめておこう。彼は帝都復興院を設け、総裁を兼務した。さきに大正九年（一九二〇）に東京市長となったときに、予算八億円の首都改造計画をつくった。あまりに遅れた東京の近代化のために。構想遠大、現実は遅々。そこへドンガラリときて一面の更地。あつらえむきになったあんばいでもあり、後藤は四十億円の復興案を打ちだす。焦土を全部一坪百円でいったん国が買いあげる構想だったが、ときの国家予算が十五億円程度だから、大日本帝国を三つ面倒みるほどのものだ。てきめんに大風呂敷と叩きに叩かれしぼんでしまった。

というのは有名な話だけれども。さらに歳末の十二月二十七日には、議会開院式におもむく摂政（のちの昭和天皇）を、難波大助が狙撃する虎ノ門事件が勃発して、山本内閣は総辞職。後藤も退場を余儀なくされる。復興予算は、地主の代議士連中の猛反発で削りに削られ、翌十三年二月には復興院を廃止、内務省復興局へと縮小される。さんざんなていたらくだが、事業そのものは一般的には支持されて、次善の区画整理はかなり進んだ。昭和五年（一九三〇）三月には、天皇臨席の帝都復興祭式典が宮城前広場で催された。

その席に、後藤新平はいなかった。前年の四月十三日に脳溢血で亡くなり、享年七十一。当時この国の要路にこの人がいて、英才の部下たちが結集し継承したことを、何度でも感謝しないではいられない。道路も、橋も、公園も、余慶は、こんにちへ未来へとおよんでいるのですから。

私は昭和九年（一九三四）に京橋区の泰明小学校に入学した。鉄筋三階建ての全館スチーム暖房で、冬場はその上に弁当箱をならべておくと、毎日ほかほか弁当が食べられた。便所は水洗、屋上に藤棚、校庭が全面コンクリートで、ころぶと膝をすりむくが、衛生室へいけばヨードチンキを塗ってくれる。おおかたは唾で治した。隣接の小公園があって、災害時には近在の避難場所になりうる施設の小学校が、町々につくられたのだ。中学校へ進学すると、石炭ストーブ暖房だった。戦後の物資窮乏期に大学へ入ると、冬場は教室でもオーバーを着たまま。中学校も大学もとうのむかしに建て替わった。小学校の六年間こそが黄金期で、その校舎は、いまも健在なのでありますよ。

モダン東京は、総じてはなお貧しかった。八階建てのデパートの、屋上からみおろせば一望トタン屋根の波。表側だけ本建築風にみせかけた木造家屋は、後世「看板建築」と珍重されたが。しかし八階のビルたちは、やがて街並が肩をならべ、下水道が市中に根を張ることを予測していたのだろう。昭和通りはひろすぎて、渡るのがこわいほどだったが、すでにそのように路は通じた。着々と推しすすめればよかったはずだ。


外国からも支援がドッと到来した。食糧、燃料、医療品などが輸送船や軍艦で運びこまれた。一国の首都壊滅のニュースが世界を走り、われらの日本がこんなに万国の同情をいただいたのは、たぶん空前で、目下は絶後ですね。アメリカの救援が列国を桁はずれに抜いて、義捐金が邦貨換算六千八百六十万円。復興予算の一割にあたった。この厚き同情と友愛を、永遠に記念するべく救療病院を、災害激甚の地に建てよう、ということで誕生したのが、同愛記念病院です。義捐金のうちの七百万円を投じて、昭和四年（一九二九）に全館完成、診療を開始した。と病院の「沿革」に書いてある。

隅田川べりの三階建ての病院全景が、水上バスからよくみえた。被服廠跡は北側が横網町公園となって、震災記念堂が建つ。その三重の塔と、同愛病院はセットの光景で、これも絵はがきになった。

この気前のいい友愛の国を相手に、十八年後に戦争へ突入しようとは！　緒戦のパンチが効いたぶんだけこてんぱんに叩きかえされ、昭和二十年（一九四五）三月十日の大空襲で隅田川両岸は、またも地平線まで一望の焦土となる。そのなかに同愛病院と震災記念堂と両国駅の一帯が、ぽっかり焼けのこった。ここらへ逃げこんだ人々は、こんどこそ助かったのでした。

八月十五日に敗戦。同愛病院は接収され、占領軍用の病院になった。アメリカ国民のお金でつくった病院につき、よほど居心地がよかったのか、昭和二十六年の対日平和条約の締結後もなおそのまま。築地の聖路加病院とおなじく昭和三十年にやっと返還されて、日本人むけの診療を十年ぶりに再開した。そして地域の医療の中心的施設として、こんにちにいたる。

昭和五十一年（一九七六）には九階建ての新病棟を建てた。改築は順にすすんで、アメリカ風の外階段つきの三階病棟は先年ついに姿を消したが。この白亜の九階は、一九二〇年代の国際的な同情と友愛の、いまなお記念碑であるだろう。

復興は急ピッチに、モダン東京が生まれつつあった。丸の内はビル街に、銀座は八丁に、浅草に六区の劇場街、新宿にはムーランルージュの、大衆文化勃興の時代。後藤新平の大風呂敷を、国際友愛の紐でむすんで、近代都市の構築へと進んでゆくならば、この国は百年の泰平の道をあゆんだのかもしれなかった。明暦大火をのりこえた徳川幕府のように。

現実は、安政地震のあとの幕府に似た。関東大震災から二十二年後にモダン東京はまた灰になる。国中の主要都市が、京都奈良などを除いてあらかた灰燼となって、大日本帝国は瓦解する。その後は日本国と容姿をあらため、新憲法のもとに新政体となった。

どうして明暦後とならずに安政後になったのか。先には立たないにしても、しっかり後で悔やむべきだろう。ここに模範例がある。

昭和五十八年（一九八三）の関東大震災六十周年にあたり、昭和天皇はこう語った。
「震災のいろいろな体験はありますが、ひと言だけ言っておきたいのは、復興に当たって後藤新平が非常に膨大な計画を立てたが、もし、実行されていたら、東京の戦災は非常に軽かったんじゃないかと思って、今さら後藤新平のあの時の計画が実行されないことを非常に残念に思っています。」

右は小沢健志編『写真で見る関東大震災』（ちくま文庫）中の、越澤明「関東大震災と都市計画」から引用している。震災当時は二十二歳で、病弱な父大正天皇に代わって摂政をしていた。以来、激動の時流にもみくちゃになって、国民とともに苦労してきた。という印象で昭和天皇は人気がある。右も一センテンスに「非常に」を三つも使って、語彙はゆたかでもなさそうなこの人の心情が、惻々と伝わる。

たとえば昭和通りは、新橋から三ノ輪まで道幅二十四間（四四メートル）で南北に一六キロをつらぬいていて、これがけっこう空襲にツヨかった。下町でふしぎに焼けのこった町は、木挽町の半分から明石町へかけて、日本橋本町から人形町へかけての一帯に、鳥越、竹町、稲荷町、神吉町、入谷、三ノ輪と、昭和通りの沿道に多いのだ。当初案は六十間（一〇九メートル）幅だったとも聞くが、それなら一段と有効だったろう。だから右のお言葉には、心情的に共鳴するけれども、論理的には矛盾でしょうね。後藤新平の先見の明と肩が組める政府と議会であったならば、無惨骨灰の大戦争へ、どうして突入したもんだろう。

昭和六年（一九三一）に満州事変、翌七年満州建国、翌八年に国際連盟を脱退して、同年九月に第一回関東地方防空大演習がはじまった。市民各位はバケツリレーや手押しポンプのママゴト演習に、以来何年にも駆りだされた。桑原甲子雄『東京昭和十一年』に、はりきり顔の警防団や、うんざり顔の主婦たちの証拠写真が何枚かある。せっかく大震災をくぐってきていながらねぇ。

いや、じつは、あの町会ごとの警防団のご活躍は、震災からむしろストレートにつづいていたのではなかったか?

右はひとまず宿題にして、腰をあげよう。旧安田庭園をあとにして、表門をでると、四つ辻の筋むこうが、横網町公園です。

4

横網町公園が、ふだんとはうって変わった混みようだ。さすがにね。本日は平成二十一年(二〇〇九)三月十日。かの東京大空襲から六十四年目の記念日で、おだやかに晴れあがった気温十八度の真昼時です。

東京都慰霊堂では、本堂正面に銀杏マークの紫の幔幕を張り、春季慰霊大法要が、例年午前中にいとなまれる。宮様と東京都知事の出席が恒例という。今年は三笠宮、昨年は高円宮。堂内入場には制限があるし、目つきのするどい背広の人々が随所にたたずんでいるし。終わって貴賓がお帰りのころあいにくれば、自由に堂内へ入れます。祭壇正面に、主催の東京都慰霊協会と、寛仁親王の献花がとりわけ高く、以下、総理大臣、衆参両院議長、都知事などの献花がならぶ。午前の法要は神式らしいが、午後は地元の本所仏教会の各宗合同の法要となる。ひきもきらない参拝者は中高年が圧倒的だ。まざりあって焼香合掌し、空いた椅子に腰をおろし、香煙たなびく堂内をみまわす。左右の列柱のあいだに近在の町会の花輪がずらり。日本相撲協会の花輪もある。

被服廠跡は六万七〇〇〇平方メートル、横網町公園は二万平方メートル弱。大正十二年の惨劇の三角地の、北側三分の一ほどを公園にしたわけで、ここに震災記念堂が建立されたのが昭和五年（一九三〇）九月。神社のような仏閣のような教会のような、折衷的な建物というが、まぁ、瓦屋根のお寺風の講堂で、公園が境内にあたります。本堂と背中合わせに、三重の塔をいただく納骨堂をつくり、約五万八千体の遺骨を納めた。

その震災記念堂が、戦後の昭和二十六年（一九五一）九月に、東京都慰霊堂と改称された。なぜならば。

戦争末期のひんぱんな東京空襲は、昭和十九年（一九四四）十一月二十四日このかた百十一回、罹災者三百万、死者十一万余と、ざっと一口に言いますが。最大は昭和二十年三月十日、計三百二十五機のＢ29大編隊が襲来し、わずか一夜で焼失家屋二十七万戸、罹災者百万、死者推定九万、負傷四万。その無量の死者たちを、公園や墓地や寺社など市中約七十カ所に仮埋葬した。

私は大空襲の二日後に、焼跡見物にゆき、その運搬中を目撃しました。東神田あたりの架線の落ちた電車道で、両国方面からくるトラックたちの荷台に黒焦げ死体がずらりとならべてあった。焦土から警防団が死骸を掘りだしてもいた。あのとき両国橋方面を注視すれば、同愛病院から両国駅まで奇蹟的にぶじでいるのが望見できたのではないか。すすんで橋をわたればいいのに、タジタジとなって逃げ帰った。勤労動員で工場通いの、腹ぺこの中学生でした。

大編隊の襲来は、四月にも、五月にもあり、山の手もやられて東京中に焦土がひろがる。死者は四月に三千、五月に四千。そして敗戦。やがて仮埋葬の亡骸を、順に掘りかえして荼毘に付し、昭和二十六年よりこの納骨堂におさめた。

震災五万八千体。戦災十万五千体。二十二年をへだてて、おなじ東京の巷に散った無量の骨たちをまとめて弔うところ、すなわち東京都慰霊堂。

すっからかんの敗戦期ゆえ、戦災が震災に間借りするのも、このさいやむをえないにせよ、やはり釈然としない。天災と人災が一緒くたとはなにごとぞ。というのが、おおかたのご感想だったはずです。私もその一人です。時到らば戦災は戦災としてだんぜん別に弔うべき、と念じながら幾星霜。

そのうちに、天下の様相が変わってきましたね。進歩する人類は、いよいよ剣呑になるばかりで、いまや天災といえども、地震雷台風洪水原発、かぎりなく人災へちかづいているではないですか。

東京都慰霊堂が、九月一日と、三月十日を大祭とするのは、理があるぞ。

堂外へでる。境内の諸処に行列ができている。本堂の背後の納骨堂が、ふだん閉じきりの扉を八文字にひらいて、参拝の列が南門にとどきそう。その尻にならびました。戸口に賽銭箱と供物台が置かれ、人々は順に礼拝してゆくが、脇で覗けるかぎりを拝観する。まっすぐ奥へ通路が一本、その左右に、六段の大棚が二列ずつ。棚ごとに角形の骨壺。艶のある白磁製で、灯油缶をやや小ぶりにした大きさです。通路の奥は、別室風に床が上がって、つきあたりの四段の棚に同型の壺がきっちりとならんでいる。左右の袖にも同様の棚がある様子。

奥が震災、手前が戦災のお骨で、地域別に壺に納めてある由。震災がざっと二百五十壺、戦災が四百五十壺とうけたまわるが、さては奥の棚のおおかたが、ここ被服廠跡で焼かれたお骨だろう。手前の棚の壺たちは、七十余の仮埋葬の地域別か。一段に前後十個ほどはならぶと推定して、二十壺×六段×四棚＝四百八十で、じゅうぶんおさまる。

しつこく拝観するうちに、なお推察がついてくる。そもそもは奥の部屋が納骨室で、手前は礼拝供養の場だったのだな。そこへ目一杯に棚を設けて、この形にした。これで満杯だ。こののち東京がまた震災や空襲をくらっても、われら都民の骨が入るスペースは、もうありませんよ。

供花は二つのバケツに満杯で、供物台には、ペットボトルの水、お茶、ジュース、バナナ、みかん、煙草などが、ぎっしり積まれている。母親に伴われた幼児が、背のびして飴の袋をのせた。家族連れがそこらのコンビニで買ってきたものを、曾《ひい》おじいちゃん、おばあちゃんなど眷属縁者のお骨にお裾分けして、本日この公園でピクニックの風情ともみえます。

六十四年前に東神田の路上でおみかけした、トラックで運搬中のあのまっ黒焦げのみなさま方の骨片も、この手前の棚の、どこかの壺に納まっているのではあるまいか。そう信じよう。おひさしぶりです、その節はどうも。合掌。

本堂正面にもどる。むかって左の、二張りのテントに人々が群れている。お塔婆受付所だ。一枚千円のお塔婆は通常の塔婆のミニチュアで、ふだんの日には祭壇に二段重ねに供えてある。園内の東京慰霊協会事務所で年中受付けているのだけれど、さすがこの日の、さすがは本場。あの六十四年前の酸鼻の死者たちへ回向のこころの残党たちが、子、孫、曾孫、地縁、遠縁、無縁もふくめて、まだまだこんなに健在なんだ！

本堂の右手に、先年、新たなモニュメントができた。そこにもながい行列があるので尻にならぶ。地面に大きな擂り鉢風の凹みをつくり、まん中の円い池を要に、手前の半円は階段状に下り、向かい半円は外野スタンド風に高まって一面の花壇になっている。花壇中央の狭い扉が、本日は開いて、ふだんは池に沈んでいる通路が、水を引いてあらわれている。花壇の下に部屋があり、戦災死者の名簿が納めてある。そこへ人数をくぎって順に出入りしているのでした。かたわらのステンレス製の案内板に「東京空襲犠牲者を追悼し平和を祈念する碑」とあり、作者は彫刻家の土屋公雄、題して「記憶の場所」。平成十三年（二〇〇一）三月の建立でした。

納骨堂の四百五十壺のお骨たちは、入りまじってだれがだれともわからないが、名前は名前でこちらにある仕組みなのだ。この作成は、遺族の申告に依るほかはなく、その縁者たちも歳月とともに消えてゆく。空襲から五十四年目の、もはや瀬戸際の平成十一年（一九九九）度から東京都は、やっとこの事業に着手した。すると、みよ、全国的にどっと申告が集まったのでありますよ。いつか本所の町会長が言っていた。「このあたりも、戦前からの家は一割もないね、五分はあるよ」ちりぢりに住み代わるとも、生きるかぎりは忘れめや。氏名、享年、死亡推定場所、その年月日を記載しえた数が七万八千名を超えた。

順番がきたので、池をわたって入ると、円弧の通路とガラス張りの戸棚があり、戸棚に名簿が、うやうやしくならんでいる。名簿は濃紺の布装の表紙に「東京空襲犠牲者名簿　第×巻」と縦書きの金箔押し。電話帳ほどの厚みで、一冊に約二千五百名が記録されている由。第一巻から第三十四巻まで。あとまだ五巻分ほどのスペースはあるが、そろそろ打ち止めかもしれません。一家全滅や種々の事情をおもえば、名簿の人数は、納骨堂のお骨の量に届かぬ道理で、よくぞ七割五分がた記録しえたというべきか。ここを公開するのは設立六年目の平成十九年からで、ごく最近の行事なのです。その年の名簿記載数が七万八千九十名。翌二十年度が七万八千四百四十名。そして平成二十一年三月現在で七万八千八百六十八名。年に四百名前後はふえていますが。

それにしても、この窓のない通路の圧迫感は、防空壕のイメージだなぁ……。外へでて、深呼吸をする。脇のテントにも行列ができている。申告した故人の名が第何巻にのっているかを知りたい人々で、東京都慰霊協会のおそらくボランティアの係員がパソコンにむかい、内蔵の帳簿を繰って応えているのでした。いかにも、縁者の名がおさまる巻の前でこそ、手を合わせたいのが人情でしょう。

沖縄の摩文仁の丘には「平和の礎《いしじ》」という石碑群があり、沖縄戦の死者二十四万人の名がきざまれているとか。海をみはらす丘にあるのが、かっこういい。東京だって、隅田公園の土手あたりに延々と屛風のように立てまわすのはいかがであろう。その碑のすきまにホームレス各位がお住まいになるのも、いっそ風情を添えるだろう。

くらべてこのモニュメントの、なんとささやかなことだろう。だが待てよ。なんで空襲を記憶する場所か。この擂り鉢状の凹みは、爆弾投下でできた穴ぼこのイメージだな。すさまじい爆弾痕と、役にもたたぬ防空壕の姿を、白日のもとに表現してのけて「記憶の場所」。うーむ、これはこれでおみごとだぞ。

扇状の花壇は、くるたびにデザインを変えている。小学生から募集した図画をもとに、四季おりおりに植えこんでいるのだとか。東京都の生活文化課あたりが、しゃれた仕事をしているのでした。

5

「記憶の場所」の左隣りには、樹陰に大きな石碑が立つ。

みあげる碑面に行書体で「焼けて直ぐ芽ぐむちからや棕櫚の露」、「青嵐」の署名と落款まできざまれている。震災時の東京市長永田秀次郎の俳号です。永田は、後藤新平の懐刀として復興事業をすすめ、二期目の昭和七年には、十五区から三十五区へ大東京市をつくりあげた。昭和十八年歿、享年六十七。震災復興の活力をうたった代表作で、句碑にしてはものものしいが、大震災三十周年と歿後十年の、昭和二十八年（一九五三）九月に建立された顕彰碑でした。

その左隣りの植込みのなかに、横長の石碑が立つ。白い花崗岩が支える黒石に横書きで「追悼」と大きな二文字。その下に「関東大震災朝鮮人犠牲者」とある。かたわらの碑記を読む。

「一九二三年九月発生した関東大震災の混乱のなかで、あやまった策動と流言蜚語のため六千余名にのぼる朝鮮人が尊い生命を奪われました。私たちは、震災五十周年をむかえ、朝鮮人犠牲者を心から追悼します。この事件の真実を識ることは不幸な歴史をくりかえさず、民族差別を無くし、人権を尊重し、善隣友好と平和の大道を拓く礎となると信じます。思想、信条の相違を越えて、この碑の建立に寄せられた日本人の誠意と献身が、日本と朝鮮両民族の永遠の親善の力となることを期待します。

一九七三年九月　関東大震災朝鮮人犠牲者追悼行事実行委員会」

堅苦しいが、気をくばった苦心の文面というべきか。震災から半世紀にしてようやく現前した、これは画期的な碑なのでした。碑前に献花数束、果物やマッコリの瓶もある。本日の雑踏のかたわらで、この植込みのなかはやや控えめだが、いまは三月、この碑は九月が本番ですから。

震災は、流言蜚語を生んだ。朝鮮人が諸方に火を放ち、井戸に毒を投げこんでるぞ、火薬庫が襲撃されるぞ、大挙して攻めよせてきたぞ。流言は災害激甚の横浜に発して、たちまち東京へとどいた。または諸処に生じて、ひんぱんな余震とともに増幅した。警視庁はただちに要人警護に走り、町々村々に自警団が生まれて、朝鮮人狩りがはじまった。

軍は近県の軍隊にも出動を命じた。習志野騎兵連隊の見習士官越中谷利一の回想記（一九六三年）によれば、緊急出動は九月二日正午前、実弾六十発の戦時武装で千葉街道を疾駆して、午後二時ごろ亀戸に着くや、列車改めをはじめた。「どの列車も超満員で、機関車に積まれてある石炭の上まで蠅のように群がりたかっていたが、その中にまじっている朝鮮人はみなひきずり下ろされた。そして直ちに白刃と銃剣下に次々と倒れていった。日本人避難民の中からは嵐のように湧きおこる万才歓呼の声――国賊！　朝鮮人はみな殺しにしろ！　ぼくたちの連隊は、これを劈頭の血祭りにして、その日の夕方から夜にかけて本格的な朝鮮人狩りをやり出した。」

両国、錦糸町は焼け、火難のおよばぬ亀戸駅へ避難民が殺到していた。そこへいきなりこの事態だ。引用は『現代史資料6・関東大震災と朝鮮人』（みすず書房）より。

戒厳令が、九月二日午後六時に東京市と周辺五郡に施行され、翌三日に東京府と神奈川県に、四日には千葉県と埼玉県へと拡大した。再三警告を発した。「不逞団体蜂起の事実を誇大に流言し、かえって紛乱を増加するの不利を招かざること」誰何検問は憲兵と警官がおこなうので「地方自警団および一般人民は武器または凶器の携帯を許さず」。

不逞団体、すなわち朝鮮人と社会主義者の蜂起は事実だと、戒厳司令官が布告している。流言を保証した警告なんて、煽動そのものではないですか。

社会主義者狩りが同時にはじまり、これも亀戸がひどかった。工場街が郡部へのびるにつれて、労働運動もいきいきとひろがる。その南葛飾郡の労働組合の平沢計七、川合義虎たち幹部十名が、かねて衝突していた亀戸署に検束され、殺された。全裸で首を切られた数体が、地に放置された写真がある。

軍隊や自警団に追われて、警察へ逃げこむ朝鮮人も、警察にぶちこまれていて助かった社会主義者もいた。殺す警察も、保護する警察もあって、そのてんやわんやの一端を、鈴木茂三郎『ある社会主義者の半生』（一九五八年）によれば、「南葛労組の指導者として起居をともにしていた黒田寿男は……震災の日の前夜、腸チフスで入院していたため、千葉騎兵連隊の刺殺からまぬがれた。浅沼稲次郎や稲村順三や北原竜雄や森崎源吉やなどは近衛騎兵連隊の営倉から移されて淀橋警察戸塚分署に留置されていたので、これも命拾いをした。」戦前戦後の労働運動の指導者たちのスリリングな受難史です。南葛《なんかつ》といえばのちのちまで、労働者魂と同義語の誇らかなひびきがあった。

一九一七年の十月革命から六年目、帝政ロシアを打倒したソビエト連邦の社会主義に、いかに権力者側の畏怖がつよかったか。

九月十六日、アナーキストの大杉栄と伊藤野枝と甥の六歳の橘宗一が、憲兵大尉甘粕正彦らに殺される。遺体は東京憲兵隊の古井戸に投げこまれた。ほどなく露見して、甘粕大尉は軍法会議にかけられ、懲役十年で決着する。三年後に仮釈放、大陸へ渡り満州国の要人として活躍する。敗戦で満州国の解体をみて甘粕はピストル自殺した。大杉殺しの二十二年後だった。

甘粕は、ともあれ裁判にかかったためずらしい例だ。極度の混乱中の事件は、騎兵連隊から亀戸署から自警団から、なしくずしに戒厳令下の正当行為とされた。この間に虐殺された朝鮮人たちのなかには、中国人も日本人もまざったようで、疑われたら運の尽きらしかった。小さなエピソードを。

千駄ヶ谷居住の建築家伊藤氏の末子圀夫《くにお》（十九歳）は、親戚の近衛の連隊長から、軍は多摩川べりに散開して神奈川方面から襲来の朝鮮人集団と交戦中という情報を聞き、登山杖をもって警備にでた。中央線の土手にのぼると、うしろから「鮮人だ、鮮人だ」と叫ぶ声。その方へ駆けてゆくと、いきなりガンと腰を打たれて、狙われているのは自分だった。むらがり寄る自警団の提灯にとりまかれ、ふてえ野郎だ、叩っ殺すぞ、と口々に罵られる。早稲田大学の学生証をみせても駄目、アイウエオと、教育勅語を暗誦させられ、歴代天皇の名が詰まりかけたところで「なぁんだ、伊藤さんの坊っちゃんだよ」と保証する人があらわれて、虎口を脱した。以来、彼はみずからを千駄ヶ谷のコレヤン（朝鮮人）、千田是也となのって生涯を通した。以上の諸引用は今井清一編著『日本の百年6・震災にゆらぐ』（ちくま学芸文庫）より。

自警団には女も子供も加わった。大杉栄も自宅の町内の夜警にステッキもって参加していた。そういう地域のつきあいで、在郷軍人がリードした。

千田是也は大柄で姿勢がよく、話しぶりにやや舌の長い感じがあった。このときも衆人から一頭地を抜いていたのだろう。日本男子は大江戸このかた平均的に短軀になってしまっていた。私が若いころの戦後もなお、朝鮮人の友人たちのほうがおおむね丈高かった。ちかごろやっと互角になってきたようだ。

このとき東京の新聞は発行不能で、ラジオもなかった。とはいえ発行可能な地域の新聞は不逞団体蜂起の「事実」を伝えた。東京放送局の放送開始は大正十四年七月で、二年早ければやはりご同様だったのではなかろうか。情報機能の向上そのものは、流言力の飛躍的向上にもつながるだろう。朝鮮人蜂起の報を、どうして人々は即座に事実とうけとめたのか。上下心を一にして。

明治四十三年（一九一〇）八月二十九日、日本は韓国を併合した。この「併合」を、韓国では「強占」という由。日清戦争、日露戦争につづく武力制圧だ。日本は開国このかた、列強諸国の植民地分捕りごっこを懸命に防御したあげくに、いっそ分捕る側へまわることにした。脱亜入欧。強盗どもへの仲間入りだから、強盗同士で衝突する運命もここにひらけた。

日清戦争直後からロシアが干渉して韓国へ手を伸ばす。そのロシア寄りの皇后閔妃を、日本軍守備隊が王宮へ乱入して殺害した。国際問題にはなったが、日本は張本人の三浦梧楼公使たちをよびもどし証拠不十分で無罪とした。皇后は殺され損だった。日露戦争後は、大陸進出を国是に、朝鮮半島の資源も労働力も産業も、いよいよ収奪にかかる。

「併合」十年目の大正八年（一九一九）三月一日、太極旗かかげた「大韓独立万歳！」のデモ行進が、京城《ソウル》と平壌《ピョンヤン》の街頭にあふれた。半島全土へひろまった。すなわち三・一独立運動。「強占」された民族の、悲憤のエネルギーでしょう。

軍隊は、デモの隊列へ銃撃をあびせ、「暴動」を徹底的に鎮圧した。三カ月かかった。憲兵隊資料ではこの間の朝鮮人の死亡者は五百余人、韓国側の記録では七千五百余人。くわしくは『日韓歴史共通教材・日韓交流の歴史』（明石書店）をご覧ください。

わが家の画報には、この記録写真もありました。「首謀の不逞鮮人たち」を吊し首にして、ずらずらぶらさげ、日本兵が着剣の銃をかまえている。あれは三・一運動より後にもつづいた「暴動」鎮圧の写真だったのかもしれないが、あのころはニュースの寿命がながくて、画報がさしずめテレビ代わり。たいていの家庭にころがっていたはずです。

日本になびかぬ朝鮮人は、皇后から人民まで、いくらでも殺してかまわないらしかった。しかも彼らは、みせしめにも懲りずに「暴動」をくりかえす。その怖れを、権力者から一般庶民まで、日本人は共有していたのでありますね。日ごろの無法と蔑視のぶんだけ、お返しへの恐怖が、憎悪となる。

三・一運動から四年半後、「強占」屈辱記念日の八月二十九日の三日後の関東大震災！　朝鮮人どもが三原山の火口へ爆弾投げこんで大地震を起こしたのだ、という類の妄説さえ、羽根が生えて流布したという。植民地をもつ民族は、こんなにまでも堕落する。

日本にはむかう輩はぶち殺せ。戒厳令は十一月なかばに解除になるが、この戒厳令的状況が、その後は海外へ輸出されてゆく。満州へ、中国へ。柳条湖の爆破。盧溝橋の一発。

内地では、自警団の活動が、愛郷的行動として肯定された。そしてそれが警防団へ、たびたびの防空演習から、防諜へ、非国民監視の日常活動へと、つながったのでありますなぁ。憲兵まがいの黒襟の制服まで着こんじゃって、在郷軍人たちが幹部だった。こうして震災から二十二年目の敗戦へ。やっぱり一筋道だったんだ。

「記憶の場所」の建立は、東京大空襲から五十六年後であった。この「追悼」碑の建立は、関東大震災から五十年後であった。半世紀をへだてて、ようやく出現した、という点で共通する。歳月の推移は、忘却にばかりはたらくとはかぎらない、という例証です。

6

「追悼」碑ができた昭和四十八年（一九七三）には、都知事が美濃部亮吉で、革新都政を推進中だった。また、前年の九月には田中角栄首相が訪中して、日中共同声明に調印した。日本側は大陸侵略の責任を痛感し深く反省し、中国側は賠償放棄して、戦争状態終結、国交は正常化した。そういう時の趨勢も、この碑は映しとっているのでしょう。

横網町公園へくるたびに、この碑を覗くと、おりおりに花を活けた瓶や壺が置かれている。小さなマリア像がすらりと佇んでいたときもある。なにもないときもある。いつぞやは韓国の修学旅行生たちが、案内人の滔々たる母国語の熱弁を傾聴している場にでくわした。あるときは、三・一ビキニデー行脚の日本山妙法寺の黄衣の僧侶たちにもでくわした。夢の島の第五福竜丸展示館からここへきて、慰霊堂と、この碑前で回向の経を唱え、「南無妙法蓮華経」の旗をひるがえして歩み去った。

本日の雑踏のなかで、樹陰のこの一角は、青嵐句碑とともに目立たずにいるけれども。いやなに、九月一日には、がらりと様子がちがうのですよ。

このさい、その日の様子も報告しておこう。本堂正面に銀杏マークの紫の幔幕が張られ、秋期慰霊大法要が、午前中にはおわる。午後にうかがうと、堂内のしつらえも献花も春期とほぼ同様ながら、増上寺の献花がくわわり、祭壇前に暑気払いの氷柱が据えてあります。つねならぬ参詣人のにぎわいとはいえ、三月十日にはとてもおよばない。納骨堂の扉は八文字にひらき、「記憶の場所」の水中通路もあらわれて、年に二度のチャンスが、ほぼ並ばずに拝観できます。お塔婆受付の二張りのテントは、係の人々が手持ちぶさたにあくびしていた。ほんらいは九月一日こそ、震災記念堂このかたの第一イベントのはずなのに。八十余年の歳月は、震災の体験者や遺族たちをもはや稀少にしている。そこでこの日にもっともにぎわうのは「追悼」碑のあたりなのだ。

碑前に長いテントが張られ、「朝鮮人犠牲者追悼集会」の看板を立て、テントの内にも外にも多くの参会者と、私のような野次馬たちがむらがっている。読経と、舞踊の奉納がある。主催は関東大震災朝鮮人犠牲者追悼会実行委員会で、テントをめぐって震災時の新聞記事など関連資料のパネルを吊るす。建碑以来の例年の催しだそうで、つまり三十余年目の、比較的にはまだ若い行事だ。参列者の多くは中高年にせよ、たち働くのは若者たちで、碑前献花には少年少女たちもにこにこならんでいた。いまや九月一日の、すくなくも午後は、この碑があってくれてこそ、横網町公園は慰霊の日らしいにぎわいなのでした。

九月一日のほうが、だんぜんにぎやかなところが、もう一カ所あったなぁ。

さて、そろそろ駅へもどろう。

横網町公園の南の道へでる。高層ビルが二本そびえている。NTTドコモ墨田ビルの二十七階と、国際ファッションセンタービル（第一ホテル両国）の壁のような二十五階と。そのさきに日大一中一高の赤いビルと、墨田区立両国中学校と体育館の白いビルがある。かつてはここらに本所区役所や、両国中学のだだっ広い校庭などがあったのだが、先年このように再開発され、容積率の都合で、中庭風な植込みの広場もある。

この大型ビル街こそ、なにをかくそう、そっくり被服廠跡なのですね。八十余年前、この場所で三万八千余人が炎につつまれた。むかしはむかし、いまはいま、知ったことかいとピカピカにたちならんでいる風情だけれども。どっこい、その二十七階と二十五階のあいだに、ただ一軒、古風な瓦葺きの大屋根が反りを打っている。正面右の門柱に「震災記念　慈光院」左の門柱に「築地本願寺　江東学園幼稚園」とある。これこそ証拠物件ではないか。ふだんは閑散としたお寺です。まずは当寺の由来から。

震災時、築地本願寺も丸焼けにはなったが、被服廠跡へはさっそくに僧たちがかけつけた。京都の本山からも応援がきた。大量の焼死者たちへの回向のほかに、生きのこった人々のためのバラックの説教所を建てた。託児所もひらいた。その説教所が、この慈光院となり、託児所が幼稚園になって、こんにちにいたっているのでした。他の宗派も活動したにちがいないが、さすがは浄土真宗、受難の大衆のただなかへいちばんに飛びこんだ。「震災記念」と看板かかげる道理だ。本堂と、庫裡と、鐘楼と、幼稚園と、それだけ。墓地のかけらもない代わりに、当院ご本尊の阿弥陀如来像は、木曾檜を材とし、漆蒔き金粉には震災死者の骨粉を混ぜ合わせたという。炎の竜巻に追われ、猿の泣き声をたてながら死体の山を築いたのは、まさしくこのあたりなのでしょう。その無惨骨灰は、本尊とともにある。

それから二十二年後の東京大空襲には、同愛病院から両国駅まで焼けのこった奇蹟の、これまたここがまんなかだった。木造瓦屋根のそのときの姿のままに現存しているのでありますよ。

三月十日はその奇蹟の記念日で、本堂に紫の幕を垂らして、門前に「戦災記念法要」の立て看板。境内に幼稚園の母子たちが群れて、おりしも正午からの「すいとん接待」が三十分で打ち止め。もう鍋がからっぽらしかった。

だが九月一日に、この慈光院に来かかると、門前に「すいとん接待」の大看板が立つ。紫の幕を垂らした本堂の柱には「震災記念法要」、境内に大人も子供もいりまじってけたたましいほど。どうやら幼稚園を挙げてのお祭りらしく、堂内も、ピクニックのような若い母子たちで大にぎわい。ついそこへあがりこみ、すいとんをごちそうになってしまった。

すいとんをいただくのも、ひさしぶりでした。正直に申せば、いまいましい代物で、敗戦前後の、味気ない主食のごときものではあった。震災後にも、無一物の罹災者たちは、炊き出しのすいとんをいただいて命拾いしたのだろう。その辛苦を偲ぶ……ということではありませんね。八月十五日の敗戦記念日にも、あの焼跡時代を偲ぶとかで雑炊などをふるまう行事がなくもないようだけれども、年中飽食しながら、一食ぐらい粗食したとてなんだろう。

こんな幼な子たちに、偲ぶもへったくれもないでしょう。この場は震災記念法要中なのだ。若い母たちとたのしくすいとんをいただくのは、つまり三万八千余の霊になりかわってのご供養ではないか。施餓鬼。はからずもその一端に私もつらなり、おいしく一杯いただき、お代わりはつつしんだ。

二十七階や二十五階の高層ビルたちも、その死屍累々をこそ礎石として、そびえてたっているのですね。単に二十一世紀の新品的景観のみであるのならば、しょせんは一〇〇メートルや二〇〇メートルや六〇〇メートルにもたちのぼる陽炎のごときもの、に過ぎないのではなかろうか。

慈光院とドコモ墨田ビルのあいだの道から、中庭風の広場へ入り、体育館の脇から、日大一高と両国中のあいだを抜けると、いきなり並木道へでる。木立を通して、江戸東京博物館の白亜の全容がみえます。

この並木道が、大江戸御竹蔵のころの堀跡で、明治後期からは、被服廠と総武線両国駅の境い目でした。駅側はその後に縮小し、青物市場になっていたが。昭和六十年（一九八五）一月に新国技館が落成して、大相撲が蔵前からここへもどった。そしてそのならびに、平成五年（一九九三）三月、江戸東京博物館がそびえ立った。

この前々年に、東京都庁が丸の内から新宿へ移転した。重心を西へ移した見返りに、東側へもプレゼントを、という箱物行政でつくられたとか。鈴木俊一都知事のころの置き土産です。

あらためて、つくづくみあげる。四本脚の大机は、被服廠跡へむけてピタリと据えてある。その机上に載せた梯形は、白亜の壁面が横線と縦線で四角く何百と区切られている。あの三重塔の納骨堂に収まる白磁の骨壺たちを積みあげたような。そうだ、その象徴だ。

してみれば、この全体が、すなわち香華台なんだ！　関東大震災の遭難者たちを正面に、遠くは明暦大火から、近くは東京大空襲まで、死屍累々に累々を積みかさねてきたことへの香華台。都会という不自然な形態は、いかに不自然な死者たちを絶えず生じさせることか。その無量の屍たちのうえにこそ、おかげさまで、多様な町暮らしの喜怒哀歓が、営々とくりひろげてこられたのだなぁ。そのこしかたを忘れはてた集団に、崩壊以外の、どんな未来がありえようか。

この香華台は、べつだん超特大でもないだろう。江戸東京博物館。据えるならばやっぱりここで、このかたち。黙禱。

あとがき

あーぁ、歩いた歩いた。いったいどんな動機で、なにが目当てで、こんなに歩いて書いたものか。おおかた本文のあちこちに吐露してしまっている気がするので、くりかえしません。

とはいえ、このさい、多少は重複しても申しあげる義理があるのかな。けんそんでも自慢でもなく私は、米の生る木をろくに知らず、鰯の一匹掬いもせず、火打ち石で火がおこせず、ましてや井戸を掘ったおぼえもない。つまり生存のための労働が、なにひとつできないままに、八十年も生きのびてきました。非力なくせに先輩にさからい後輩をいじめ、憎まれながら世の片隅にはばかってきたのかもしれない。どうしてか。生まれてこのかた、ずぅーっと東京に暮らしてきたおかげでしょうね。都会というところは、はんぱなでくのぼうどもが、けっこう肩で風きってうろついていられる。まことに、どうも。

東京よ、多年おせわになってきました。ゆくさきざきであらためてそこらをみまわしては、感謝状を書き綴った、そんなこころもちです。そのためには江戸切絵図をはじめ、古今の先達各位の諸文献を手あたり次第に活用しました。一種のコラージュでもあろうか。つとめて文中に原典を、謝意をこめて記しましたが網羅にはいたらず、あらためて先達各位に御礼申しあげます。

八十年のこしかたの、おもには弱年時のわたくし事を諸処に書き添えておりまして、右の東京育ちの手近な事例のつもりです。もうひとつ申せば、学生時代の習作に『新東京感傷散歩』と題する小文があります。東京のあちらこちらをおんな友達と歩いてまわるだけの、原稿用紙二十五枚ほどの習作が、たまたま花田清輝氏のお目に留まったことから、私の文筆暮らしがはじまりました。爾来星霜五十七年。この二百五十頁ほどを書き下ろして、どうにか首尾が照応しえたか。感傷から骨灰へ。これにてオシマイ。

機縁は、筑摩書房の長嶋美穂子さんのお勧めによります。長嶋さんには旧著『あの人と歩く東京』（一九九三年）の編集いっさいを手掛けていただき、ほかにもなにかとお世話になり、文筆の仕事は、つくづく編集者との共同制作でありますなぁ。このたびも、全行程をまず長嶋さんにご同道いただきました。発端は平成十三年（二〇〇二）でしたから、まるまる八年かけて八章を書いた。この間に、新日本文学会の解散があったり、結核が再発、入院したり、諸事にかまけて二年三年は棚にあげたまま。するとの東京の街々はコロッと変貌するもので、また見なおさねばならず、どのコースもくりかえし歩いた。すべて一人で気をそろえて歩いたように書いていますが、ときに道連れはいて、目玉二つより、四つか六つの目玉のほうがあきらかに発見は多かった。長丁場のおりおりに連れだってくれた友達にも、ありがとう。

よくも長嶋さんが、あきらめずに催促してくださったものです。また、矢幡英文氏の写真が、聖路加タワービルからの俯瞰とおもうが、こんにちの東京のふしぎさを捉えている。さらに間村俊一氏の装丁のあざやかさと、あらたな道連れがつぎつぎにできる。これでオシマイなのに。そして読者こそは共同制作の最終ランナーでしょう。たまたま本書を手にとられたあなたよ、どうぞ道連れになってください。多少（他生）の縁と、これをいいます。

二〇〇九年七月二十二日

小沢信男

三年過ぎれば　文庫版あとがき

本書の刊行は三年前の二〇〇九年九月でした。三年も過ぎれば「東京の街々はコロッと変貌するもので、また見なおさねばならず」と、さきの「あとがき」に記しました。が、まぁ、おおかたは小異にして大同か。携帯に便な文庫になりましたので、どうぞポケットにねじこんでご活用ください。各章ごとの地図は、簡にして要をえている。全章にご同行ねがった長嶋美穂子さんの労作で、お役にたちます。

コロッと変貌したところは、もちろんある。たとえば上野駅から常磐線にのれば、南千住駅の手前で右側の車窓から、首切り地蔵さまの頭がみえる。これがひところ消失しました。

本文の記述を多少くりかえします。正しくは延命地蔵尊。ざっと二百七十年前の建立で、大小二十七個の花崗岩の寄せ石造りです。当時は仕置場の南隅の低地に座っていたが、明治二十八年（一八九五）、文明開化の鉄道線路に追いたてられ、現在地へ石垣を積んで座りなおした。以来百十六年、ぶじできたものを。昨年（二〇一一）三月十一日午後二時四十六分の大地震のおりに、宝珠をもつ左腕が脱落、胴体もかなりズレてしまったのでありますよ。

大正十二年（一九二三）九月一日午前十一時五十八分の関東大震災はマグニチュード七・九。浅草十二階の煉瓦ビルはぼっきり折れたが、首切り地蔵は震度六に耐えてごぶじであった。さしもの大火災もこのあたりで焼け止まった。

それから八十八年後の東日本大震災は、三陸沖でマグニチュード九・〇ながら東京は震度五強。その揺れに、このたびは耐えられなかった。なぜか。おそらく近年の工事ラッシュのせいでしょう。鉄道線路は、すれすれに高架になる。地下鉄もなぜか高架でやってくる。つくばエクスプレスは地下を貫通。道路は拡幅し、再開発のビルは聳える。前後左右上下をさんざん揺すぶられつづけて、さしもの技倆の寄せ石造りにもガタがきていたのだな。

と、ひとまずは推測するが。はたしてそれのみか。ここ千住は奥州街道、日光街道の出立地です。芭蕉の「奥の細道」は、ここより前途三千里だ。ゆかりぞ深き東日本の大災厄に、片腕落としてみせたのが首切り地蔵さまの慈悲、連帯の心意気ではあるまいか。

この文化財は、解体された。頭部は石垣の脇に安置し、台座その他の二十数石は広場に敷きならべた。さながら津波に洗われたかのように。一年数カ月、首切り地蔵はそういうお姿でした。調査をすすめて土台を掘りさげると、あらわれました江戸の骨灰が。案の定だな。ここら一帯は掘れば人骨頭骨がザックザクの土地柄なのが、また も証明された。土台は、こんどこそ耐震のコンクリートでかためられる。ご本体を組み立てなおす復元作業は、ただいま進行中で、この文庫版刊行時にはもとのお姿へ、めでたくもどっているはずです。東日本の復興への連帯のように。

延命寺への入口は、ほそい通路であったが、建物がとり払われ、表から見通しにひろがりました。地蔵尊のうしろの墓地も全面改装されて、てまえは浄土宗のもとからの檀家たち。奥は宗派を問わぬ新墓地で公募中。以前は高架線路の谷間の暗い低湿地でしたが。いまは小高く盛りあげられ、さんさんと陽光をあびております。

延命寺をあとに、回向院の前を過ぎて、コツ通り商店街をゆけば、両側のアーケードが消えている。老朽化とかでとり払って三年目。休業のシャッターがつらなる暗さを嫌ったか。おかげでやたら眩しくなって店ごとに日除けを新調した。見通しがよいと、街並みは短くなって正直あっけないが。天王さまの祭はやはり大賑わい、江戸から七代目の店などがさりげなく健在でいるのです。

四谷若葉町の商店街、往昔の鮫ヶ橋界隈も、この三年のあいだに小綺麗なマンションがいくつかふえた。そのぶん小汚い昭和の路地が減ってしまって、ややざんねんですが。まがりくねった道沿いに日用の肆《みせ》がならぶ隠れ里のような余情は変わらず、ここも小異ながら大同と申しておきます。

新宿御苑沿いの遊歩道に、せせらぎは造成されました。玉川上水を偲ぶ清流とはおげさだが、ちょろちょろ流れから想像力をたくましくせよ、ということか。なお、この遊歩道は、通行無料ながら御苑と同時刻に開門閉門。休日は閉じきり。並みの道路ではない、やはり御苑の一部でした。

都立新宿高校の定時制は、一昨年（二〇一〇）三月かぎりで閉校となりました。勤労少年たちのための勉学の場という役割はあらかた終えて、定時制は合併統合中らしい。おなじ新宿区の山吹町には、定時制と通信制の都立新宿山吹高校というユニークな学校がある。制服もない。進級も、落第も、年齢制限もない。始業ベルも鳴らない。朝から晩までの各科目から、時間割を自分で組む。自主的に学んで規定の単位さえとれば、四年制だが三年でも卒業できる。こんな小粋な学校が、やぼな都立になぜかあって、二十年余のキャリアを積む由。こうなっては加藤芳郎の母校も、もはや歴史的存在です。してみると七階建ての現校舎は、ますます過剰な施設では？　山吹高校も六階建てですけれども。

谷中霊園に合葬墓所が造成中です。都立多磨霊園正門の左右にある大納骨堂と大合葬墓所とは、くらべようもなくつつましい。一昨年にできた第一号は、桜並木の十字路を東へ、ひょうたん横丁をよこぎり広津和郎墓所の後方に、コンクリート造り平屋の屋根がみえます。

ひとまずは納骨堂で、正面に香華台、左右の壁面に、色紙型の墓標が横一列に三十六枚、四段に嵌めこまれている。つまり屋内の左右に四段の棚があり、各段に三十六、計二百八十八の骨壺ロッカーが、表の色紙墓標と対応しているらしい。すでに入居のところは、たとえば「大石」とか「吉良家」とか刻まれていて、表札風に姓のみのと、家名を刻んだのとが半々です。ここでも家は消えつつある。

案内板に正式名称が「都立谷中霊園立体埋蔵施設」。なんのことやら。じつは地下に合葬の施設があり、ざっと二十年後にはロッカーからそちらへ中身が移っていただく。空いたロッカーは交代して、表の色紙墓標をつけ替える。納骨と合葬をコンパクトにまとめた苦心の施設です。名称もご苦心されたにせよ、やぼだねぇ、あっさり納骨埋蔵堂でよかろうものを。大型の墓誌に、ご入居の方々の姓名が列記され、現在二百六名。スペースはたっぷり空いている。

同型で、やや小型の第二号が、上野桜木町側から入って左折、来島恒喜墓所前を直進したところに、今春落成。新品で未入居です。追いかけて第三号が、ひょうたん横丁沿いに、鳩山一郎墓所の斜め向かいへ、ただいま着工。これができれば多少は目立つだろう。なお増設するらしく、収容力一気に増大中です。

谷中墓地で、ちかごろ際立つのは、寛永寺側の宏大な徳川家墓所の整理がひとまず終わり、跡地が、寛永寺谷中霊園として造営中なことで、新墓の建設ラッシュです。ちなみに都立の右の納骨埋蔵第一号の場所は、姫路城の旧城主酒井家よりゆずり受けた由。この国の十九世紀の王侯たちが、お膝繰りして多少の席を、二十一世紀の市民たちへゆずっているのでした。

日本橋小伝馬町の十思公園のならび、旧十思小学校校庭に、五階建てのビルが建ちます。そのための発掘調査中で、本年八月十日、十一日の両日「伝馬町牢屋敷跡遺跡見学会」がありました。

校庭の片側がコンクリはがして掘りかえされ、眼下数メートルに、江戸後期の牢屋敷の地べたと地下が、横長に露出していました。屋敷中央の中庭風のところらしく、まんなかに丸井戸、そして神田上水の樋が何本も縦横斜めに通っている。取調所や同心長屋の役所側と、牢側をへだてる石垣の堅牢な礎石もみえる。牢屋同心、下男《しもおとこ》たちが百人ちかくいて、牢内には三、四百人、幕末には九百人も詰めこんで、日々どんなに水が必要だったか。上水の樋も枡も、古びれば新調しているのでした。牢の土間に風呂桶を据えて、夏場は月に六、七回、冬場で三回は入浴させた、という記録もある。井戸は何本もあったにせよ、この丸井戸から汲みあげた水を、鼠小僧も浴びたのか。

牢屋敷は前後十六回も火災に遭い、そのつど焦土を均して積みあげた地層が、何重にも見える。繁華な街場でこんなに地下が保存されているのは稀だそうで、さすがは牢屋が原。そこを校庭のコンクリで蓋をしてきたのだな。この遺跡調査は十月に終わる。あとは掘っくりかえして地上五階地下一階のビル工事がはじまる。建築主は中央区長。用途は、小規模特別養護老人ホーム、公衆浴場、体育館の複合施設。そうか、街場のお風呂屋さん激減のおりから、ここに区営の風呂屋ができるのだな。ここで入浴できるとは、牢屋敷このかたの功徳であります。

以上、大江戸、大東京の乱離骨灰《らりこっぱいし》史・補足篇でした。

一昨年（二〇一〇）の四月四日、日曜日の朝日新聞読書欄に「ゼロ年代の50冊」の発表がありました。二〇〇〇年～二〇〇九年の十年間に発行された書物から、百五十一人の識者が各五冊を選びだした。そのアンケートを集計した上位五十冊のうち、八位にこの小著が入っていて、びっくり仰天でした。小著に一票を投じてくださった識者各位に、どなたとも存ぜぬままに感謝します。また同年十一月には、小著に第九回サライ大賞を、小学館サライ編集部からいただきました。本書を綴るべくお世話になった先達各位に、あらためて深謝です。こうして文庫となるべく立案、校閲、装幀、解説等々にお力添えの知友各位にも、つくづくありがとう。

小学校の優等賞このかた、賞のたぐいに無縁できて、二〇〇一年に先著『裸の大将一代記――山下清の見た夢』に第四回桑原武夫学芸賞をいただいた。それにつづく光栄でした。僥倖でしょうが、選ばれたからはこっちのものだ。年老いてのご褒美は、さんざん歩いた足腰を按摩してくださるようなねぎらいです。では気をとりなおして、またそこらをひとまわりしてくるかな。さぁーて。

二〇一二年八月十五日、敗戦記念日に

小沢信男

解説・足裏が見る世界

黒川　創

新宿駅南口、甲州街道が線路をまたぐ陸橋の上から、いまの新宿タカシマヤ方面を眺めた眼下に、歪んだ屋根を寄せ合い、旧旭町のドヤ街は広がっていた。たしか一七歳、一九七〇年代の終わり近くのことだったろう。東京に出むいてきたとき、この一角にさまよい込んで、そこの一軒に泊まったことがある。部屋の扉には鍵がなく、荷物を置いたまま外出しても大丈夫だろうかと、帳場で訊いた。「大事なものが入っているなら、新宿駅のコインロッカーに預けてきたほうがよいだろう」と、やさぐれた感じの男が、親身な助言をくれたことを覚えている。本書中、「しみじみ新宿」の冒頭で眺めわたされる風景の下でのことである。

小沢信男さんは、ここで東京を、見て、歩き、思いだし、そして書いている。加えて、こまめに調べてもいる。よく見るために、調べる。もとは詩人の出身で、しかも、具体的な詩人だった。これは、リアリズムの詩人というのとは違っている。そうではなく、観念へと一気に飛躍してしまわない、ということである。だから、ものの形、それ自体が変容《メタモルフォゼ》を帯びてくる。

だれかがぼくの肩にふれた
ふりかえると　そこの家の軒だった
（「十人町界隈」、『赤面申告』）

こう述べてくると、……秋山清、向井孝、寺島珠雄。これらアナキストの詩人たちは、いずれも、他者の評伝などを書くとき、行き届いた調べをしてから書く人だったと、思い至る。自立と自律。つまり、彼らは、自身のアナキズムにかけて、こうした自己制御を強くわきまえる人びとだった。小沢信男にも、そんな系譜に連なるところがあるようだ。

いやいや……、マルクス、レーニン寄りの詩人のなかにも、菅原克己、関根弘といった、付和雷同せずに自分で調べて書くたちの詩人はいる。ほかならぬ中野重治、この人も、いっそう、よく調べることにかけては、しつこい。小沢信男の場合は、なぜだか、こちら系統の陣営（新日本文学会）のなかに立ちまじり、しかも、なおかつ政治党派とまったく関係しない〝芸術派〟を貫いて、この文学運動団体の消滅まで付きあった。いや、その消滅を領導した。他流試合の寒い居場所に、みずから選んで、坐りつづけた人とも言えるだろう。

政治に突っ込んだ連中に劣らぬ〝挫折〟の経験は、もっと早いうちから、この人のなかにあった。それは、日本敗戦をはさむ一〇代後半から二〇代前半、死神のように彼に取りつく結核の療養体験である。たびたびの休学と復学、入院、そして退校。同世代の者らが次つぎと彼を抜き去り、はるか先へと消えていく。死をつねに意識しながら、それを見送る経験は、孤独のみならず、他者への鋭い観察眼を、彼の内側につくったろう。暗い海の底から、晴れた空を眺めやる。

そうした老成した元シティボーイならでは、本書は、対象との距離と韜晦をよろしく保って、語りだす。だが、終盤近く、ふつふつと著者のなかの感情が再び沸きたちはじめて、そこまでの態度が一気に崩れ、かなぐり捨てられる場面がある。それが、先にも触れた、新宿南口、甲州街道の陸橋付近。かつて、戦争をはさむ六年間（休学を含む）、府立六中（現在の都立新宿高校）に通いつづけて、また、およそ二〇年後には、東京オリンピックの世相のなかから、長かった療養時代をやや突き放しながら振り返る小説「わが忘れなば」の舞台にも選んだ、その風景である。

「江戸の遊芸人がゆき、明治の車夫馬丁がゆき、大正の林芙美子がゆき、街娼がゆき、昭和恐慌のルンペンがゆき、府立六中夜学生がゆき、戦後のパンパン諸嬢がゆき、オカマ諸兄がゆき、お好み焼き屋の女あるじがゆき、徹夜麻雀の輩がゆき、この道を笑ってわれらが往きしことわが忘れなばたれか知るらむ。」

本書は、それら膨大な数にのぼる、この街の亡き者たち、つまり、人民の歴史の街頭行列に立ちまじり、現世の東京をにらみ返すがごとき構図である。

ある夜更けの道で、この人の胸にひょろひょろ響く、かすかな息の荒さを私は聴いたことがある。

「小沢さん、喘息もちですか？」

と、訊くと、

「いいや。だけど、この歳になると、夜にはくたびれてきて、上り坂じゃ、やっぱり、ちょっとね」

この人は、苦笑しながら答えた。

私は意識していなかった。たしかに、そう言われると、月夜の道はかすかな上り坂のようだった。老年、はじめて足裏が敏感にとらえる世界の微妙な形が、そこにあったということだろうと思っている。

本書は二〇〇九年九月十日、筑摩書房より刊行された。

思考の整理学　外山滋比古

アイディアを軽やかに離陸させ、思考をのびのびと飛行させる方法を、広い視野とシャープな論理で知られる著者が、明快に提示する。

質問力　齋藤孝

コミュニケーション上達の秘訣は質問力にあり！これさえ磨けば、初対面の人からも深い話が引き出せる。話題の本の、待望の文庫化。（斎藤兆史）

整体入門　野口晴哉

日本の東洋医学を代表する著者による初心者向け野口整体のポイント。体の偏りを正す基本の「活元運動」から目的別の運動まで。（伊藤桂一）

命売ります　三島由紀夫

自殺に失敗し、「命売ります。お好きな目的にお使い下さい」という突飛な広告を出した男のもとに、現われたのは？（種村季弘）

こちらあみ子　今村夏子

あみ子の純粋な行動が周囲の人々を否応なく変えていく。第26回太宰治賞、第24回三島由紀夫賞受賞作。書き下ろし「チズさん」収録。（町田康／穂村弘）

ベルリンは晴れているか　深緑野分

終戦直後のベルリンで恩人の不審死を知ったアウグステは彼の甥に訃報を届けに陽気な泥棒と旅立つ。歴史ミステリの傑作が遂に文庫化！（酒寄進一）

向田邦子ベスト・エッセイ　向田邦子　向田和子編

いまも人々に読み継がれている向田邦子。その随筆の中から、家族、食、生き物、こだわりの品、旅、仕事、私……、といったテーマで選ぶ。（角田光代）

倚りかからず　茨木のり子

もはや／いかなる権威にも倚りかかりたくはない……話題の単行本に3篇の詩を加え、高瀬省三氏の絵を添えて贈る決定版詩集。（山根基世）

るきさん　高野文子

のんびりしていてマイペース、だけどどっかヘンテコな、るきさんの日常生活って？　独特な色使いが光るオールカラー。ポケットに一冊どうぞ。

劇画　ヒットラー　水木しげる

ドイツ民衆を熱狂させた独裁者アドルフ・ヒットラーとはどんな人間だったのか。ヒットラー誕生からその死まで、骨太な筆致で描く伝記漫画。

ねにもつタイプ　岸本佐知子

何となく気になることにこだわる、ねにもつ。思索、奇想、妄想はばたく脳内ワールドをリズミカルな名短文でつづる。第23回講談社エッセイ賞受賞。

TOKYO STYLE　都築響一

小さい部屋が、わが宇宙。ごちゃごちゃと、しかし快適に暮らす、僕らの本当のトウキョウ・スタイルはこんなものだ！　話題の写真集文庫化！

自分の仕事をつくる　西村佳哲

仕事をすることは会社に勤めること、ではない。仕事を「自分の仕事」にできた人たちに学ぶ、働き方のデザインの仕方とは。（稲本喜則）

世界がわかる宗教社会学入門　橋爪大三郎

宗教なんてうさんくさい!?　でも宗教は文化や価値観の骨格であり、それゆえ紛争のタネにもなる。世界宗教のエッセンスがわかる充実の入門書。

ハーメルンの笛吹き男　阿部謹也

「笛吹き男」伝説の裏に隠された謎はなにか？　十三世紀ヨーロッパの小さな村で起きた事件を手がかりに中世における「差別」を解明。（石牟礼道子）

増補　日本語が亡びるとき　水村美苗

明治以来豊かな近代文学を生み出してきた日本語が、いま、大きな岐路に立っている。我々にとって言語とは何なのか。第8回小林秀雄賞受賞作に大幅増補。

子は親を救うために「心の病」になる　高橋和巳

子は親が好きだからこそ「心の病」になり、親を救おうとしている。精神科医である著者が説く、親子という「生きづらさ」の原点とその解決法。

クマにあったらどうするか　姉崎等　片山龍峯

「クマは師匠」と語り遺した狩人が、アイヌ民族の知恵と自身の経験から導き出した超実践クマ対処法。クマと人間の共存する形が見えてくる。（遠藤ケイ）

脳はなぜ「心」を作ったのか　前野隆司

「意識」とは何か。どこまでが「私」なのか。死んだら「心」はどうなるのか。――「意識」と「心」の謎に挑んだ話題の本の文庫化。（夢枕獏）

モチーフで読む美術史　宮下規久朗

絵画に描かれた代表的な「モチーフ」を手掛かりに美術を読み解く、画期的な名画鑑賞の入門書。カラー図版約150点を収録した文庫オリジナル。

井上ひさしベスト・エッセイ　井上ひさし　井上ユリ編

むずかしいことをやさしく……幅広い著作活動を続け、多岐にわたるエッセイを残した「言葉の魔術師」井上ひさしの作品を精選して贈る。（佐藤優）

ひと・ヒト・人　井上ひさし　井上ユリ編

道元・漱石・賢治・菊池寛・司馬遼太郎・松本清張・渥美清・母……敬し、愛した人々とその作品を描きつくしたベスト・エッセイ集。（野田秀樹）

開高健ベスト・エッセイ　開高健　小玉武編

文学から食、ヴェトナム戦争まで——おそるべき博覧強記と行動力。「生きて、書いて、ぶつかった」開高健の広大な世界を凝縮したエッセイを精選。

吉行淳之介ベスト・エッセイ　吉行淳之介　荻原魚雷編

創作の秘密から、ダンディズムの条件まで。「文学」「男と女」「紳士」「人物」のテーマごとに厳選した、吉行淳之介の入門書にして決定版。（大竹聡）

色川武大・阿佐田哲也ベスト・エッセイ　色川武大/阿佐田哲也　大庭萱朗編

二つの名前を持つ作家のベスト。文学論、落語からタモリまでの芸能論、ジャズ、作家たちとの交流も。阿佐田哲也名の博打論も収録。（木村紅美）

殿山泰司ベスト・エッセイ　殿山泰司　大庭萱朗編

独自の文体と反骨精神で読者を魅了する性格俳優、故・殿山泰司の自伝エッセイ、撮影日記、ジャズ、政治評。未収録エッセイも多数！（戌井昭人）

田中小実昌ベスト・エッセイ　田中小実昌　大庭萱朗編

東大哲学科を中退し、バーテン、香具師などを転々とし、飄々とした作風とミステリー翻訳で知られるコミさんの厳選されたエッセイ集。（片岡義男）

森毅ベスト・エッセイ　森毅　池内紀編

まちがったって、完璧じゃなくたって、人生は楽しい。稀代の数学者が放った教育・社会・歴史他様々なジャンルに亘るエッセイを厳選収録！

山口瞳ベスト・エッセイ　山口瞳　小玉武編

サラリーマン処世術から飲食、幸福と死まで。——幅広い話題の中に普遍的な人間観察眼が光る山口瞳の豊饒なエッセイ世界を一冊に凝縮した決定版。

同日同刻　山田風太郎

太平洋戦争中、人々は何を考えどう行動していたのか。敵味方の指導者、軍人、兵士、民衆の姿を膨大な資料を基に再現。（高井有一）

三島由紀夫レター教室　三島由紀夫

五人の登場人物が巻き起こす様々な出来事を手紙で綴る。恋の告白・借金の申し込み・見舞状等、一風変ったユニークな文例集。（群ようこ）

コーヒーと恋愛　獅子文六

恋愛は甘くてほろ苦い。とある男女が巻き起こす恋模様をコミカルに描く昭和の傑作が、現代の「東京」によみがえる。（曽我部恵一）

七時間半　獅子文六

東京―大阪間が七時間半かかっていた昭和30年代、特急「ちどり」を舞台に乗務員とお客たちのドタバタ劇を描く隠れた名作が遂に甦る。（千野帽子）

青空娘　源氏鶏太

主人公の少女、有子が不遇な境遇から幾多の困難にぶつかりながらも健気にそれを乗り越え希望を手にする日本版シンデレラ・ストーリー。（山内マリコ）

御身　源氏鶏太

矢沢章子は突然の借金返済のため自らの体を売ることを決意する。しかし愛人契約の相手・長谷川との出会いが彼女の人生を動かしてゆく。（寺尾紗穂）

カレーライスの唄　阿川弘之

会社が倒産した！　どうしよう。美味しいカレーライスの店を始めよう。若い男女の恋と失業と起業の奮闘記。昭和娯楽小説の傑作。（平松洋子）

愛についてのデッサン　野呂邦暢　岡崎武志編

夭折の芥川賞作家が古書店を舞台に人間模様を描く「古本青春小説」。古書店の経営や流通など編者ならではの視点による解題を加え初文庫化。

おれたちと大砲　井上ひさし

家代々の尿筒掛、草履取、駕籠持、髪結、馬方、いまだ修業中の彼らは幕末の将軍様を救うべく、奮闘努力、東奔西走。爆笑、必笑の幕末青春グラフィティ。

真鍋博のプラネタリウム　真鍋博　星新一

名コンビ真鍋博と星新一。二人の最初の作品『おーい　でてこーい』他、星作品に描かれた挿絵と小説冒頭をまとめた幻の作品集。（真鍋真）

方丈記私記　堀田善衛

中世の酷薄な世相を覚めた眼で見続けた鴨長明。その人間像を自己の戦争体験に照らして語りつつ現代日本文化の深層をつく。巻末対談＝五木寛之

落穂拾い・犬の生活　小山清

明治の匂いの残る浅草に育ち、純粋無比の作品を遺して短い生涯を終えた小山清。いまなお新しい、清らかな祈りのような作品集。（三上延）

須永朝彦小説選　須永朝彦　山尾悠子編

美しき吸血鬼、チェンバロの綺羅綺羅しい響き、暗い水に潜む蛇……独自の美意識と博識で幻想文学ファンを魅了した小説作品から山尾悠子が25篇を選ぶ。

紙の罠　都筑道夫　日下三蔵編

都筑作品でも人気の〝近藤・土方シリーズ〟が遂に復活。贋札作りをめぐり巻き起こる奇想天外アクション小説。二転三転する物語の結末は予測不能。

幻の女　田中小実昌　日下三蔵編

近年、なかなか読むことが出来なかった〝幻〟のミステリ作品群が編者の詳細な解説とともに甦る。夜の街の片隅で起こる世にも奇妙な出来事たち。

第8監房　柴田錬三郎　日下三蔵編

剣豪小説の大家として知られる柴錬の現代ミステリ短篇の傑作が奇跡の文庫化。〈巧みなストーリーテリング〉と〈衝撃の結末〉で読ませる狂気の8篇。

飛田ホテル　黒岩重吾

刑期を終えたやくざ者に起きた妻の失踪を追う表題作など、大阪のどん底で交わる男女の情と性。直木賞作家の傑作ミステリ短篇集。（難波利三）

『新青年』名作コレクション　『新青年』研究会編

探偵小説の牙城として多くの作家を輩出した伝説の総合娯楽雑誌『新青年』。創刊から101年を迎え新たな視点で各時代の名作を集めたアンソロジー。

ゴシック文学入門　東雅夫編

江戸川乱歩、小泉八雲、平井呈一、日夏耿之介、澁澤龍彦、種村季弘――。「ゴシック文学」の世界へと誘う厳選評論・エッセイアンソロジーが誕生！

刀　東雅夫編

名刀、魔剣、妖刀、聖剣……古今の枠を飛び越えて「刀」にまつわる怪奇幻想の名作が集結。業物同士が唸りを上げる文豪×怪談アンソロジー、登場！

家が呼ぶ　朝宮運河編

ホラーファンにとって永遠のテーマの一つといえる「こわい家」。屋敷やマンション等をモチーフとした逃亡不可能な恐怖が襲う珠玉のアンソロジー！

自分のなかに歴史をよむ　阿部謹也

キリスト教に彩られたヨーロッパ中世社会の研究で知られる著者が、その学問的来歴をたどり直すことを通して描く〈歴史学入門〉。（山内進）

世界史の誕生　岡田英弘

世界史はモンゴル帝国と共に始まった。東洋史と西洋史の垣根を超えた世界史を可能にした、中央ユーラシアの草原の民の活動。

サンカの民と被差別の世界　五木寛之

歴史の基層に埋もれた、忘れられた日本を掘り起こす。漂泊に生きた海の民・山の民。身分制で賤民とされた人々。彼らが現在に問いかけるものとは。

張形と江戸女　田中優子

江戸時代、張形は女たち自身が選び、楽しむものだった。江戸の大らかな性を春画から読み解く。図版追加。カラー口絵４頁。（白倉敬彦）

隣のアボリジニ　上橋菜穂子

大自然の中で生きるイメージとは裏腹に、町で暮らすアボリジニもたくさんいる。そんな「隣人」アボリジニの素顔をいきいきと描く。（池上彰）

奴隷のしつけ方　マルクス・シドニウス・ファルクス　ジェリー・トナー解説　橋明美訳

奴隷の買い方から反乱を抑える方法まで、古代ローマ貴族が現代人に向けて平易に解説。奴隷なくして回らない古代ローマの姿が見えてくる。（栗原康）

江戸衣装図絵　奥方と町娘たち　菊地ひと美

江戸二六〇年の間、変わり続けた女たちのファッション。着物の模様、帯の結び、髪形、装身具など、その流行の変遷をカラーイラストで紹介する。

江戸衣装図絵　武士と町人　菊地ひと美

江戸の男たちの衣装は仕事着として発達した。やがて、遊び心や洒落心から様々なスタイルが生まれた。そのすべてをカラーイラストで紹介する。

幕末単身赴任　下級武士の食日記　増補版　青木直己

きな臭い世情なんてなんのその、単身赴任でやってきた勤番侍が幕末江戸の〈食〉を大満喫！　残された日記から当時の江戸のグルメと観光を紙上再現。

その後の慶喜　家近良樹

幕府瓦解から大正まで、若くして歴史の表舞台から姿を消した最後の将軍の〝長い余生〟を近しい人間の記録を元に明らかにする。（門井慶喜）

品切れの際はご容赦ください

宮沢賢治全集（全10巻）
宮沢賢治
『春と修羅』、『注文の多い料理店』はじめ、賢治の全作品及び異稿を、綿密な校訂と定評ある本文によって贈る話題の文庫版全集。書簡など2巻増巻。

太宰治全集（全10巻）
太宰治
第一創作集『晩年』から太宰文学の総結算ともいえる『人間失格』、さらに『もの思う葦』ほか随想集も含め、清新な装幀でおくる待望の文庫版全集。

夏目漱石全集（全10巻）
夏目漱石
時間を超えて読みつがれる最大の国民文学を、10冊に集成して贈る画期的な文庫版全集。全小説及び小品、評論に詳細な注・解説を付す。

芥川龍之介全集（全8巻）
芥川龍之介
確かな不安を漠然とした希望の中に生きた芥川の全貌。名手の名をほしいままにした短篇から、日記、随筆、紀行文までを収める。

梶井基次郎全集（全1巻）
梶井基次郎
「檸檬」「泥濘」「桜の樹の下には」「交尾」をはじめ、習作・遺稿を全て収録し、梶井文学の全貌を伝える。一巻に収めた初の文庫版全集。（高橋英夫）

中島敦全集（全3巻）
中島敦
昭和十七年、一筋の光のように登場し、二冊の作品集を残してまたたく間に逝った中島敦——その代表作から書簡までを収め、詳細小口注を付す。

山田風太郎明治小説全集（全14巻）
山田風太郎
これは事実なのか？　フィクションか？　歴史上の人物と虚構の人物が明治の東京を舞台に繰り広げる奇想天外な物語。かつ新時代の裏面史。

ちくま日本文学（全40巻）
ちくま日本文学
小さな文庫の中にひとりひとりの作家の宇宙がつまっている。一人一巻、全四十巻。何度読んでも古びない作品と出逢う、手のひらサイズの文学全集。

ちくま文学の森（全10巻）
ちくま文学の森
最良の選者たちが、古今東西を問わず、あらゆるジャンルの作品の中から面白いものだけを基準に選んだ、伝説のアンソロジー、文庫版。

ちくま哲学の森（全8巻）
ちくま哲学の森
「哲学」の狭いワク組みにとらわれることなく、あらゆるジャンルの中からとっておきの文章を厳選。新鮮な驚きに満ちた文庫版アンソロジー集。

ちくま文庫

東京骨灰紀行《とうきょうこつぱいきこう》

二〇一二年十月 十 日 第一刷発行
二〇二三年五月十五日 第三刷発行

著　者　小沢信男（おざわ・のぶお）
発行者　喜入冬子
発行所　株式会社　筑摩書房
東京都台東区蔵前二―五―三　〒一一一―八七五五
電話番号　〇三―五六八七―二六〇一（代表）
装幀者　安野光雅
印刷所　明和印刷株式会社
製本所　株式会社積信堂

ISBN978-4-480-42989-6 C0195